读书随笔 I

叶灵凤 著

生活·讀書·新知三联书店

Simplified Chinese Copyright © 2022 by SDX Joint Publishing Company.
All Rights Reserved.

本作品简体中文版权由生活·读书·新知三联书店所有。
未经许可，不得翻印。

本书中文简体字版本由三联书店（香港）有限公司授权生活·读书·新知三联书店在中国内地独家出版、发行。

图书在版编目（CIP）数据

读书随笔．1／叶灵凤著．—北京：生活·读书·新知三联书店，2022.1（2023.3 重印）
（三联精选）
ISBN 978-7-108-07211-5

Ⅰ．①读… Ⅱ．①叶… Ⅲ．①随笔－作品集－中国－现代 Ⅳ．① I266.1

中国版本图书馆 CIP 数据核字（2021）第 143491 号

责任编辑	崔　萌
装帧设计	鲁明静
责任校对	张国荣
责任印制	董　欢
出版发行	生活·讀書·新知 三联书店
	（北京市东城区美术馆东街 22 号 100010）
网　　址	www.sdxjpc.com
图　　字	01-2021-4556
经　　销	新华书店
印　　刷	北京隆昌伟业印刷有限公司
版　　次	2022 年 1 月北京第 1 版
	2023 年 3 月北京第 2 次印刷
开　　本	850 毫米 × 1168 毫米　1/32　印张 12.5
字　　数	256 千字
印　　数	5,001-7,000 册
定　　价	49.00 元

（印装查询：01064002715；邮购查询：01084010542）

葉靈鳳

(1905—1975)

《读书随笔》三卷本

出版说明

叶灵凤先生是著名作家、画家、藏书家。作为作家,叶灵凤很早就写小说,20世纪40年代以后写的多是散文、随笔,其中绝大多是读书随笔。《读书随笔》《文艺随笔》《北窗读书录》和《晚晴杂记》是发行过单行本的。未结集成册的《霜红室随笔》《香港书录》《书鱼闲话》和一些有关的译文,只是在香港的报刊上发表过。这些随笔足可证明叶灵凤读书之杂,古今中外,线装洋装,正经的和"不正经"的书,他都爱读。杂之中也有重点:文学的、美术的和香港的——前两类显出他作家和画家的本色,后一类正是他下半生生活所在的地方特色。

《读书随笔》曾于1988年在我店以三卷的形式初版。后于2008年出版过选编版。此次三联精选版将单独发行过文集的篇目合为第一集,未结集成书的篇目放入第二集,共两册。叶灵凤文字浅近易懂,笔触冲淡,娓娓道出赏读书画之乐,兼具知识性与趣味性,更流露其对读书、文艺、生活和家国的爱。

本版对1988年版中的错漏予以订正,与现今通称不相符的地名、书名等,加编注进行了说明,行文中有些标点和字词,用法与现在规范有所不同,一仍旧贯。此外,书末附译名对照表,收录书中出现的外国人名、外国作品名与现行通译有别者,以兹读者参考。

生活·讀書·新知 三联书店
2021 年 2 月

目录
Contents

前　记　1

序一：凤兮，凤兮　5

序二：叶灵凤的后半生　10

读书随笔

重读之书　2

作家传记　3

作家和友情　5

巴比尼的《但丁传》　7

关于短篇小说　9

身后之名　11

《米丹夜会集》　13

《摩西山的四十日》　16

可爱的斯蒂芬逊　17

谈普洛斯特　20

法朗士的小说　22

莫泊桑与福楼拜　24

爱伦·坡　27

天才与悲剧　28

《猎人日记》　30

亚剌伯的劳伦斯　32

海涅画像的故事　34

略谈皮蓝得娄　36

歌德自传　38

文艺当店　40

屠格涅夫论写作　41

《死的跳舞》　43

割耳朵的画家　44

一篇小说题材　46

歌德的教训　49

左拉的技巧　51

乔治摩亚和三卷体小说　53

《大钱》　55

关于纪德自传　57

被禁的书 59

古书与"英科勒布拉" 61

《奥贝曼》 63

《黑暗与黎明》 64

路德维喜的《歌德传》 66

叔本华的《妇人论》 67

乔伊斯佳话 70

莎士比亚先生 72

屋顶上的牛 74

谈翻版书 75

回忆《幻洲》及其他 77

记蒙娜丽莎 79

书痴 81

书斋趣味 83

旧书店 84

藏书票与藏书印 86

冬天来了 87

文艺随笔

关于《伊索寓言》 92

褒顿与《天方夜谭》 100

《十日谈》《七日谈》和《五日谈》 105

乔叟的《坎特伯雷故事集》 114

巴尔扎克和他的《人间喜剧》 115

左拉和他的《鲁贡·马尔加家传》 120

斯蒂芬逊和他的《金银岛》 123

霍桑和动人的《红字》故事 127

莫泊桑的短篇杰作 131

可爱的童话作家安徒生 134

苏格兰农民诗人彭斯 139

诗人小说家爱伦·坡 143

巴尔扎克的《诙谐故事集》 147

拉·封丹的寓言 149

乔治·吉辛和他的散文集 150

淮德的《塞尔彭自然史》 153

品托的《远东旅行记》 155

《猴爪》和三个愿望的故事 157

纪德关于王尔德的回忆 160

《赝币犯》和《赝币犯日记》 163

潘的性格和故事 165

歌德和席勒的友情 166
艾克曼的《歌德谈话录》 171
达尔文和赫胥黎 173
迦撒诺伐和他的《回忆录》 177
王尔德《狱中记》的全文 180
小仲马和他的《茶花女》 185
《茶花女》和"茶花女"型的
　故事 189
比亚斯莱、王尔德与《黄
　面志》 193
《鲁滨逊漂流记》的作者 199

北窗读书录

笔记和杂学 202
笔记的重印工作 203
乡邦文献 205
座右书 207
朱氏的《金陵古迹图考》 210
关于"喜咏轩丛书" 212
张维屏的《花甲闲谈》 214
张仙槎的《泛槎图》 216
改七芗的《红楼梦人物图》 221

读方信孺《南海百咏》 225
《南海百咏续编》 228
顾恺之画的《列女传》 230
李龙眠的《圣贤图》石刻 232
郁达夫先生的《黄面志》和
　比亚斯莱 236
外国人新写的《中国医
　学史》 242
卡夫卡的《中国长城》 244
画家果庚的札记 246
画家的书翰和日记 248
日本新出版的几种中国美术
　图录 249
费萨利的《画家传》 256
纪伯伦与梅的情书 260
龚果尔兄弟日记 264
读延平王户官杨英的《从征
　实录》 267
马戛尔尼出使中国日记 273
许地山校录的《达衷集》 275
《天方夜谭》里的中国 280
《蝴蝶梦》与风流寡妇的

故事　286

《红楼梦》与南京的关系　290

印度古代的《五卷书》　294

月天的《故事海》　299

美丽的佛经故事　304

寓言家伊索的故事　305

伊索的像貌和他的画像　307

明译本的《伊索寓言》　309

伊索本人的逸事　311

晚晴杂记

我的读书　314

写文章的习惯和时间　315

我的藏书的长成　317

读少作　319

旧　作　320

今年的读书愿望　322

《A11》的故事　324

记《洪水》和创造社出版部
　的诞生　326

读郑伯奇先生的《忆创
　造社》　335

胡适与我们的《小物件》　336

郁氏兄弟　338

达夫先生二三事　340

达夫先生的身后是非　342

书店街之忆　344

敬隐渔与罗曼·罗兰的一
　封信　346

"丸善"和《万引》　348

关于麦绥莱勒的木刻故
　事集　349

从一幅画像想起的事　351

原稿纸的掌故　353

关于写作的老话　355

金祖同与中国书店　357

郭老归国琐忆　359

《六十年的变迁》所描写的
　一幕　361

关于内山完造　362

附录：译名对照表　367

前　记

叶灵凤是画家、作家，也是藏书家。

他是从美术学校出来的，似乎还没有登上画坛就转入了文坛，还来不及真正做一个画家就已经成为作家，老的说法，是画名为文名所掩了。三十年代后期他就不再画画。许多认识他的人都没有见过他的画，除了早年的一二封面设计，他手头也许还藏有当年的一二作品，却总是秘不示人，虽然他这样做并不是"悔其少作"。

作为作家，他很早就写小说，但后来，至少是进入四十年代以后，也就几乎不再写小说，却不是搁笔不写文章，不仅写，还写得很勤，写的多是散文、随笔，而其中绝大多数是读书随笔。

这因为他首先是一位"真正的爱书家和藏书家"，喜欢书也喜欢读书；又因为更是一位作家，这就注定要有大量的读书随笔生产出来了。

爱书家，这一般很少听到的称呼在他笔底下却常常可以看到，猜想他更愿意被人称为爱书家而不是藏书家。

他早年在上海虽藏书万卷，抗日战争中都散失了。定居香港后他又从无到有地买书、藏书，估计不应该少于上海这个"上卷"之数，但他身后家人把藏书送给香港中文大学，整理后说是六千多册，这个"下卷"的数字倒是有些出人意外的。论时间，这"下卷"的时间是长多了。

遗书未上万，遗文却过百万。

在他一九七五年离开人世的时候，仅仅是遗留下读书随笔之类的文字，就不少于一百万言，包括已出书和未出书的。

在这《读书随笔》中，《读书随笔》《文艺随笔》《北窗读书录》和《晚晴杂记》都是有过单行本的。《读书随笔》出版于四十年前的上海。《文艺随笔》和《北窗读书录》分别印行于六十年代初期和末期，《晚晴杂记》是七十年代之初问世的（其中大部分是一般的散文、小品文，碍于体例，本书只选入了和读书有关的文章），它们都是香港的出版物。未结集成册的《霜红室随笔》《香港书录》《书鱼闲话》和一些有关的译文，只是在香港的报刊上发表过。总的来看，最早的文章写于二三十年代，最晚的作品成于七十年代初期，前后差不多有半个世纪。它们发表时，除了叶灵凤这个名字外，还用过林丰、叶林丰、任诃和霜崖这些笔名。

这些随笔为他自己的话作了证明：读书很杂，古今中外，线装洋装，正经的和"不正经"的书，他都爱读。杂之中，却也自有重点：文学的、美术的和香港的——前两类显出他作家和画家的本色，后一类就正是他下半生生活所在的地方特色。有所读而有所写，就是这里几十万字的文章了。

这里有一篇《书痴》，记的是一幅版画：藏书室，四壁都是直接天花板的书，一位白发老者站在高高的梯顶，胁下夹了一本书，两腿之间又夹了一本书，左手拿了一本书在读，右手又伸手从架上抽出一本书，一缕阳光从头顶的天窗上斜斜地射在老人的书上，老人的身上。作者说，他深深地迷恋着这幅画上所表现的一切，当然也包括那位白发爱书家。而他写这篇文章时，却还是鲁迅先生笔下"唇红齿白"的年轻人呢。

他在这篇短文中说："读书是一件乐事，藏书更是一件乐事。但这种乐趣不是人人可以获得，也不是随时随地可以招来即是的。学问家的读书，抱着'开卷有益'的野心，估量着书中每一个字的价值而定取舍，这是在购物，不是读书。版本家的藏书，斤斤较量着版本的格式，藏家印章的有无，他是在收古董，并不是在藏书。至于暴发户和大腹贾，为了装点门面，在旦夕之间便坐拥百城，那更是书的敌人了。"这说得很有意思，不过，他所说的"购物"式的"不是读书"的读书，也还是不可避免的，他自己就在《今年的读书愿望》中说过，时时要看一些本来不想看的书，而被占去了许多时间，不言而喻，其中肯定不少是为了临时"购物"而翻阅的书本，他虽引以为苦，但翻阅而有所得，也还是一定要感到不亦快哉的，这恐怕是不少做学问，写文章的人都有过的感受吧。

这本书包含着八个部分：《读书随笔》《文艺随笔》《北窗读书录》《晚晴杂记》《霜红室随笔》《香港书录》《书鱼闲话》和《译文附录》。最早的写作于二三十年代，最晚的是七十年代，前后近五十年。前四部分出过书，后四部分的文章只在报刊上发表过，除第一部分《读书随笔》是在上海印行的外，其余都是在香港写作发表的，对于一般读者来说，无异于前所未见的"新作"。它们发表时，除了用叶灵凤这个名字，还用过林丰、叶林丰或霜崖这些笔名。

《晚晴杂记》原书中有一半以上不是读书随笔，而是一般的散文小品，虽然隽永有味，碍于体例，都删去了。像这样的小品文章，发表在报刊上而没有编印成书的还有不少，如果一有机会出书，对于爱书家来说，当是喜见乐闻的事吧。

在《文艺随笔》的后记中作者说，由于写作时间前后相隔十几年，不免有重复或歧异的地方。现在集中在一起的这些文章，前后更是相隔几十年了，这样的情况就更是难免，尽管已经在注意避免。

作家和爱书家，这本书就是一位作家爱书几十年而写下的随笔。充满的不仅是对书的爱，对文艺的爱，对生活的爱，更有对家国的爱。

爱书而爱读书，"读书之乐乐何如？"记得有这样一首诗，而且还谱成为歌。我们的作者一生是因此乐在其中了。读他的遗文，我们是可以享受到一次又一次直接和间接的读书之乐的，直接的是他这些引人入胜的随笔文章，间接的是他告诉我们的那些古今中外可读之书。

丝　韦

一九八五年十一月

序一：凤兮，凤兮

叶灵凤，当一般认识他的人叫他"先生"时，有些不认识他的人却称他为"女士"。在他工作的地方，不时可以收到寄给"叶灵凤女士"的信件或请柬。这是他晚年常常带着微笑，向人说的。

这当然是可笑的误会。还有不可笑的、更大的误会。

二十年代他就写小说，三十年代他在上海办刊物，抗日战争爆发后，他先到广州，后到香港，一住就是三十多年，直到七十年代中期离开这个世界，都一直没有离开香港（短期的旅行不算）。就是日军占领香港的三年零八个月中，他也没有离开过。因此，就不免有了一些流言。

和他一样，那个时候并没有离开香港的还有诗人戴望舒，不同的只是戴望舒坐过日本军队的牢房，而他没有。就在那样的日子，是他和戴望舒做伴，一起到浅水湾畔，对病死在香港的《生死场》作者、女作家萧红的坟墓，默默凭吊。在这以前，这以后，直到五十年代戴望舒从海角的香港回归北京后，他们一直是好朋友。人们不知道战争年月更多的事实，但举一可以反三。有所为也就往往是有所不为。

说到萧红墓，人们记得，当一九五七年这一孤坟有被铲平而湮没的危险时，正是他带头和文化界的一些朋友一起，取出骨灰，送去广州，安葬在银河公墓。

在上海和他一起办过《幻洲》，后来长期担负对敌斗争秘密工作和统战工作重任的潘汉年，抗日战争胜利后一回到香港，就和他恢复了联系，而不是弃之如遗。

在潘汉年蒙冤的日子，他也曾不止一次地到北京做过客人，其间包括和阿英的欢晤。

正像早些时的流言站不住，后来加给他的"反动文人"的帽子也是戴不稳的。新版《鲁迅全集》和"文革"前《鲁迅全集》有关他的注文前后不同，也透露了此中消息，有如给这个"反动文人"平了反。

在他晚年写作的许多散文里，是不乏怀乡爱国的篇章的。

这更大的误会是可以澄清的了，只不过可能有些人没有注意到而已。

他的爱国行动还表现于他的爱书（这里的爱书意如爱将），其中之一是嘉庆本的《新安县志》。这个新安和风景秀美的新安江无关，它只是广东旧时的一个县，也就是今天的宝安，却比宝安幅员为大，今天国际性的大城市香港也属于它的范畴（今天名震国内外的深圳就更不用说了）。因此，《新安县志》也就包括了香港志的成分。他收藏有这部书，而且和广州、北京图书馆收藏的版本比较过，据他说，以他手头的这一部最全。内地就只有那两部，而香港却只有他这一部孤本。英国人虽然在香港抓了一百多年的统治权，却并没有抓到这样一部和香港有关的地方志。好几次有外国人，以当时的几万元港币（相当于如今的过百万元）的代价，伸手想抓走这部书，他都一一拒绝了，只肯让香港英国官方的图书馆复印一份，作为参考资料。他生前不止一次表示，书要送给国家。在他死后，他的家人完成了他的遗愿。这一部《新安县志》现在是藏在广州中山图书馆里。

但他心爱的藏书，朋友们所赞赏的他的藏书，却又不仅仅是这一部《新安县志》。

在香港，他是有名的藏书家之一。他有名的藏书主要在于三大部分：有关香港的书刊，西方的画册珍本，西方的文学书籍。从这本《读书随笔》的《香港书录》中，不难想象他这方面收藏的丰富，那些有关香港早年的史料是很可珍贵的，他自己写的《香港方物志》也是很有参考价值的著作。他早年的画，也画过不少，如果不是后来放下画笔只执文笔，最后是以画家还是以作家知名于世，就很难说了，尽管现在一般人知道他是作家，新版《鲁迅全集》还是称他为"作家、画家"的。他收藏的那许多西方的画册，是内地美术界朋友谈起来就不免流露关切之情的珍品。西方文学书籍的珍本那就更加使人为他难数家珍了。

不必问他的藏书有多少万卷，他的居所在香港那样的地方算得上是宽敞的，却由于他的良好的嗜好，弄得狭窄甚至狭窄不堪。那里真可以称得上书屋，屋子里到处都是书。我们的作家并没有书房，却每一个房间里都有不少书，大厅就更是书的天下，他就整天人在书中，由于"书中自有"，也就可以说是人在玉颜中，人在金屋中了。

正是难数家珍，他的这许多藏书本来是要送回内地，献给国家的，由于迟迟没有清点整理，终于由香港中文大学以先行全收后才清点的方式取了去，辟了专室，整理收藏，这一失误曾使人感到可惜，为之叹息。不过，一想到"一九九七年以后"，随着整个香港的主权的回归，这些图书不也是自然回归祖国的怀抱了吗？天下事就有这么妙！

人们都称叶灵凤为"藏书家"，他虽然在生时没有"请予更正"，但他肯定欢喜另外的一个头衔"爱书家"。不知道这是不是他自己创造出来的名衔，至少一般人很少这样说，只有在他的笔下才屡屡提到："爱书家"。从《读书随笔》的文章中就可以看到，同时还可以看到藏书家是书的敌人这样的译文。他有读书的兴趣，而且兴趣渊博，涉猎很广。他不是藏而不看的人，尽管书太多而他来不及尽看。

书和笔，读和写，这就是他多年来的全部生活。他不仅忙于读书，也勤于写书。他天天读，也天天写，他去世后遗下总有一两百万字的作品有待于整理出书（在香港已出书的有六七种）。这些文章都是已经在报刊上发表过的。有文艺随笔、读书随笔，有抒情小品、生活小品，有香港掌故、香港风物，有外国文学作品的翻译。那些谈香港史实的文章，是他翻阅了大量中英文的资料才写得出来的，多年来，它又成了别的人在写香港掌故时依据的资料。它材料丰富，文字端庄流利，爱国热情洋溢于笔墨之间，大义凛然，毫不含糊，对于异族统治者一点也没有什么媚骨。

岁月匆匆，他的去世一转眼就是十年。霜红最爱晚晴时（他

序一：凤兮，凤兮

晚年以霜崖的笔名，写了大量的《霜红室随笔》；所出的集子中有《晚晴杂记》)，回首前尘，不由得更对这位老作家有深深的怀念了。

沈　慰
一九八五年九月

序二：叶灵凤的后半生

叶灵凤的后半生是在香港度过的。

抗日战争是前后的分界线。全面抗战以前，他主要是在上海，幼年在九江，青年时代在镇江，然后就到了上海，踏进文坛。"八一三"以后，日军攻占上海，《救亡日报》南迁广州，主持其事的是夏衍，他也到广州参加编辑工作，编的还是新闻版。人在广州，家在香港，他周末有时去香港看家人，一次去了香港就回不了广州，日军跑在他前面进了五羊城。从此他就在香港长住下来，度过了整个的下半生，除了回内地旅行，几乎就一直没有离开过。前半生，江南、上海；后半生，岭南、香港。这就是他的一生。

他到广州、香港，是一九三八年的事。在香港留下来，不久就参加了《星岛日报》，一直到年过七十而退休，他始终是在胡文虎家族星系报业的这一报纸工作。当年的《星岛日报》由金仲华主持编辑部，许多进步的文化人都在那里，副刊《星座》是戴望舒主编的。叶灵凤什么时候把《星座》从戴望舒手中接下来，就记不清楚了。从此就和《星座》同命运，他一退休，这个活了一个世代还多的副刊也就被停掉。谈起来时，惋惜中他显得有些凄怆。

序二：叶灵凤的后半生

日军占领香港的三年零八个月，《星岛日报》换了一个名字：《香江日报》。而叶灵凤还在日本军方办的"大冈公司"工作，不过，一九八五年七月底去世，有香港"金王"之称的金融界大亨胡汉辉，八四年初写过一篇忆旧的文章，提到一个叫陈在韶的人，当时由香港"走难"去重庆，被国民党中宣部派回广州湾（今天的湛江），负责搜集日军的情报。他说，"陈要求我配合文艺作家叶灵凤先生做点敌后工作。灵凤先生利用他在日本文化部所属大冈公司工作的方便，暗中挑选来自东京的各种书报杂志，交给我负责转运"。他又说：他日间"往《星岛日报》收购万金油，在市场售给水客，以为掩护；暗地里却与叶灵凤联系。如是者营运了差不多有一年之久"。这里说到他是被要求"配合"叶灵凤的，显然叶灵凤早就在干"敌后工作"了，是不是仅仅暗中挑选一点日本书报那么简单，也就很难说。他这以前这以后，只干了一年，叶灵凤又干了多久就不知道了。

这至少说明，叶灵凤名义上虽然是在日本文化部属下工作，实际上却是暗中在干胡汉辉所说的抗日的"情报工作"的。

灵凤这时候和戴望舒还是好朋友，抗战胜利以后两人依然是好朋友。戴望舒是被日军拉去坐了牢的人。以他的爱国立场，是不会和一个落水做汉奸的人一直保持友情不变的吧。戴望舒有踏十里长途去凭吊萧红墓的诗，和他一起去萧红坟头放上一束红山茶的，那就是叶灵凤。

叶灵凤在日军横行香港的日子里的情况，人们知道得不多，但就只这些，也可以看得出一点道理的了。

在一九五七年版的《鲁迅全集·三闲集》中,《文坛的掌故》的注文曾有这样的字句:"叶灵凤,当时虽投机加入创造社,不久即转向国民党方面去,抗日时期成为汉奸文人。"但一九八一年新版(四卷)却把注文提前到《革命咖啡店》一文的后面,删去了"投机""转向"和"汉奸"等等,而改为:"叶灵凤,江苏南京人,作家、画家。曾参加创造社。"他被摘去了"汉奸"的帽子。可惜他自己已经不可能看见,只有靠家人"家祭无忘告乃翁"了。尽管解放前后他一直受到礼遇,六十年代、七十年代一再被邀请到北京和广州参加一些官方的活动,但毕竟白纸黑字上还有过这么一顶"汉奸"帽子。

抗战胜利后,全国解放前,潘汉年有一段时期在香港工作,就和叶灵凤保持往来,有些事还托他做。他们原来就是老朋友,这时依然是朋友,潘汉年并没有把他当什么"汉奸"对待。他也乐于尽自己的力所能及,做一些可以做得到的工作。

当年在上海,也就是所谓"投机加入创造社"那些年代,潘汉年办过《现代小说》,叶灵凤办过《戈壁》,两人又合办《幻洲》。柳亚子有过《存殁口号五绝句,八月四日作》,每一绝句咏两人,一咏鲁迅、柔石,二咏田汉、黄素,三咏郭沫若、李初梨,四咏叶灵凤、潘汉年,五咏丁玲、胡也频。关于叶灵凤、潘汉年的是这么一首诗:"别派分流有幻洲,於菟三日气吞牛。星期沦落力田死,羞向黄垆问旧游。"这却是叶灵凤前半生的旧话了。

潘汉年含冤多年,终于得到平反。叶灵凤前半生和他在上海都挨过鲁迅的骂,而叶灵凤更是首先"图文并谬"地骂过鲁迅。

序二：叶灵凤的后半生

挨鲁迅骂过的，未必都是坏人，这样的事例有的是。而骂过鲁迅的，"悔其少作"的更不乏其人。当六七十年代朋友们有时和叶灵凤谈起他这些往事时，他总是微笑，不多作解释，只是说，我已经去过鲁迅先生墓前，默默地表示过我的心意了。

抗战胜利后，不仅戴望舒、潘汉年，在香港暂住过的郭沫若、茅盾、夏衍……许多人，也都和叶灵凤有往来。这不免使人想起"鸟兽不可与同群，吾非斯人之徒与而谁与"的老话，也想到"汉奸文人"恐怕是一顶很不合适的帽子。

在全面抗战期间，叶灵凤由上海南下，经广州而香港，是为了抗战救亡。日军占领香港后，他没有追随许多文化人通过东江或广州湾，到桂林、重庆去，却也没有回上海（重回"孤岛"并不就是投敌）。他留在香港，在日军属下的机构和日军治下的报纸工作，那是看得见的，看不见的还有胡汉辉所指出的那些为了抗战的工作。其实不必等到一九七五年盖棺，他这一段历史早就在朋友们间已经论定的了。一九五七年版《鲁迅全集》的那一条注文，显然是"左"手挥写出来的。那些迷雾应该随新的注文而散去。

新中国如日初升。叶灵凤的老朋友戴望舒回到北京，参加工作，在北京度过了他生命中最后的岁月。叶灵凤却没有动而依然静，只是静静地留在香港，默默地辛勤工作。当然，两相比较，他是显得不够积极的。他自称一生从来不写诗，也许是缺少了一份诗人的激情吧。

他长期在《星岛日报》编《星座》副刊。由于报纸的立场，"座"上后来只是登些格调不低的谈文说艺写掌故的文章。他自己就写了不少读书随笔和香港掌故,也写了不少香港的风物。

读书,首先就要买书。三十多年在香港的安定生活(日占时期三年零八个月的动乱是例外),使他这个"爱书家"藏书满屋,而成了知名于港九的一位藏书家。他的住所不宽,厅里是书,一间两间房里也是书,到了晚年,坐在厅里,就像是人在书中,不仅四壁图书,连中央之地也受到书的侵略,被书籍发展了一些占领区了。他自己估计,藏书将近万册。

由于是作家,文艺书刊是其中主要的一部分;由于曾是画家,美术书刊又占了主要的一部分;由于居港多年,有关香港历史、地理、博物的书刊也占了主要的一部分。虽然没有什么稀世珍本,但有些还是较名贵的。有的朋友说,最可贵的是有关香港的这一部分;有的说,美术书刊也很可贵。所有这三部分,既有中文的,也有英文的,名贵的多是那些外文书籍。

也不是全无珍本,有一部清朝嘉庆版的《新安县志》,就是他自视为稀世珍本的。他对朋友们津津乐道,这是三稀之物,据他所知,只有广州和北京各藏有一部,他都翻阅过,都有残缺,以他这一部最全。这部书在香港是颇有一点名气的,香港官方和一些外国人都转过它的念头,曾经出了好几万港元的高价,合今天的币值总在百万以上吧。这对于一介寒士如他来说,就不是一个小数目了,他却一概小视之,不放在眼里,不放弃那书。香港大学的冯平山图书馆只有一部抄本,后来得到他的同意,复印了一部。对这一部使他十分风流自赏的书,他生前就一再表示,要送给国家收藏。他死后,他的夫人赵克臻按照他的遗志,送给了广

序二：叶灵凤的后半生

州中山图书馆。一般人可能不知道，这部志书所志的当年的新安，就是今天广东的宝安，还包括宝安以外"东方之珠"的香港和后起名城的深圳。它之所以成为珍本，受到香港官方和一些外国人的珍视，更受到被认为是深通香港掌故之学的我们这位爱书家的珍视，也就是完全可以理解的了。

完成送书心愿的举动他本人虽然看不到，人们却看到了叶灵凤的一片爱国之心。

如果不是由于受他家人委托的朋友的拖沓，他的全部藏书也会送回内地，而不会落到香港中文大学的藏书楼的。当时是怕《新安县志》可能树大招风名高受累，先送出为妙，其余的不妨缓缓而行，这就造成了不应有的迟延，当家人不堪满屋书刊的拥挤时，中文大学表示愿意造单全收（事后清点造了一份书单送家人留念），这些藏书就被如释重负地转移到山明水秀的沙田学府中去了。当时曾使一些内地的朋友闻讯惋惜。现在香港既然回归祖国大家庭有期，香港的公物将来也就是国家的公物，楚弓楚得，也就没有什么可憾了。

叶灵凤藏书虽多，藏画册虽多，藏画却很少。使他说起来就显得面有得色的，不过是汉武梁祠画像的拓片，和毕加索、马蒂斯作品精美的印张而已。前面提到过他"曾"是画家，那是由于他从上海到香港之后，就一直与作画绝缘，自我放逐于画家的行列，尽管他还是喜欢他从事过的西洋画。

他放弃了作画，集中精力于写文章，天天写。正像他的藏书一样，他的写作大体也可以分为三类，一类是读书随笔（渊博），一类是香港掌故和风物（精通），一类是抒情的小品（隽永）。由于差不多都是为报刊而写的，一般文章都不长。六十年代以后，出了成十本不算厚的书：《读书随笔》《文艺随笔》《北窗读书录》；《香港方物志》《张保仔的传说和真相》；《晚晴杂记》《霜红室随笔》……特别是抒情小品，像着墨不多的山水写意画，最是淡而有味。所抒的不少是怀乡爱国之情。早年写过的小说不再写了；翻译却有一些，如支魏格的小说、纪伯伦的小品之类。此外，也写过一些为稻粱谋才写的东西。在他身后，留下了大量的遗稿有待于整理出版。

他用过的笔名有林丰、叶林丰、霜崖、柿堂、南村、任诃、任柯、风轩、燕楼……有时就用叶灵凤。晚年用得最多的是霜崖。

他也有过写一两个长篇的念头，想写的是以长江、黄河分别做主角的《长江传》《黄河传》，却只是蓝图初画于胸中而已。他主要是在自己编的《星座》上写文章，也长期在左派报刊上写文章，到他晚年，在他所工作的《星岛日报》里，他已经被人看成左派了。

他怎能不左呢？在相当长一段时期左右壁垒分明、不相往来的香港社会中，他不避和左派来往，又在左派报刊写文章，每年还参加"十一"国庆的庆祝活动，应邀到广州参加广东作协的活动，应邀到北京参加国庆观礼和李宗仁举行的记者招待会（以作家身份参加），不时参加接待过境的北京、上海的作家……这就够他左的了。这左，其实就是拥护社会主义的新中国。

三十六七年，他一直在香港，有几次短暂的离开，就是这样去广州，去北京、南京、上海……台湾，没有去过；日本，去过一次,别的外国,没有去过。

在最后的二十多年里(五十年代以后),他把自己关在家里,也就是关在书里,对外的活动不多。很可记忆的一次活动是,主持把萧红的骨灰迁移到广州。在香港完成了《马伯乐》的萧红,也在香港完成了自己短暂的一生。那时正是日军占领香港的第二年,兵荒马乱,她被草草埋葬在浅水湾海滨。一九五七年,那里要修建旅游设施,萧红的坟有被毁于一旦的危险,文化界的朋友发起为她迁墓,广东作协表示欢迎迁葬于广州。萧红在港无亲人,这就由他和陈君葆出面办理,而由他在一群文化界朋友的陪同下,亲送骨灰到深圳,由广东的几位作家到罗湖桥头相迎。萧红的骨灰后来葬在广州的银河公墓(这件事也可以为他添上左的一笔吧)。

至少在香港,他是并没有"转向国民党方面"的,尽管和国民党的人有所往来。一般被认为右或中间的作家以至左派的作家,他也都各有接触。这样,就成了左、中、右都有朋友的局面。而在左派之中,也有人认为他右,甚至于在他去世之后,还有生前和他有来往的极个别的左派人士说他是"汉奸"的。真是难矣哉!在他晚年,他的名字有时和一些老作家如曹聚仁、徐訏……这些名字一起被提到。

他曾经想和朋友们办一个文艺刊物,连名字都想好了:《南斗》。但始终未能如愿,朋友们都不是有钱人,他除了工资就是为数不多的稿费(尽管天天写,他却不是日写万言以至两三万言的"爬格子动物"),除了分担八口之家还要满足自己的爱好去买书、买书,哪有力量去支持一个哪怕小小的刊物?

十年容易,他离开人们去作永恒的冥土旅行已经十年了(时在一九七五年十一月)。替他擦掉当他辞别这个世界时还没有擦拭干净的一些尘垢,也许还不是多余的事。老套的话在这里似乎还是有意义的:安息吧!今天是可以真正无憾地安息了。朋友们为他感到一点遗憾的,是他不能及身看到那顶"汉奸文人"帽子的消灭。

宗　兰

一九八五年九月十六日

读书随笔

重读之书

小泉八云曾劝人不要买那只读一遍不能使人重读的书。这是一句意味很深长的读书箴言，也是买书箴言。中国古语所谓书籍"汗牛充栋，浩如烟海"，在机械生产的今日，一个人即使财力和精力都胜任，恐怕也不能读尽所有的书，买尽所有的书。因此，我们在不十分闲暇的人生忙迫之中，能忙里偷闲，将自己所喜爱的读过的书取出重读一遍，实是人生中一件愉快的事。

读书本是精神上的探险，尽管他人的介绍与推荐，对于一本书的真实印象如何，总要待自己读完之后才可决定。有些为一般人所指责的书，自己因了个人的特性或一时的环境关系，竟有特殊的爱好，这正与名胜的景色一样，卧游固是乐事，然而亲临其地观赏，究竟与在游览指南之类所得者不同。将读过的书重读一遍，正与旧地重临一样，同是那景色，同是自己，却因了心情和环境的不同，会有一种稔熟而又新鲜的感觉。这在人生中，正如与一位多年不见的旧友相逢，你知道他的过去，但是同时又在揣测他目前的遭遇如何。

有人说，与其读一百部好书，不如将五十部重读一遍，因为仔细地将已经获得的从新加以咀嚼，有时比生吞活剥更有好处。但可惜的是，人生太短，好书太多，我们遂终于在顾此失彼之中生活，正如可爱的吉辛所慨叹：

> 唉，那些不能有机会再读一遍的书哟！

吉辛所惋惜的，不仅是可以重读，而且是那少数的可以百读不厌的书，因为他接着又说：

> 温雅的安静的书，高贵的启迪的书：那些值得埋头细嚼，不仅一次而可以重读多次的书。可是我也许永无机会再将它们握在手里一次了；流光如驶，而时日又是这样的短少。也许有一天，当我躺在床上静待我的最后，这些被遗忘的书中的一部会走入我彷徨的思索之中，而我便像记起一位曾经于我有所助益的朋友一样地记起他们——偶然邂逅的友人。这最后的诀别之中将含着怎样的惋惜！

在这岁暮寒天，正是我们思念旧友，也正是我们重行翻开一册已经读过一次，甚或多次的好书最适宜的时候。

作家传记

近来养成了读传记文学的习惯，先后读了左拉、屠格涅夫、王尔德、斯蒂芬逊，和两种歌德的传记：一种是英国女作家爱略亚特的丈夫勒威斯的一部最早的歌德传，一部是新派传记作家路德维喜的作品。

新派传记和古典传记的区别，是在前者搜集一些新材料，根据自己对于这位作家的认识，用一种小说的手法去描写；文字生动，叙事活泼，而且好作翻案议论，使人读去颇感兴趣。古典派传记则文字难免沉闷，但对于事实的叙述则极正确，不推想，更不武断，于材料方面比较可靠，不过遇有足以补救疑问的新材料发现时，这却只能让新派传记专美了。

罗曼·罗兰曾写过悲多汶、米勒、弥盖朗琪罗等人的传记；但他的传记作法是介于这二者之间的。与其说是关于他们生活的记叙，不如说是作者对于他们的理解。近代著名的新派传记作家，法国如莫洛亚，他写过拜伦、雪莱，及英国几个政治家的传记，材料新颖，文字轻松，简直可以当小说读了。德国的当代传记名手是路德维喜，他写了《歌德传》，又写过拿破伦、俾斯麦等人的传记。用着日尔曼人治学的精湛，再加上他深邃的见解，对于他的传记中人物心灵的解剖，路德维喜可说是无匹的。以《基督传》驰名的意大利作家巴比尼，他的近著《但丁传》，似乎没有他过去的传记那样成功。这也难怪，因为愈是熟悉的人物，愈难写得动人。

读作家传记，不仅可以增加对于那位作家和作品的了解，而且可以从其中获得许多可贵的教训。在我近来所读的几部作家传记中，只有歌德是个锦衣玉食，始终是一帆风顺的高贵作家，然而他却是得天独厚，具有一般人所不及的丰富天才和精力的人，在文学史上,仅是一人而已。左拉始终在努力,早年为了生活奋斗,中年以至于死,都为了正义在奋斗,连死后的葬仪还引起了反对和拥护者的冲突。王尔德在死后遗下了一个"唯美派"的头衔,但在生前所遭遇的社会压迫和生活贫困,只有读了他的传记以后才了然。至于屠格涅夫,则仅从他的作品上也可看出,这位时代巨人在思想上是如何的苦闷了。

作品是作家的生活和才能的产儿。贫弱的修养和贫弱的生活当然产生不出伟大的作品,这是不移之论。

作家和友情

都德在他的《巴黎三十年》的回忆录中,曾说起他和福楼拜、左拉、龚果尔、屠格涅夫等人的友谊。当时侨居巴黎的屠格涅夫,正是他的知友之一。他们几人每天在一处晚餐、喝咖啡、谈论文艺和人生上的一切。屠格涅夫始终向都德表示着最亲切的友谊和热情,但是当屠格涅夫去世之后,都德无意从他友人的文字中,发现屠格涅夫始终瞧不起他,说他是"我们同业中最低能的一个"。都德很伤心,他感喟地说道:"我始终记着他在我的家里,在我的餐桌上,怎样温柔热情吻着我的孩子们的事。我还收藏着他写给我的无数亲切可爱的信件。但在他的那种和蔼的微笑下却隐藏着这样的意念。天哪！人生是怎样的奇怪，希腊人的所谓'冷酷'这字是多么真实哟！"

这种友情的幻灭当然使都德很伤心，但在屠格涅夫方面，却并无他的不是处。因为他将友情和作品分离了，他对都德，甚至对他的孩子们有友情，但是不满意他的作品，所以才在背后说出那样的话；如果不是为了友谊，屠格涅夫也许当面就向都德说了。这样一来，都德早就和屠格涅夫绝交，也不致有死后这样的幻灭了。

本来，作家之间的友谊是最难成立的，尤其牵涉到作品的批评。作家像猫，他始终用一种不信任的眼光注视着他的同类，一面轻视，一面又在嫉妒。我们很少发现同时代的方向相同的作家们的友谊。即有，也都是为了利害相通和门户之间的暂时的结合，一到了彼此无所利用的时候，就分道扬镳，甚或互相丑诋了。"文人相轻"这诚然是一句刻薄话，但也是事实。每个作家如果都写日记，一旦将这些日记披露出来，我相信将成为一部空前未有的奇书。

法国的龚果尔兄弟就曾写下了一部这样的日记。他们将毕生的心血都花费在记叙他们同时代作家的一切上。这日记不仅包括当世文坛上的人物，而且还牵涉政治人物，一切秘闻丑史，都详细地记载着。这日记只发表了九卷，其余未发表的，根据大龚果尔于一八九六年临去世时遗嘱，要在他去世二十年以后才可发表。这日记的原稿由龚果尔学院封存着，但到了一九一六年左右，遗嘱上规定的二十年的期限终结的时候，他们推举了两位代表将这日记审查一下，是否可以发表。这两位代表回来后噤若寒蝉，只是摇着头说：为了免除诉讼、暗杀、自尽、伤心，以及社会上其他的不安起见，这日记最好要再隔一世纪始能发表。日记的内容如何，从这情形上就可想而知了。

据说鲁迅也有记日记的习惯，直到病倒在床上还继续未辍。我相信，鲁迅的日记如果一旦一字不改地被发表起来，那些自命为鲁迅的朋友更不知要如何地伤心了。

巴比尼的《但丁传》

据说，世上关于一本著作的研究，文献最多的是《圣经》，其次便要算到但丁的《神曲》。关于但丁的研究，真是多到指不胜屈，但大多是艰涩深奥，将但丁的人性和著作弄成神秘难解，成为一种专门的"但丁学"，几乎与文学隔绝，更与一般的读者隔绝了。但也偶然有好的可诵的新传记出现。这部最近出版的巴比尼的《但丁传》（*Dante Vivo*）便是其中之一。

提起巴比尼的名字，谁都要想到他那部著名的已经被译成二十三国文字的《基督传》。写过《基督传》的巴比尼，如今来着手写《但丁传》，可说是最适合的人选。

对于这部《但丁传》，巴比尼很自负。据他自己说，一位适合的《但丁传》的作者，至少先要有下列三项资格：第一，必须是天主教徒；第二，必须是艺术家，有一颗了解诗人的心；第三，必须是佛罗伦萨人。他解释必须具备这三项资格的理由是：但丁是天主教徒，只有同样信仰的人，然后始可以了解但丁的信仰，感受他当时所感受的一切。但丁既是诗人，那么，只有诗人才可以了解一位诗人的天才作品；一般的批评家仅用理智去了解是不够的。第三，因为但丁是佛罗伦萨人，虽然中世纪的佛罗伦萨与今日已大不相同，但未必全然改变，至少有几块石头、几座建筑、几条狭隘的小巷还残留着一点当时的面目，是但丁曾经亲自抚摩经历的地方。根据先天的性格和环境，一个佛罗伦萨人是比任何地方的人更适宜理解但丁的。

这限制似乎很严格，但巴比尼却很自负地说他自己正拥有着这三项资格。他是佛罗伦萨人，他可以够得上是个诗人，同时，在宗教信仰上，他正是天主教徒。

根据这种见解，巴比尼轻轻地抹开了许多但丁学家的存在，说他们都不曾真正地了解但丁，只是"围绕在狮子身旁的蝼蚁"而已。格罗采的《但丁的诗》，虽然写得还好，但他在"性格上是根本不会了解艺术作品"的人。

巴比尼这部《但丁传》的长处，是和他的《基督传》一样，勇敢地撇开了许多纠缠不清的疑问，不将注意力全部花费在考证和哲学上，而从性格上去了解作品，去叙他的生活。关于《神曲》的许多聚讼纷纭的诠释，巴比尼都大胆地一律抛开了。他以为《神曲》并不难读，至少不如一般但丁学者所说的那样艰奥难解，只要我们用一颗诗人的心去领悟他。

关于教皇和宫廷的对立，但丁的政治生活，他的恋爱悲剧，巴比尼都根据了最新可靠的资料，作了流利可诵的叙述。他这部《但丁传》的长处正在这里，他将但丁从专门家手中解放了。

但丁曾说过："我唯一的惧怕，是怕被那些将目前这时代称作古代的人们所忘记。"其实，这是过虑的。但丁是不会被人忘记的；从巴比尼的这部传记中，他更新生了。

关于短篇小说

最近，李青崖先以他所编著的《一九三五年的世界文学》一册见赠，这是商务今年新编的"一九三五年世界概况丛书"之一。看情形这丛书大约是要每年一套继续出下去的。李先生的一册《一九三五年的世界文学》，是十几篇从法国文艺刊物上所选译的重要论文和纪事的辑集，这种直接保存重要文艺史料和文献的办法，在这类性质书籍的编制上可说是一种新尝试。匆匆翻阅一过，发现其中《关于短篇小说的两篇法国议论》，第一篇巴黎《月报》的社论：《论短篇小说》，提及保尔·穆郎（Paul Morand）对于短篇小说的定义，竟和我的意见有许多相近之处，使我感到十分有趣。

今年春天，我曾写过一篇《谈现代的短篇小说》，论及短篇小说的产生和沿革，以及最近在风格方面的趋势，我提到两位短篇小说大师——契诃夫和莫泊桑，我曾说：

> 在这两位大师的努力之下，短篇小说便取得了最完整的形式和内容，而达到了"立体"的地步，不再是平面的叙述了。莫泊桑的法国中产阶级的恋爱纠纷，契诃夫的俄国小城市人物的阴郁，都是用着最敏锐的观察力，从整个的人生中爽快地切下了一片，借着这一个片段暗示出整个的人生……

这几句话，正与穆郎在《短篇小说中兴集》的序文中所说的相仿佛：

> 原来短篇小说是一种从现实世界迅速地切下来的一个剖面；它不能把一个人从出世的时候叙起，从根本上来说明，再陪着他到生长的时代；对于人，它只是一个特性或者一个情势的全力化为行动的最后那一分钟，变而显出流动的性质，于是它就使这个特性或者这个情势，在这个集中它或它的行动里面活动起来……（李译）

这正是长篇小说和短篇小说的区别，穆郎所慨叹的，是现代法国短篇小说的艺术品质的低落，所以他编了一部《短篇小说中兴集》，收集一些在风格和内容上足以当得起"真正的短篇小说"，以与周刊上流行的商业化的短篇小说相抗，借以挽救短篇小说品格的低落。

这是法国的情形。但在中国，我们的短篇小说虽没有"商业化"的危机，但有一个更大的危机已经在侵蚀着我们：这就是，题材的公式化和技术的低落。

"短篇小说"在中国文坛上已成为一个落伍的名词，大家都称它作"创作"或"短篇创作"。这本来是一个艺术气味十分浓重的日本名词，但目前在这名词之下的中国创作，已经变成一些千篇一律的刻板文字，不仅没有"艺术"，而且早已不是"小说"。所描写的虽是"现实"，但实际早已与人生游离，成为"超现实"，都是一些捏造的公式化的故事而已。

在这情形之下，所以目前刊物上所发表的短篇创作，无论在哪一方面，都较四五年以前的低落，甚而至于赶不上"五四"时代的初期作品，这实是一个可痛心的现象。但这现象，似乎作家和批评家都固执地不愿加以考虑，而且安心地任它发展下去。

身后之名

英国十九世纪末的薄命文人吉辛（George Gissing），生前住在伦敦卖文为活，潦倒不遇，所入不够生活，有时穷到面包都吃不起，只以扁豆度日。他的宿处没有盥洗的设备，每天借了看报为名，到伦敦博物院阅览室的盥洗室去解决这问题。盥洗室的管理人发现他天天光临，而且将那里当作了浴室和洗衣作，于是这位绅士态度的管理人便在门口贴上一张字条，上面写着：

　　此间设备系供偶然盥洗之需而设。

　　借以使吉辛自己心里明白。文字生活窘迫到这样，真是使人慨叹。吉辛在生前曾时常希望似的叹息：

　　我如果能吃得饱就好了！

　　这是他一面饿着肚子，一面又在写文章时的叹息。从这上面，可知他一生从文字所换得的生活如何了。
　　吉辛秉性孤高，写文章不肯俯合时流，所以不为当时的读者所认识，以致衣食不全，潦倒终身，但是自从他去世以后，他的轻松的散文，严肃的文体，渐为世人所爱好，声名竟一天一天地大起来。以前在文学史上没有余地可容的他，现在也渐渐占着显要的地位了。
　　现在有许多人爱读吉辛的文字，夸赞他的文体。他的遗作都从新印行，甚至版本收藏家都在收买他的原版旧书。他的一册小说《黎明中的工作者》的初版本，在当时也许是标价一便士还无人过问的旧书，一九二九年在美国古书市场上竟卖到八百五十元美金的高价。
　　吉辛在九泉之下，如知道这情形，生前连肚子也吃不饱的他，死后他的一册书竟卖到八百五十元，对于这身后之名，我不知道他是微笑还是痛哭。但无论怎样，从同样以文字为生的我们看起来，这诚是一件值得咀嚼的事。

我们是该迎合时流，以期眼前的温饱，还是为了自己文字的永久生命，宁可忍受生前的冷落和饥饿？

吉辛有一册《越氏私记》(*The Private Papers of H. Ryecroft*)，是目前最为人传诵的散文集。这册书是他假托一位作家辛苦一生，仅能温饱，因此从不曾写过一篇满意的文字，一切都是糊口之作。晚年忽然得了一笔遗产，可以衣食无忧，不必斤斤以文字谋生，于是便发誓要写一部不是为书店老板，不是为读者，而是为作者自己意兴所至的著作，于是便写成了这部随笔。这是吉辛的假托，同时也可说是他一生最高的幻想。

郁达夫先生很赏识这书，施蛰存先生和我也有同嗜。不久以前听说他要将这书译成中文，不知已着手未？《无相庵随笔》的风韵，正是最适宜移译吉辛这部名作的。

《米丹夜会集》

一千八百八十年四月间，普鲁士的军队攻入巴黎的十周年，巴黎文坛出现了一部可注意的小说集，书名是《米丹夜会集》(*Les*

Soirées de Médan），一共六篇短篇小说，由六个作家执笔，题材都是类似的，各人都采取着普法战争中的一段逸闻。这六个作家，领衔的正是那时以《小酒店》和《娜娜》奠定了自然主义基石的大师左拉，其余是：莫泊桑、荷斯曼、阿立克西、萨尔德和海立克五人，都是那时刚建立不久的自然主义旗帜之下的斗士。

关于这小说集的形成，莫泊桑曾有一段有趣的记载：

> 在乡间的一个美丽的夏季黄昏……我们之中有人刚从河里游水上来，有人头脑里充满了大计划刚从村外散步回来。
>
> 在悠长的晚餐（因为我们大家都是饕餮者，而左拉一人就拥有三个小说家的食量！）的悠长消化时间中，我们便谈话。左拉告诉我们他的未来的小说，他的文艺见解，以及对于一切的意见。有时，近视眼的左拉，在谈话之间会突然攀起猎枪向草丛（我们骗他是鸟雀）打去，诧异着自己怎么老是打不中什么。
>
> 有时我们钓鱼。海立克对于此道最出色，而左拉老是失望地钓些旧皮靴上来。
>
> 至于我自己，有时躺在"娜娜"（舟名）之上，或者游水，阿立克西四出散步，荷斯曼抽香烟，萨尔德则说乡间毫无趣味。
>
> 在一个温和可爱的晚间，月色正浓，我们正谈着梅里美的时候，左拉突然提议大家讲故事。我们好笑，但决

定为留难起见,第一个人所采取的形式,其他的人必须遵守,虽然故事内容各自不同。

于是左拉便讲了那战争史中可怕的一页,那"磨坊之役"的故事。

他讲完之后,我们大家都喊道:你该立刻将这写下来。但是他笑道:我早已写好了。

第二天轮着我,这样轮流下去,阿立克西使我们等了四天,说是怎样也找不到题材。左拉说所讲的很别致,提议我们将这写成一部书……

这便是《米丹夜会集》的产生。那时左拉正住在米丹乡间,这一群作家每晚来聚谈,为了纪念左拉夫人殷勤的招待,所以他们决定取了这书名。

收在这书里的小说,左拉是著名的《磨坊之役》,莫泊桑是那使他一跃成名的杰作《脂肪球》。《磨坊之役》是叙述普法两军争夺一座磨坊,磨坊主人和他的女儿女婿,为了掩护退却的法军,不肯为普鲁士军队向导,怎样牺牲了生命的故事。

"脂肪球"是一位名妓的绰号,她为了她的高贵的同胞们得以安全通过普军区域,自己向普军军官牺牲了自己肉体,那班高贵的士绅淑女在事前请求她为他们牺牲,但是当"脂肪球"从敌人的军官那里宿了一夜,获得全体安全通过的允许回来的时候,大家又都一致地瞧不起她了。对于上流社会的自私和伪善,莫泊桑嘲弄得极残酷,而将这妓女写得极伟大可爱。

一八八〇年正是法国全国一致要向普鲁士人复仇的时候，这书的出版，立时就获得了广大读者的拥护。

《摩西山的四十日》

《摩西山的四十日》的故事，是说在欧洲大战时期，在一九一五年的夏天，在战云弥漫最烈的时候，邻近土耳其边境的亚美尼亚几个小村庄，突然接到土耳其的哀的美敦书，说是这几个村庄的亚美尼亚人的存在，足以妨害土耳其的安全，叫他们全部立刻迁移，迁到很远的一个偏僻荒地去暂住，直到战争结束了再回来。话虽然这样说，虽然也给他们指出了一个目的地，但是实际上他们的目的地就是死亡，是土耳其人对于他们有计划的侵略而已。面对着这不可抵抗的暴力，驯服的亚美尼亚人突然感到被异族压迫的屈辱，于是在死神的翼下，这全体的亚美尼亚人，七个村庄里约五千左右的同族的人，燃起了抵抗的热情，宁为玉碎，不为瓦全，带了所有的武器、子女和牲畜家具，逃上濒海的摩西山的顶上，在这绝地上，尽力布置可能的防御，准备反抗土耳其人的屠杀。

一位牧师，一位从巴黎回来的亚美尼亚的军官，便做了这一群被悲惨的命运迫到绝路的人的领袖。

在土耳其人的炮火下，在饥饿与疾病的挣扎中，在血与肉的搏斗中，面对了不可逃避的死神的威胁，这五千个亚美尼亚人在山顶上抵抗了四十日，差不多死尽了，直到偶然一个机会，一只法国兵舰从山崖下经过，才将残余的人救了出去。

这种为了异族的压迫而抵抗的英雄的悲剧，是欧战近东方面令人泣下的一段悲壮的史实。

一九二九年左右，一位现代德国诗人魏费尔（Franz Werfel），偶然听到了这段故事，知道是一件惊天动地的绝好的资料，便用他生动的笔，史诗的叙述力，深邃的人性解剖，写成了一部八百页的小说——《摩西山的四十日》。

魏费尔是犹太人，在这部小说里，他深深地贯注了自身种族沉痛的悲哀。

潜在人性里的反抗的种子，在无可退让的境地中便会迸出灿烂的火花来，泯去一切隔膜和尊卑，而在生与死的边缘上，为了不能忍受的，精神上的侮辱，来一场团结的忘命的斗争，这正是魏费尔这部小说里所包含的精神。

可爱的斯蒂芬逊

如果文学作品是枯寂的人生的安慰，那么，作家在精神上正是我们的朋友。有些作家喜爱从自己的作品中将自己隐藏起来，有些作家却爱尽力地在作品中将自己的成分注入。前者是畏友，你崇拜他，你敬仰他，但是你不敢过于和他亲近。后者却是密友，你觉得他在将他的心腹告诉你，你也可以将自己的哀乐寄托给他。没有人敢说但丁、歌德，或者莎士比亚是他的朋友，但是对于斯蒂芬逊，《金银岛》的作者，英国近代最可爱的一位小说家，凡是熟悉他的作品的人，都乐意而且安心将他引为是自己精神上的朋友，不夸张也不僭越。

我正是一个喜爱斯蒂芬逊的人。英国小说很少使我耽读不厌。我对于狄更斯很淡漠，我厌恶司各德。高尔斯华绥的乡绅气息使我窒息，康拉德的有咸味的海上人物略略使我神往，但对于斯蒂芬逊的作品，我可说全部爱好。固然，他的小说的浓重浪漫气息能使人神往，但重要的还是他灌输在一切作品之中的那种亲切感。他用一种亲切的态度叙述他的故事，他也用一种亲切的态度发表他的意见。他从不谩骂或者讥刺，他至多是恳切地向你劝导而已。

斯蒂芬逊最爱写信。这也是使人感到这位作家的亲切可爱的原因之一。他遗下的四大卷书信集，其中琐碎地诉说他日常生活，健康态度，他的作品构思和写作的经过，他对于朋友们作品的批评和感想。心情不好时，他在纸上叫苦连天；身体健康而心情愉快时，他便连园外草丛中白狗养了几只小狗的琐事，也详细地向他数千里外的祖国朋友们报告。

这些书信，你读起来你便觉得他好像是写给你的一样。你不由得要幻想，你的生活中如果也有一位这样的朋友，人生将是一件怎样乐事。但你可不必慨叹，你只要将他的作品随便翻开，你便觉得他的信已经是写给你的了。

这样，这位作者和他的作品便成了许多人的亲切的朋友，也成了我的朋友。

斯蒂芬逊的健康不好，他的全部的重要作品可说全是在病中写成，正如他在逝世前一年（一八九三年）写给乔治·梅里狄斯的信上所说：

> 十四年以来，我不曾有过一天真正的健康；我总是病着醒来而又疲惫地去就寝；可是我不畏缩地干着我的工作。我躺在床上也写，不躺在床上也写，在病中写，在咯血时也写，咳嗽难忍时也写，头脑晕眩时也写；支持得这样长久，我觉得我好像已经得胜，重行获得我的健康了……

这种情形，使人觉得他的作品更加亲切可爱。因此，如果近来在美国流行的"如果你单身住到一个无人的荒岛上去，只允许你携一本书去，你将携谁的著作？"这问题到我面前时，我便要毫不踌躇地回答：

"斯蒂芬逊！"

谈普洛斯特

研究社会科学的人，无可避免地总要提及马克思的《资本论》，但是认真读完三卷《资本论》的人百不得一，能翻完第一卷书页的人已经很难能可贵。同样，研究现代文学的人总爱提到马赛·普洛斯特（Marcel Proust）的大名，其实，很少有人翻完过他的七卷大著《过去事情的回忆》的第一节。

"马赛·普洛斯特是现代作家中被谈论得最多而读得最少的人。"这句话正是真理。

《过去事情的回忆》是号称近代法国小说中最难读的一部小说。一共有七大卷。它的难读，并不由于卷帙长，而是由于文字的艰涩。美国的华尔顿夫人，普洛斯特的研究家，曾说得很好：《过去事情的回忆》是一部具有德国作家沉重的风格的小说。它使人难读，并不由于它的长，而是由于它的深。现代小说读者要求长的长篇，但是仅愿作者触及生活的表面。普洛斯特的小说，它的长度正与它的深度相等。他在探寻人物内心的活动，因此遂为现代读者所不能咀嚼而摇头了。

《过去事情的回忆》，所描写的是巴黎已消灭了的贵族和旧时资产阶级的生活，王子、公主和贵族命妇一流人物的生活和丑史。年轻时代的普洛斯特正在这一群中混过，这里面正有着浓重的自传成分。他的小说着重于内心分析，人物的活动不过是他所要描写的精神活动的佐证而已。在这方面，普洛斯特是承继着他的前辈斯坦达尔的遗产,远在乔伊斯的《优力栖斯》之前,为现代小说着重于内心分析的大路奠下了第一块基石。

人们因为仅是谈论普洛斯特和他的著作,而不实际上动手去翻阅他的作品,因此遂有许多传说围绕着这位作家,种种奇怪的关于他的传说。

前年的纽约《星期六文学评论》曾刊了一张文艺讽刺画,画面是漆黑一团,一无所有,而标题却是:

据说普洛斯特这样在黑暗中著作。

这玩笑并不十分过分。因为普洛斯特确是怕见日光,而且夜间工作的。他得了气喘症,怕见白昼,怕冷,怕嗅一切的香气,怕听任何声音。他明白自己的寿命不长,为了必须赶紧从事著作起见,便谢绝一切的沙龙应酬和交际,将自己关在一间公寓的房间里,与外界一切隔绝,而生活在"过去的事情的回忆"中。他怕听声音,将房内四壁铺上软木,穿起厚大衣,点着极小的灯光,白昼睡觉,夜间却起来工作。他在午夜接见朋友,像枭鸟一样地隐在朦胧的灯光和臃肿的衣服之中谈话。

普洛斯特对于自己著作中所涉及的琐事和细物,十分认真仔细。据说他为了要描写某一顶帽子,曾在半夜打电话给这顶帽子的物主某夫人:

"亲爱的太太,你如果肯将我从前恋爱你时你所戴的那顶有紫罗兰的小帽子给我一看,那将是我最愉快的事。"

"可是,亲爱的马赛,这已经是二十年以前的事了。我已经没有这帽子。"

"嗳,太太,我知道你不肯给我看。你存心捉弄我。你使我十分失望。"

"我再对你说,我并不曾将旧帽子保存。"

"但是D夫人却将一切旧帽都保存的。"普洛斯特还在执拗地说。

"那固然很好。但是我并不想开博物院。"

这样的性格,造成了普洛斯特和他著作的声誉,但是却很少有人有勇气去翻开他的作品。

法朗士的小说

有一时期,我颇爱读阿拉托尔·法朗士的小说。我尽可能地搜集所能买到的他的小说,贪婪地一本一本读下去。这样,他的三十几册小说,我差不多读了五分之四。

其实,我并不完全喜爱法朗士,我最厌恶他对于历史和考古知识的卖弄,以及一大套近于玄学的幽默。如最为一般文选家所称道的短篇代表作《仇台太守》，正是最使我头痛的一篇小说。反之，他的巧妙的处理故事的手法以及随时流露的文字风格的精致，使我觉得他不愧是跨立在新旧时代的鸿沟上的最后的一位大师。法朗士死后，无疑地，法国文学史是结束了最光荣的一代而开始另一个时代的叙述了。

我并不爱好华丽的《红百合》。这部小说像是一间新油漆的客厅，辉煌得使人目眩，但是并不使你感到亲切。我当然爱好美丽的《黛斯》，可是其中的一部分，关于古代宗教的玄学的叙述，又使我头痛了。

我最爱读的一部法朗士的小说，乃是他的古意盎然的《波纳尔之罪》。当然，这是矛盾的。《波纳尔之罪》正是法朗士最卖弄他的博学的一部著作，使他选入他所厌恶的"法兰西学士院"正是这部著作，但我觉得他在别的著作中发泄的"书卷气"，在这部小说中却十分调和，反而增加它的可爱了。

诚如小泉八云所说，年老的爱书家波纳尔，坐在书城中，向他的爱猫诉说着他的珍藏，一面心中在燃烧着一缕怎么也不会灭熄的绝望的恋情。在法朗士的笔下，这可珍贵的人类的至情，实在被他写得太使人不能忘记了。小泉八云的这句赞语，恰好说明了我爱好这部小说的原因。

法朗士的父亲是开旧书店的，出身于这样环境的他，耽溺于一切珍本古籍和考古知识的探讨，早年便写下了这样古气盎然的小说，正不是无因。然而正因了这种气氛，有些年轻的批评家便攻击法朗士，说他不是现代意义的"作家"而是书呆子，他的著作不过是旧书的散页和考古学的堆砌,实是说得太过分一点了。

"让我们爱好我们所中意的著作,而停止对于文学流派和分类的麻烦。"法朗士同时代的批评家拉马特这句话,正是一位真正的文学爱好者的所必具的要件。

莫泊桑与福楼拜

无论你所要讲的东西是什么,能表现它的句子总只有一句,也只有一个动词,一个形容词足以形容它。你必须要寻到这唯一的一句,唯一的动词,唯一的形容词而后已……

这是自然主义大师福楼拜指导当时他的后进莫泊桑的话。

在文学史上,没有一种师生之间的指导和尊敬,先辈对于后进的提拔和奖诱,胜过福楼拜和莫泊桑二人之间者。

被誉为短篇小说第一人的莫泊桑,不仅在文体上受着他先生的影响,而且更在福楼拜严厉的指导之下,受着观察人生和一切事物的训练。福楼拜也许早已看出莫泊桑的才干,但他始终是在不过奖也不过抑的态度下勉励他,为这青年作家叩开文坛上的门户。福楼拜第一次遇见莫泊桑,就对他说:

> 我还不知道你究竟有否才干。你给我看的东西,证明你有相当的聪明。但是不要忘记,少年人,正如布封所说,所谓天才,实只是长期的忍耐而已。

对于年轻的莫泊桑,福楼拜所以这样悉心指导的原因,除了他发现莫泊桑具有小说家的天才之外,还有私人的感情在内。福楼拜在早年,曾经从莫泊桑的叔父手下受过文学上的训练,他终身不忘。叔父死后,福楼拜便移爱到侄儿莫泊桑的身上,又因了莫泊桑的像貌与他叔父相似,这更牵系着他的旧情。福楼拜接受了莫泊桑母亲的托付,为她的儿子作文学上的导师以后,曾经写过这样的信给她:

> 一月以来我总想写信告诉你,我对于你儿子所生的感情;他懂事而且聪明;用一句时髦话说,我觉得我和他正是气味相投!
>
> 虽然我们年龄不同,我却将他当作我的朋友。此外,他更使我想起阿尔费特!有时,相像的程度简直使我吃惊,尤其当他低头诵诗的时候。

因了这种原故,福楼拜便以严师而兼畏友的精神,悉心指导莫泊桑写作,为他介绍稿件,更为他介绍职业。在当时的法国文坛上,虽然有着新起立的左拉威胁着他的地位,但是福楼拜坚信他的弟子决不会辜负他的期望,一定有一个光荣的前程。

从下面的话中，我们可以看出福楼拜怎样将自然主义的衣钵传给了他的弟子：

> 重要的是，你必须细心研究你所要表现的一切，直到你发现任何人所不曾见过或说过的特点。每样东西总有一点隐藏着的未被发现之点；因为我们观察事物，向来惯用未见实物之前的自己想象所得混合其间。最小的东西也会包含一些未知之点，让我们来发现这特点……这方法使得我能将一个人或一种物件用简单的几句话就可以描出他或它恰当的特点，使他或它可以和同类的一切决不相混。

> 当你经过一个坐在店门口的杂货店老板，或者含着烟斗的看门人，或者马车站前马匹的时候，你必须将这位老板及看门人的地位，他们的身材容貌，以及从你想象中所获得的关于他们的天性和性格，一一显示给我，使我决不致和任何其他杂货店老板或看门人相混。用一个简单的字，一句话，使我知道那匹马何以和其他的五十匹马不同。

这就是莫泊桑从福楼拜所受的可贵的教训。

爱伦·坡

在这初寒的冬夜，围着炉火，在灯下读爱伦·坡的小说，该是一件乐事。四周是荒凉，寂静；风声低低地掠过树枝和屋瓦，壁间有一只耗子琐碎地响着；这一切，正与爱伦·坡的每一篇小说的情调相吻合。

坡的小说，文字的晦奥和艰涩，正与他的阴郁凄暗的内容相仿。所以你始终要聚精会神地去细细咀嚼，因而心情也特别地紧张，无形中加浓了他的小说所给予读者的特有的气氛。但是你若匆匆地打开他的小说，预备像吃一碗甜菜一样地滑下去，那你不仅领略不到坡的好处，而且连故事的概念也很模糊，立刻就要打呵欠了。

所以爱伦·坡很不易读，因此中国也不很流行，只有近十年以前的北平沉钟社的几位先生曾为坡出过一个特刊，可说是中国仅有的一群坡的爱好者。

爱伦·坡是美国作家，而他的作品却带着法国人的气息，他的影响更在欧洲大陆而不在他的本国。在美国，无论在他生前或死后，爱伦·坡仅是一位怪人酒徒、军官学校的革退生，写过几首诗和短篇侦探小说而已。但在法国，波特莱尔却为他的奇才所惊服，因为他们正是一样，都是——

死的山阴所散出来的七弦琴的回响

爱伦·坡正是一位具有鬼才的作家。他的小说，都是他的诗的变形。他着重于情调和氛围气的制造，故事的发展还在其次，因此他的小说被摄了电影以后，银幕所现的仅是他的糟粕，真正地成了"奇情侦探恐怖故事"，完全失去爱伦·坡的风格了。

在爱伦·坡的笔下，短篇小说第一次被人予以充分的注意，成了一种独立的艺术，不仅在美国，他正是英文文学中仅有的一位短篇小说家。

关于爱伦·坡的传记，作者很多，但好的却少。到目前为止，最详最好的一部，该是亥菲·爱伦（Hervey Allen）的《伊撒拉费·爱伦·坡的生活和时代》，爱伦本是小说家，他的这部传记是九百页的巨著，关于爱伦·坡的颠沛的一生和著作，是讲得最详尽正确，而且也是最同情的一部。

天才与悲剧

前年冬天，当代"舞之诗人"亚历山大·查哈洛夫过沪时，曾在兰心戏院表演，我去看过一次。也许我对于西洋音乐的了解不够，我只看中了萧邦的几支小曲节目。萧邦带着东方色彩的空想和轻松的风味，完全由查哈洛夫夫妇的动作表现出来了。此外，我还爱上了查哈洛夫自己设计的 Pirrot 的舞台服装：黑假面，色彩错综的小丑服装,那完全是一帧毕加索的得意之作。

想起查哈洛夫,我更想起逝世了的邓肯。邓肯也是最爱萧邦音乐的,据说凡是萧邦用音乐所表现的人类一切情感,无不被邓肯用她有韵律的动作传达出来了。邓肯于一九二七年在尼斯被自己的围巾缠住车轮绞死,明年将是她的逝世十周年纪念。邓肯死后,古典的希腊舞艺已从舞台上消逝,没有人能传她的衣钵。

有许多人爱读《邓肯自传》,中文译本出来后也吸引了不少的读者。这书虽然仅写到她的胜利,而且有不少夸张的地方,但终是一部难得见的著作。邓肯是天才,她的一生是一出悲剧,正如她自己所说:

> 我的一生受着两种原动力的支配——恋爱和艺术——恋爱时常摧毁了艺术,而迫切的艺术欲望又时常使我以悲剧结束我的恋爱。这二者正是不能一致的,只有永远的争斗。

邓肯的这几句话正代表着她的一生生活。她注重艺术,也重视恋爱,于是一生始终在悲剧的情调中生活。她的两个可爱的孩子在巴黎无端乘汽车翻入河中,她和苏联诗人叶赛宁的离合,无一不象征着她在舞台上所表现的一切。

她很爱叶赛宁。但是,叶赛宁是一位穿了革命服装而怀着一颗浪漫心脏的诗人。他憧憬着邓肯能为恋爱而牺牲艺术,哪知邓肯的心情正相反,她宁可为了艺术的生命而以悲剧结束恋爱。叶赛宁本已失望于革命，他觉得革命并没有他想象中的那种色彩和光耀，现在又从恋爱的梦境中失败，他明白自己生得太晚了，这个世界已不是属于他的世界，于是便悄悄地吊死了。

这是近代艺术的双重损失。叶赛宁不自杀，可以成为一位最有才能的俄罗斯田园诗人。邓肯不因精神上的打击而遭受意外，古希腊庄严静穆的舞艺将因她的努力而复活起来。但命运的悲剧却结束了这两位天才的生活。

《猎人日记》

我很爱读屠格涅夫的《猎人日记》。并不是因为这书的力量曾使沙皇释放了农奴，却是喜爱其中关于森林、沼泽和天气的描写，使人对于俄罗斯的田野起一种亲切的爱好。当然，《猎人日记》的伟大并不在此，但这些地方正是使这部书成为一件艺术作品的要素。

屠格涅夫在早年曾说过这样俏皮的话：

> 诗人正好像蛤蜊一样，除非好到透顶，否则便一钱不值。

他早年颇有希望成为诗人的野心,也许后来发现自己不能成为最好的蛤蜊,所以才转向小说方面。《猎人日记》中关于自然的描写,以及晚年所写的散文诗,正是他诗人才干的闪耀。凡是读过这作品的人,没有不为他美丽的文笔所吸引;他的地主、农奴、鹧鸪和猎狗,便在这样的背景里移动。

一枝美丽的笔,正是一位小说家最重要的工具。细腻并不等于纤巧,雄壮并不等于粗野;就是粗野,也不是粗糙;这里就是才能和艺术修养深浅的区别。我们现在所读到的青年作家的作品,无论是描写破产的农村也好,描写淫靡的都市也好,总没有一点成熟的征兆,更谈不到才能的光辉;这都是还不曾备具成为一位作家的必要的基础之故。这样的作品几乎使人不能卒读,哪里还谈得到效果和受感动。近来有人叹息创作的水平日渐低落,这就是因为每一只苹果都是不曾成熟就从树上摘下了。

屠格涅夫的《猎人日记》据说费了十年收集材料之功,随时随地记录着一切可用的印象和感想。他并不是为了要解放农奴才写《猎人日记》,却是因为他所描写的事实使得农奴释放了,这正是艺术的力量。

中国目前有着无数可以成为不朽的文学作品的素材,但是没有一位作家肯注意培植自己写作的修养和能力,只凭了一点浅薄的观念去虚构题材,去捏造人物,于是我们文坛上一面"货弃于地",一面又在嚷着贫乏!

亚剌伯的劳伦斯

现代英美人士，没有人不知道"亚剌伯的劳伦斯"（T. E. Lawrence）这个人的。这是一位神秘的英国人，身边围绕着许多层出不穷的传说。他是军人、探险家、考古家、学者、诗人，甚至奸细、卖国贼。他在大战之前奉了政府之命到近东去考察。他掀动亚剌伯人的叛变，同时又收服了这沙漠中的人心。为了和平会议上对于亚剌伯人的不平，他公然拒绝了英国皇帝的勋章。他的唯一官衔是"大佐"，但这还是为了便于乘用军事列车他才接受的。英国有人奉他为远征军的民族英雄，但又有人说他是出卖祖国利益的叛徒、奸细。他同时又是飞行家、旅行家。曾经从飞机上跌下过七次，一天有二十三小时乘了机器脚踏车在沙漠中疾驶。

在这一切之外，劳伦斯是牛津出身，在一生的惊险动乱之中还从原文翻译了荷马的《奥德赛》，写下了许多札记和日记，出版了一册现代的奇书：《智慧的七柱》（*Seven Pillars of Wisdom*）。

这本书的产生正恰好象征着劳伦斯不平凡的一生。

在巴黎的和平会议期中，劳伦斯开始写这部大作。他已经写好了二十五万字左右，有一天，在伦敦附近乘车归来的时候，全部原稿忽然不翼而飞了。他原是根据自己历年的札记写的，札记随用随毁，现在原稿既失，这一切材料也同时丧失了。唯一剩下的是一篇序文，于是他凭了自己的记忆，以及残留着的其他的资料，以三个月的时间又另写了一部，这回竟写成了四十万字。一年以后，他自己发觉写得太匆促，竟将全部原稿付之一炬，只留下一页。第三次，这次他仔细地写下了三十多万字，又加修改删除，剩下二十万字，这才算是《智慧的七柱》的定稿。

劳伦斯本无意于著作，这部书完全是为了朋友的邀请而写，写成后随即在伦敦由私家印行出版，册数和定价无人确知，仅知印数极少，定价也极贵。在美国则印了二十部，定价每部美金两万元，因此一般人不仅不曾读过这书，连知道封面是怎样的人也很少。

其后，劳伦斯为了经济上的难关，曾采取了这书的材料另写了一部《沙漠中的反叛》(*Revolt in Desert*)，实只是原书的十分之一而已。《智慧的七柱》全书始终不曾公开发卖过，直到去年，劳伦斯去世后，才第一次以定价美金五元的普及版，公开给一般的读者。

《智慧的七柱》是一部从军日记、旅行记、探险记和随感录的集合体，文章写得极美丽生动。"亚剌伯的劳伦斯大佐"（他有时署名为 T. E. Shaw），在一切之外，他同时还是一位文体家。

关于劳伦斯的著作，还有一段可贵的逸闻。他的《沙漠中的反叛》在英国将出版时，出版家向他献议，为了使他的读者们对于他的著作有所选择起见，请他将他的日记和札记再整理一些出版，劳伦斯满口答应，第二天携了原稿去见这出版家，同时提出了他的条件：

> 稿费一百万金镑，同时每册书另抽百分之七十五的版税。

出版家目定口张，几乎吓得昏了过去。这就是劳伦斯的行径。

海涅画像的故事

> 请放一柄剑在我的棺上,因为我曾经是人类解放战争中的一员战士。

不容于祖国的诗人海涅,在他的一首诗中,曾经这样地要求过。海涅是犹太人,一百年后他的族人在今日德国所受的虐待,他在当时早已身受过。他的著作不仅随时遭禁,而且不得不流亡到巴黎。但同时他的祖国却无人不吟咏着他的情诗,玩味着他的幽默。

海涅不仅是诗人,而且还是一位一流的散文家,他的书信和旅行随笔正与他的抒情诗一样的美丽,再加上他的一颗受着创伤的心,满腔的热情,颠沛的一生,因此世上正有不少"海涅狂"的人,珍视着和他有关的一切。

奥国的女皇伊利沙白在生前就是一位著名的"海涅狂"。她为海涅建立雕像和纪念碑,更收藏着关于这诗人的一切。据说在一八八四年左右,德国有一家刊物发表了海涅在生前不允发表的回忆录,其中附了一帧海涅的画像,也是外间从未见过者。隔了几天,这帧画像的收藏者恩琪尔先生忽然接到了女王的一封来信,信上简单地写着:

> 你正是我所要买的一帧海涅画像的物主。将价钱说出来,我即照付。

女王是以收藏"海涅"著名的,而且她的话就是命令。恩琪尔先生知道他这时只要说一个价目,他也许就可以借此享半世福。但他也是爱好海涅的人,考虑了一下,他就这样写了一封回信:

谁也不将海涅的肖像出售。

女王立刻明白了来信的意思,知道不可勉强,她于是很客气地写了一封信去,信上说:"我了解你。凡是海涅的爱好者,谁都不忍和他的东西分手。但是,请允许我这一点请求,因为我也正是一个海涅爱好者:可否将你的藏品借给我,以便临摹?我决慎重护持,用后立时奉还。"

这当然不能再拒绝。于是过了几天,便有一辆皇室的马车来到恩琪尔的门口停下,再隔四星期,这帧画像又物归原主,伊利沙白女王还附了一封道谢的信,报告临本临得很好,现已挂在她的书斋中,每日可见。此外,她又附了一枚巨价的猫眼石,一只钻石胸针,作为借画的酬谢。

海涅确是一位值得这样爱好的诗人。他的晚年的残疾,尤其使人心痛。他从一八四八年起,差不多因了筋骨痛就渐渐不能行动,终于成了半身不遂症,盲了一目,缠绵病榻,直到一八五六年才去世。他自己慨叹这几年的病榻生涯为"床褥上的坟墓"。

一八四八年,就是他发病的那一年,他于五月间到卢佛美术馆去走了一趟,归后即卧病不起,可说是海涅一生中最后一次的出外。关于这事,他自己曾有一段凄凉的记叙:

很困难的,我将自己拖到了卢佛宫,走进了那辉煌的厅堂,我们所钟爱的"弥罗",这永远受人祝福的美之女神所站的地方,我几乎瘫了下去。在她的脚下,我躺了许久,尽情悲泣了一阵,我相信大约连石人也要哀怜我了。女神似乎怜悯地望着我,但是并不慰藉,好像在向我说:你不看见吗?我并无手臂,因此我也无法帮助你。

末一句是垂泪中的微笑,正是海涅式的幽默。

略谈皮蓝得娄

我已经屡次说过,我对于戏剧很生疏,而且有一个不爱读剧本的习惯。这固然是世上好的小说太多,使我读不胜读,无暇顾及剧本,但读剧本像读侦探小说一样,须有一个很大的耐心,静待戏中情节的发展。我正是一个缺少这样耐心的人。

因此,对于最近逝世的皮蓝得娄,我不仅很生疏,而且不配谈。我仅从外国定期刊物上读过他的一些短篇小说(他写过很多短篇,该有四百多篇,而且写过一部如《十日谈》的故事集,扩大为三百六十多篇,每日一篇,恰够一年)。剧本方面,我仅读过徐霞村先生的译文:《六个寻找作家的剧中人物》,以及《嘴上生着花的人》,徐先生才是中国仅有的"皮蓝得娄家",但近年似乎对他也很淡漠。他是将皮蓝得娄介绍给中国的人,目前该是他了却这一重公案的最好机会了。

皮蓝得娄是意大利人,现代意大利作家自然逃不出莫索里尼的掌握,因此皮蓝得娄从一九二四年以来就加入了法西斯蒂,但他对这主义并不十分起劲,他的悲观哲学更不能使莫索里尼完全满意,因此这两人始终是在一种不十分和谐的默契中。莫索里尼一面请皮蓝得娄入意大利学士院,一面又不时禁止他的剧本上演。

皮蓝得娄在意大利,正如易卜生在挪威,斯特林堡在瑞典,契诃夫在俄国,霍甫特曼在德国,萧伯纳在英国,莫耳拉在匈牙利,倍那文德在西班牙,奥尼尔在美国一样,都是各具特色,独树一帜的戏剧家,不仅不相上下,而且正使近代戏剧借此生色。

在皮蓝得娄的哲学世界中,一切都是假的,就是这"假的"也是假的,各人都戴着假面具在活动,有的自以为是,有的取悦于人,而我们真正的"自我"是什么,就是我们"自己"也不知道。人生都是做戏,有的骗人,有的骗自己,直到有一天来到,感到了厌倦,便一脚将这一切都踢开……

> 去问一位诗人,什么是人生最凄切的现象,他将回答:"乃是一个人脸上所现的笑容",但笑的人不会看见自己。这正是皮蓝得娄的人生观,也是支持他的作品的哲学。

他早年写了三十年的小说,始终庸庸碌碌,直到一九一〇年无意间写了一个剧本,才获得意外的成功,而且在欧洲大陆和美国百老汇的成功,远超过了在他本国的声誉。他生于一八六七年,一九三四年得了诺贝尔文学奖奖金,新近去世,已届六十九岁的高龄了。

歌德自传

《浮士德》和《少年维特之烦恼》的著者歌德,还写过一部不大为一般读者所知道的散文杰作,便是他题名为《诗与真实》的自传。

歌德的一生和他的作品有不可分离的关系,浮士德的苦闷正是他自身的苦闷,少年维特的烦恼也正是他自身的烦恼。他的作品中的人物每一个都有来历,都是他的生活上的纪程碑。因此,这一部出自诗人晚年之笔的自传,正是理解匿在他一切作品之后的心灵的锁钥。

歌德自己曾说,他的早年著作都是为自己而写,只有晚年的这部自传,是为了他的朋友、他的国人而写,以便他们了解他早年的生活和对于作品的影响。他在自序上曾摘录了一位朋友的来信,证明曾经有人要求他这样做。这封信的口吻,据一般的考证,实是歌德自己所捏造，虽然当时的读者和朋友们曾要求他写自传是事实。

这部自传一共分四部，每部五章，从一七四九年，他的出世之日起，到一七七五年，正式受了魏玛公爵之聘为止，他的二十六年的青年生活，都仔细地在这书里记叙着。他的家世，他的学校生活，最初的律师职业，初恋的经过，著作生活的开始，一鸣惊人风靡世界的杰作《少年维特之烦恼》的产生经过，都在这部自传中记叙着。

歌德于一八〇八年，五十九岁的时候，就开始拟订写这部自传的计划，但第一部直到三年后方正式出版，第四部直到一八三一年的秋天才脱稿。第二年的三月里，我们的诗人已经去世了。因此第四部于一八三三年正式出版时，已经成为遗著了。

歌德确曾有过写第五部的计划，为他记录谈话的书记爱克曼也曾有过这样的建议，但他在第四部的著作上所花费的时间太多了，精力和年龄也不容许他再有这机会。

这部自传，正如题名所暗示，《诗与真实》，包含了歌德生活中的真实，也包含着他生活中之诗的幻想——存在于他的诗中的生活。这种真实的记叙和内心的自由，实为了解歌德的最重要的资料。因此，歌德死后，这书在当时是仅次于《少年维特之烦恼》，获得无数读者的著作。歌德在中国很流行，但至今还没有一部比较完备的《歌德传》，更没有人提及这书，实是我所最不解的事。

文艺当店

读理查·褒顿（Richard Burton）的文艺小品集，其中有一篇谈《诗人的穷困》，一篇论《文艺上的名誉和报酬》。他叹息作家最大的声誉常常是在死后才获得，而作家的"穷"，也被人公认为应该如此。一位诗人如果是富有，他的作品价值立刻就会低落，但世人一面又在叹息诗人的穷困不遇。褒顿说这正是人类可笑的一种矛盾。

据说弥尔顿的《失乐园》的稿费只卖了三镑，英国十九世纪末的神秘诗人汤普生穷到连稿纸也买不起，他在一家皮鞋店里当助手，他的诗稿都写在旧账簿和货物包皮纸上，说不定连这样也还要受过老板的叱责。作家的穷困，尤其是诗人的穷困，在文艺史上几乎成了定例，在社会上也成了必然的遭遇，谁也不敢倡导救济诗人的话，因为"穷"已经成了诗人一件光荣的外衣了。

世上最值钱的东西是作家的原稿，但是同时也是最不值钱的。一只表，一本书，一套旧衣服，市场上总随时有人出价向你收买，但是一叠原稿，在不蒙编辑先生的青睐之前，任是十年之后这将成为世界佳作也好，在目前总换不到一片面包（外国作家），或是一碗粥（中国作家）。

对于这情形，穆莱（Christopher Morley）在一篇题名《文艺当店》（The Literary Pawnshop）的短文里曾贡献过一个补救方法。他说，目光远大的文艺捐客，与其在出版家和作家之间赚一点佣金，不如设立一家押当，专收原稿，这样，未成名的作家的原稿将滚滚而来，当时以一片面包价格收入的作品，十年之后也许能获到一千倍以上的利益。但老板必须要识货，有眼光，否则这笔生意便难免蚀本了。

穆莱感慨地说，这押店理该由"作家协会"之类的组织去设立的，但他们宁可等你死了给你开追悼会，或者等你得了诺贝尔奖金之后给你开欢迎会，却不愿在你未成名之先给你的作品想一点办法。

我想，这当店若在中国能实现，那招牌上大约难免要注明"本店专当第一流作家"或"翻译不收"的。

屠格涅夫论写作

对于早年的屠格涅夫，批评家倍林斯基曾说过，他是长于观察而拙于想象。这批评，屠格涅夫自己也承认，直到老年，他还是怀疑自己内在的意识而倚重外来的印象。他很羡慕英国作家，他说他们有一种成功的布局的诀窍，而这种才能却是大都俄国作家所缺少的。他说他所依赖的是记忆，他不创造人物，他只是从自己和人世的接触中去发现他们。

据说，这是屠格涅夫的习惯，遇见一位生客之后，他便要在手册上记下他所观察到的特点。他和左拉一样，也和一切伟大的作家一样，不肯放松一丝感想或印象，一切都记录下来，也许到五十年之后才应用，也许永远躺在他的手册中，但他必须随时随地将生活和他的作品联系起来。他曾仔细地研究拉费特关于人相学的著述。客厅、车厢、图书室，这一切都是他爱好的观察所。他很重视文件和记录。他用艺术的热力将这一切消化了，然后赋予他们以新面目和新生命。一只水鸭和一位老年农奴的印象同样重要地存在他的记忆中，他便是用这样的记忆写成了《猎人日记》。

名著《父与子》的形成也正是这样。动机不是由于一个意念，而是由于一个人物。他在火车上遇见一位医生，大谈他的医学，屠格涅夫为这人的旁若无人的态度所吸引，觉得这人正代表着那时正在显露出来的一种新人物的典型，他颇想用这人写一部小说。这是夏天的事，到了冬天，他的小说在他心中已经成熟，用了这火车上遇见的医生作骨干，再加上他获得的另一个流放到西伯利亚去的人物的印象，便形成了《父与子》中的主角巴沙洛夫。

对于同时代的青年作家，晚年的屠格涅夫曾说过几句忠告的话：

> 你们该用全力保存俄罗斯文字的力与美，因为这是给你们的最大的遗产。要真实，尤其对于自己的感觉：从研究上去加深，去发展你的经验。保持对于一切事物怀疑的自由，切不要陷于任何"教义"的圈套。

屠格涅夫的这几句话正代表着他自己。因为他正和自己笔下所创造的《处女地》中的列查达洛夫一样,是一个面对着新生活,但是又不肯立刻就走上前去接受的人。

《死的跳舞》

留心西洋木刻的人,大约都知道荷尔宾(Hans Holbein)的杰作《死的跳舞》(*Danse Macabre*),这是以"死"为题材的有连续性的木刻,一共有四十多幅,不仅是最初的木刻连环图画,而且是最早的长篇讽刺画。

荷尔宾是德国人,生于一四七九年,他的父亲也是画家,因此这以"死的跳舞"著名的儿子常被人称为"小荷尔宾"。他除了木刻之外,还是人像画家,为当时欧洲的各国帝王绘了不少有名的肖像,但他的《死的跳舞》更普遍地为人所爱好,使他与当时的木刻大师丢勒(Albrecht Dürer)齐名,成为中世纪木刻发展的一对先驱。

以"死"为题材的绘画,正是当时十五世纪欧洲流行的倾向。不仅由于宗教观念,劝善惩恶的寓意;而当时弥漫于欧洲的天灾人祸(瘟疫和宗教战争),也使人们对于"死"有一种无可避免的亲切。在荷尔宾的笔下,"死"并不是冷酷无情,而是一个嘲弄世情的小丑。他随时随地监视着人类,检点着手中的沙漏,只等时间一到,他便毫不客气地拖你走,无论你是教皇也好,皇帝也好,农夫也好，小孩也好，他都是一律看待，不分贵贱。

老年人憧憬着一个永久的安息，看见死神来到，他微笑着迎上去，于是死神便小心地扶着他，将他当作朋友，送着他进坟墓。但是一位皇帝留恋着他头上的王冠，或是一位商人舍不得他的财产时，死神便以冷笑的面孔，毫不留情地拖他走了。死神看透了人类的虚荣和贪婪，于是便以玩世不恭的态度执行着他的职务。

这便是荷尔宾的《死的跳舞》的讽刺。他对教皇帝王与农夫水手一视同仁，都受着死神的支配，倒是人类自己对于人世繁华的留恋或达观，使得死神不得不采用和善或严峻的对付。

荷尔宾这种态度，当然遭受当时教廷的非议。因此脱稿之后，出版家不敢出版，直到十二年之后这《死的跳舞》才冒着为他雕版的技师的姓名与世人相见。

出版后立时风行，因此颇多翻刻，而且画幅多少不一。但据考证，最正确的该是四十一幅，其余大都是后来加添进去的，已非荷尔宾的手笔。

割耳朵的画家

在画家梵·谷诃的身上，龙勃罗索的话证实了："天才有时就是疯狂。"谷诃的一生是一幕最可怕的悲剧，然而他的画却闪耀着天才的光辉。为了咖啡店女侍的一句戏言，他真的割下了自己的耳朵送上门去，不是疯人是干不出的。但是他耳朵上扎着纱布的自画像，安详地含着烟斗，却又是从疯狂中所产生的杰作。命运的悲剧正是一切艺术的一位知友。

我颇爱谷诃的画。正和他的好友果庚一样，他的画充满了南方的太阳、向日葵，几乎可以燃烧起来的热情的色调。但这一切又都不是空想和浪漫，而是从荒乱的草原或被世间所遗忘了的人们朴素的脸上流露出来的。他的画，一株扁柏或是一双破皮靴，他都注入了全身的热情，于是他便不得不疯狂了。

谷诃于一八九〇年自杀后，他的弟弟曾将他的遗书整理发表，这兄弟二人的手足之谊是最可羡慕的。没有谷诃的弟弟，谷诃不仅早已摧残夭折，而且更不会有这许多作品遗留。根据他们二人之间的书札，美国的欧文·司东（Irving Stone）再参考了其他的资料，前年曾将谷诃的一生写成一部小说《生之欲望》（*Lust for Life*），这是所谓传记小说，尽可能地运用着正确的史料，一面却用小说的手法写着这个人的一生。欧文·司东的小说写得很好，谷诃的悲剧的一生从他的笔下几乎活现在我们的眼前。他的荷兰乡间生活，巴黎画苑生涯，与他同时代的画家塞尚、果庚等人的友情，以及不断的贫困和悲剧，使人从谷诃的生活上更深一步地了解了他的作品。

欧文·司东的小说是前年出版的，今年美国新开的"遗产出版部"（The Heritage Press）将这书又印了出来。"遗产出版部"是出版事业的一种新试验，他们并不出版新书，专门将好的旧书以精本形式印行，所谓"将过去所遗传下来的杰作，以可以遗传给将来的版本印行"，这两句话正是他们的口号。定价一律，都是不高不低的五块美金一册，纸张和装帧都比得上一般的十元限定版，而且大都附有出自名家之笔的彩印插绘。这出版部去年才开幕，已经出了六部书，欧文·司东的《生之欲望》是第七部。原来并没有插图，他们加上了一百五十帧的谷诃作品，其中有十多幅是彩色的，而且是外间不易见到者。原先广告上曾说以谷诃的画作封面，但我现在买来的却是虎黄的真皮面，想是没有适当的可以印彩画的封面质料之故。虽失去想象中的灿烂，但却另有一种温软舒适的感觉。谷诃的画生前只卖五法郎一张，现在竟有人将他的传记印得这样豪华，这怕是他疯狂的脑筋中怎么也料想不到的了。

一篇小说题材

读谷诃传《生之欲望》，使我获到了一篇短篇小说的题材。

谷诃自己割了耳朵以后，全村将他当作疯人，传为笑谈，村上的小孩们，每天到他的画室门外唱着：

Fou-rou 是疯子，

>割了自己的耳朵。
>任你怎样叫，
>他都听不到！

他将门窗都闭上，小孩子们爬上窗口，将污秽的东西掷进来，向他嘲笑着：

>把另外一只耳朵也割下来。他们还要哩：喂，听见吗？将你的耳朵掷给我！

谷诃不能忍受，他将家里一切的东西，他的画，他的颜料，替代着他的耳朵向窗外掷去，真的疯起来了。这样的结果，使得全村都起了骚动，于是便被关进监狱去。清醒了以后，由于他的好友雷医生的援救，当局答应放他出来，但是要立刻离境。医生劝他到一家疯人疗养院去静养，他不高兴，他说自己并不疯。医生说，正因为并不疯，所以劝他借这机会去静养一下，而且那地方风景很好。

"我可以作画吗？"他急急地问。
"当然，一切都任你自由，那里实际上是医院而已。"

这样，谷诃于是住进了圣里美的疯人院。
他住的是三等病房，同住的已经有十一个疯人。每人一张木床，有床帘可以隔离，建筑很鄙陋，一切都简单光秃而无修饰。他第一天住进去，发现同住的十一个疯人都很安静，大家围了一架没有火的火炉坐着，不看书，也不说话，大家只是这样沉静地坐着，彼此不相理会，更没有谁注意他的来到。

伙食很粗劣。菜汤，黑面包，煮扁豆。大家在一张白木桌上聚食。疯人们都一声不响地贪婪地吃着，将面包屑都聚在手掌心，用舌头舐着。饭后又静默地围了没有火的火炉坐着，好像在等晚餐消化，然后大家一句话不讲地爬上床睡觉。

这情形当然使谷诃很纳闷。但是住了两星期，他发现这十一个同伴每人都有特殊的疯病，而且几乎是轮流地发着。有的哭，有的要自杀，有的昏迷不醒，有的掷物暴跳，但是发过以后却又安静如常。每当一个同伴发病的时候，其余十人都立刻从旁照料，若无其事一般地静待他的恢复，因为他们每人都知道下一次该是谁发病，什么时候轮到自己发病。

医生很少来过问。谷诃以一个清醒的脑筋去质问医生，为何不使他们读书阅报或谈话的时候，医生给他解释这理由：

> 这是他们自己所得的经验。他们如果一开口，彼此便要争辩，神经兴奋，立刻就有发病的危险。读书也是一样，最容易引起幻想和兴奋。所以他们知道最好的生活是静默，彼此静默。

谷诃这才明白这些人的生活中，不仅有真理，而且彼此还有一种默契和互助存在，并不完全是冷淡和麻木，于是渐渐地他也和他们生活习惯起来，觉得这些人可怜而又可爱。

我以为这正是很好的一篇小说题材，因为第十二个发疯的正是谷诃，他同样地受到了那十一位同伴的照应。

歌德的教训

关于歌德和悲多汶二人之间，有这样一个故事：

一八一二年，两人第一次在托普立兹会见，那时歌德已经六十三岁，悲多汶也有四十二岁。一个是举世闻名的大诗人，一个是雄视欧陆的乐圣，两人当然倾慕已久，而在一个公园内相会。正在谈话的时候，突然有人报告说魏玛公爵和皇后来游园了，就要从这里经过，立刻园中游人纷纷闪开，立在一旁，预备等候公爵一群人从这里经过时表示敬意。歌德也立刻脱帽在手，和众人立在一旁，但是悲多汶劝他不必如此，歌德不可，于是悲多汶就将帽子向下一拉，向着公爵一群人走来的路上迎面大摇大摆地走去。结果反是公爵和皇后先向悲多汶招呼。

关于这件事，悲多汶自己在一封信上曾说起：

> 我们看见他们老远来了，歌德连忙和我分手，站在一旁，

说我也该这样,我无法使他再走寸步。于是我将帽子拉得下下的,扣上大衣纽扣,双臂交叉胸前,向他们的人堆中走去。王子和侍卫们都让开一条路,罗多尔夫大公爵脱下帽子,皇后先向我招呼。达班大人先生都认识我。我回顾这一群人经过歌德面前时真有趣。他脱帽在手,站在一旁,低低地躬身到地。我着实嘲弄了他一场;我决不留情。

这情形当然使歌德很难堪,于是便终身和悲多汶不睦,说他的音乐"聒耳",绝对不提起他。

歌德所以对于当世的权贵这样低头,实是他的生活使然。他从青年时代就做了魏玛公爵的上宾,出入宫廷,在富贵荣华之中发展着自己的文学生命,因此不得不向他的主人们低头。但悲多汶却是一个血里有反叛种子的天才,自从三十多岁聋了耳朵以后,他的音乐愈雄壮沉郁,他对于世人的嫉视也愈甚;休说向权贵低头,他甚至会以生命来维护他艺术上的孤高。

但歌德呢?在这事的五年之前,不可一世的拿破仑大帝侵入了魏玛。他本是《少年维特之烦恼》的爱读者,据说曾先后读过七遍,这时便下令召见歌德。歌德已经五十九岁,拿破仑才三十九岁,但是我们的大诗人甘心在这青年的霸王之前低头。拿破仑向歌德看了一刻,说道:"你倒是一个人!"拿破仑这句话的意思是说歌德倒生得不错。他问歌德今年几岁,歌德说近六十了,拿破仑笑道:"你倒保养得很好!"

有人对于这情形加以讥讽,说这样的一问一答,倒颇像古代罗马帝王购买奴隶时的对话，这未免过谑。但无论如何，将歌德和悲多汶二人比较起来，我们对于两人的天才虽然一样尊敬，但总觉得悲多汶更可爱一点。

假使歌德生在今天，不仅胡适之将是他的朋友，我们一定还可以看见歌德和当代许多要人合摄的照片。

左拉的技巧

有一种传说，据说左拉为了要描写一幕行人在路上被马车辗伤的意外事件，为了体验起见，这位自然主义的大师，曾自己亲身去尝试了一次。这传说或有夸张过甚之处，但我们读了他对于自己的作品所拟的大纲和札记之后，就知道他在这方面的用力确是惊人。

《左拉和他的时代》的作者约瑟夫逊曾将左拉的名著《小酒店》的原稿加以研究。这原稿现藏巴黎国家图书馆中，共分上下二册，上册为《小酒店》的最后一次的原稿，下册是这小说的计划和当初所搜集的材料，共有二百三十九页，大约包括下列几项：

（一）整个计划的大纲（一至三页）。（二）详细计划（四至九十二页）。（三）关于酒和酗酒的札记（十三至九十九页）。（四）关于街道、酒店、舞场等（计划和札记，九十九至一一六页）。（五）

人物（一一七至一三八页）。（六）自参考书中所摘录的材料（一四〇至一五五页）。（七）断片（一五六至一七四页）。（八）关于洗衣作、洗衣妇、箍桶匠、铜匠等的札记（一七五至一九〇页）。（九）零碎材料—剪报—俚语（一九一至二三九页）。

《小酒店》是左拉的大著《鲁贡·马尔加家传》的支流之一，是他描写法国工人生活的第一部小说。从上面的计划中，可知他为了这部小说曾经花费了怎样的精力。但不仅这一部小说是这样，左拉对于所有的作品在未动笔之先都经过这样的一种工作。

他写小说，必定先决定他的人物的性格、家世和遗传，然后涉猎一切与这方面有关的著作，记录随时遇到的和这有关的见闻，一一分门别类。其次则抛开所得的参考资料，自己对于小说的内容加以拟定，随想随录，由大化小，渐及每一个人物，以及习惯、容貌、关系等，将这一切也逐一记录起来。再其次则根据上面的拟定，决定整个小说的结构和章节，穿插情节，布置人物。然后将所获得的资料分配于所拟定的情节或人物身上，再逐段审查一过。待这一切手续完毕之后，他才正式动手写他的小说。这时，他其实不是"写"，是在将材料加以"编辑"。每天四页，很少改动，写好后就搁在一边，直到付印后才过目。

左拉的创作方法，正如目前的电影脚本的编辑一样，先有故事，然后分幕，然后再分镜头，等到正式开拍时只要按照脚本的说明逐一拍去就成。

初看起来，这种方法太煞风景，似乎不像"艺术"；但用这样方法摄成的电影在艺术上的成就已经不可否认，那么，可知在支配材料，剪裁之际，其中已经有艺术手腕存在，绝非真正的"文抄公"。

乔治摩亚和三卷体小说

目前的英国小说，每册售价大都是七先令六便士的标准价，而且是一册居多，难得有分为上下二册的。但在四十年前，英国出版界流行的小说一定要分为上中下三册，而且书价很贵，一部小说的一般定价总在三十先令六便士左右。那时的英国虽处于太平盛世，中产阶级的绅士和主妇大都以阅小说消磨时日，但也苦于书价太贵，不胜担负。同时，出版界流行这种三卷体的长篇小说，有些作家为了凑足篇幅起见，不得不在书中插入许多无谓的故事和插科打诨的闲话，简直等于冲水的淡酒。这情形当然使得有些严肃的作家感到不满，王尔德就曾对于这种三卷体小说加以讥笑，他说道：

> 谁都可以写三卷体的小说。只要你对于生活和艺术二者都没有了解就行。

三卷体小说既然售价昂贵，而且又为作家所不满，所以还能流行，实因为有当时正在盛行的流通图书馆的组织在支持它。流通图书馆是专门出借小说的，规模极大，取费极廉，势力遍达各地。当时的小说读者因了书价昂贵，多向图书馆借读，很少有费三十先令买一部小说读的。因此三卷体小说的销路全仰仗各家流通图书馆，他们差不多包销着一切新出的小说。如果他们不买，这小说就完全没有销路。

流通图书馆既有这样大的势力，因此不仅当时的出版家要仰他们的鼻息，就是一般作家也要看他们的气色，听他们指挥。否则他们一旦拒绝购买你的书，拒绝出借你的著作，你的书不仅销路毫无，就是出版家也不肯再接受你的第二部原稿了。

能左右出版界和作家生杀权的这些流通图书馆，渐渐地成了一种恶势力。他们为了讨好和增加订户起见，任意要求出版家和作家供给适合他们口胃的作品。经营者又大都是守旧的顽固党，对于思想上和他们冲突的新作家，辄以有悖道德或文字不雅的借口，拒绝将他们的作品收入出借目录。当时一本小说如果遭遇各家流通图书馆的拒绝，便等于被禁，所以流通图书馆实际上成了书报检查当局。

这样，在一八八三年，乔治摩亚的新著《一位优伶之妻》出版时，便遭遇了这样的命运，为当时势力最大的"茂德氏流通图书馆"所拒绝，说是有伤风化。摩亚当时思想激进，对于三卷体小说及其支持者流通图书馆厌恶已久，便立时反抗，乘机加以攻击，跑去向茂德氏质问，要他指出不道德所在。茂德氏加以拒绝，摩亚怒不可忍，当场指着他骂道：

茂德，我要摧毁你这整个的事业！我下次的新书将以廉价发售。我要诉诸大众。

摩亚当时回去就起草《一位现代情人》，他当时声誉正隆，一位出版家为他后援，将这小说印成一册，以破天荒的六先令低价发售。

这对于流通图书馆当然是个威胁，于是他们便设法使摩亚的新著受了禁止，但是已经来不及，整个的出版界已认出了这条大路，纷纷以六先令一册的小说问世，读者也便于购买，于是整个的流通图书馆事业，正如批评家卡莱尔所说，像冰山一样，这崔巍的势力立刻崩溃粉碎了。

这可说是乔治摩亚一人之功。不过，流通图书馆的势力虽已消灭，但是在英国，一直到今天，世界著名的大英博物院附属的图书馆仍然拒绝购藏霭理斯的名著《性心理研究》，可证明另有一种恶势力仍在活动着。

《大钱》

约翰·多士·帕索斯（John Dos Passos）是现代美国唯一可注意的一位小说家。他的作品的销数也许比不上美国的其他流行作家；但在国外，他是拥有最多数读者的一位美国作家。对于他的新著的出版，许多人是不肯轻易放过一个可兴奋的机会的。

我正是他的读者之一，最近又以愉快的心情读完了他的新著《大钱》(*The Big Money*)。帕索斯并不是一位新作家，出现于文坛已有近二十年的历史，但在美国当代许多有希望的作家逐渐停滞或没落的当儿（最显著的是海明威，近两年只知道钓鱼打猎，写一点游记和通讯），他却始终在不声不响地生长着，为自己的文艺生命努力。

《大钱》是《四十二纬度》和《一九一九》的继续，在形式上可说是这一个三部曲的终结，但也说不定，因为陆续在这三部小说中出现的人物有许多依然还在活动，帕索斯说不定也要使他们活到目前的历史上。他的小说是无所谓终结的，和历史的本身一样，永远是在"开始"。

《大钱》所描写的是大战后勃兴的美国。背景和人物的复杂，是当代美国作家谁也不敢作这样企图的，更超过了帕索斯自己过去的作品。从纽约到好莱坞，以至诃罗拉多[1]的矿山，举凡议员、政客、发明家、工程师，以至资本家、掮客、跑街；富家女郎、风流寡妇，以至娼妓、舞女、电影皇后；社会主义者、工人领袖，以至共产党、反革命者；这一切人物都在书中出现，而且都是在帕索斯生动的描写之下出现。这书中没有概念，没有叙述，都是事实衔接着事实。

---

[1] Colorado，现译为科罗拉多。——编注

无疑的,帕索斯是读过乔伊斯(James Joyce)的人,而且是竭力尝试着新技巧的作家。但他有一个特长,他的技巧的运用,不是在愚弄读者,卖弄聪明,而是在使他的读者对于他的作品有一种立体感的尝试。他在《四十二纬度》和《一九一九》二书中运用的"新闻片"和"开末拉眼"的手法,在《大钱》中依然采用着,而且还有了更好的效果。

对于复杂紧张的现代生活和社会机构,帕索斯的描写手法可说是十分恰当的一种,但这必须有敏锐的观察和巧妙的剪裁,先要从朴实的基本学习去着手,否则便难免成了"垃圾箱"和"机关布景";纵然复杂,纵然新奇,却已经不是艺术了。

关于纪德自传

去年冬季,美国以发行文艺作品著名的"朗顿书屋",出版了法国《纪德自传》的英译本,译文仍出自那著名的白赛女士之笔,是限定本,只印了一千五百部,声明原版印后即拆毁,决不再重印。定价倒不十分昂贵,每部美金五元。我从《纽约时报》"书评报论"上见了广告之后,随即托一家书店去购,隔了一个多月,回信说卖完了;我又写信去,我说我需要这书,就是出较高的价钱也不妨,但回信来仍说没有办法。我绝望了。

纪德这部自传的原名是《如果这粒种子不死》(*Si le grain ne meurt*)，英译本的书名则作《如果它死了》(*If it Die*)。实际上并无出入，因为这书名是摘自《圣经·约翰福音》的经文，大意是："一粒麦子不落在地里死了，仍旧是一粒；如果死了，就结出许多子粒来。"纪德最爱在著作中引用《圣经》，而且这几句话是朵斯朵益夫斯基名著《卡拉玛佐夫兄弟》中主角常用的箴言，纪德是朵斯朵益夫斯基研究家，所以不觉采用了这作书名。关于这意义，他在自传中曾说及：一粒麦子必须死了始可结实，而人类在达到较高的境域之前，也必须先尝一尝罪恶和逸乐的滋味。

正如这句话所指示，纪德这部自传就是他早年生活的自白，尤其是关于灵与肉的冲突方面，更牵涉到同性恋问题。纪德是一个新教徒出身的作家，他的全部著作可说都是在表现着善与恶的冲突，甚至近年的转向，也不过是认为走上人类的真善之路而已。纪德在这部自传里，曾说及他早年从母亲和叔父所受的教育，和表妹谈恋爱的经过，第一次的非洲旅行，比尔路易的交情，以及第一次踏上文坛的经过。其中最重要的，是他在非洲的生活，因为这正是小说《不道德者》(*L'Immoraliste*)的由来。他自认有同性恋的倾向，坦白地在书中记叙着他的性生活。

我和许多纪德的爱读者一样，对于这位人类精神的发掘家，颇想知道他对于自己早年的罪恶生活所持的态度，但是既买不到原书，也就只好作罢。最近读美国的《星期六文学评论》周刊，才知道不仅我不曾买到这书，就是许多美国读者也不曾有这眼福，因为这书在出版六星期后，就被纽约风化维持会，认为这书有伤风化而向法院检举了。

穆莱（Christopher Morley）在这周刊上大声疾呼，指斥纽约风化维持会的行为的可笑。他说，这是一种可耻的报复，因为《纪德自传》的出版家"朗顿书屋"前年曾出版乔伊斯的《优力栖斯》的美国版，这在美国原是禁书，但纽约法院却判决这书在目前已毋庸禁止，于是风化维持会失败了，这次便捉住了《纪德自传》中的猥亵部分向"朗顿书屋"报复了。穆莱又说，《纪德自传》正是一部高贵的著作，是一位大作家的精神和肉体生活的自白，决不是淫书。他不相信一千五百册这样的著作就能威胁了美国人的道德。尤其可笑的是，纽约风化维持会的重要赞助人物之一（指摩根氏），正是世界著名的版本收藏家。他的书架上也许早已有了这著作，而且恐怕还有纪德的亲笔签名本，但是一面却又来了这样的一套。

被禁的书

上次我谈及《纪德自传》的英译本在纽约被控，忘记指出被控的并不是出版家"朗顿书屋"，而是寄售者"郭丹姆书籍市场"。因为纽约风化维持会的便衣会员，先到朗顿书屋购取《纪德自传》，只印了一千五百册的这书早已批售一空，于是这人再到郭丹姆书籍市场去购买。郭丹姆是新书兼旧书店，在纽约以出售珍本异书著名，曾经被风化维持会控告多次，这次果然还有不少《纪德自传》的存书，于是来人拿到了发票之后，便以他作为被告而起诉了。

前天读近期的《纽约时报》评论，在后页发现郭丹姆书籍市场登了一小方广告，说是还有《纪德自传》存书数部，每部仍以美金五元发售。从这广告上，知道这次官司是他们胜诉了，纽约风化维持会又碰了一鼻子灰，心里很愉快，随即又托书店第三次向纽约去买这书，这次能否如愿，这要再隔一个多月才能知道了。

因了这件事，我想到亥特女士（Anne L. Haight）的有趣的小著：《被禁的书》(*Banned Books*)。这部书内充满了笑话，充满了人类在文化史上所留下的污点。据亥特女士记载，一九三一年，《爱丽斯漫游奇境记》的中译本曾在中国湖南省被禁，理由是"鸟兽不应作人言，尤其不应人兽不分"。我不曾知道这事，不知她所说的是否实在。若然，被人家讥笑我们连寓言和童话是什么东西也不知道，这真比其他社会科学或性科学的著作被禁更可笑了。

当然，可笑的不仅是我们。美国海关曾经将文艺复兴大师弥盖朗琪罗为教皇所作的壁画《最后的审判》的摄影当作淫书，加以没收。苏联的检查当局为了某一册教科书上将"上帝"二字用了大写字母，曾经将几百万册教科书予以重印处分，为了有涉提倡"有神论"之嫌，巴黎警厅因了《恶之华》有伤风化，将作者波特莱尔加以逮捕时，这诗人正在孟巴纳斯[1]墓园中读《约翰生行述》，态度庄严毫不轻薄。

---

[1] 今译慕巴纳斯。——编注

亥特女士举列了许多被禁过的书名，几乎使人不敢相信人类既然一面产生了这样优秀的文化，何以一面还残留这样的愚笨。她还举了一个笑话，一九三五年美国菲列特菲亚的某音乐会上，奏演一阕俄国歌剧，有许多女听众认为某一只喇叭的音调太淫荡，曾当场退席，要求加以禁止。

古书与"英科勒布拉"

最近美国一种文艺刊物上发表了一张漫画：一家书店的古书部，有一位老先生要买"英科勒布拉"，掌柜的店员转身过来和另一个店员捣鬼，问他店里可有什么"英科勒布拉"，而且可晓得"英科勒布拉"究竟是什么东西。从另一个店员的面部表情上，可知他也莫名其妙，也不知道什么是"英科勒布拉"。

中国书店的店员，对于顾客所举出的书名或作者姓名不甚了解时，时常以"卖完了"或"还没有出版"来搪塞了事，我不知道那张漫画上的两位店员要用什么话来回答他们的主顾，若是不幸也用这类的话去搪塞，那就要闹出更大的笑话了。

因为"英科勒布拉"既不是书名，也不是著作人姓名，更没有"卖完了"或"还没有出版"的可能。

所谓"英科勒布拉"（incunabula），乃是一种书籍的名称。这字本来含有"摇篮"及"诞生地"之义,后来又转为一切东西的起源。欧洲在十五世纪始有印本书籍出现,于是凡是十五世纪出版的书籍统名之为"英科勒布拉",渐渐遂成了版本学上的一个专用名词。古书店的店员竟不晓得"英科勒布拉"是什么,这当然有资格成为漫画资料了。

中国是发明印刷而且是世界有印本书籍最早的国家,敦煌石窟所发现的《金刚经》系在八六八年所印,所以中国在八世纪左右已有印本书籍流行,但欧洲的学者们向来以中国印刷发明对于欧洲并不曾直接有影响为理由,总以十五世纪为印刷发明时代,而以那时代所印的书为"英科勒布拉",且以德国的格登堡(Johannes Gutenberg)为活版印刷发明人,他所印的《格登堡圣经》为世界第一册印本书。

当时出版的书籍,以德国为最多,意大利次之,英国最落后,所用文字大都是拉丁、希腊及希伯来文,因为这是当时欧洲各国通行的文字。流传至今的十五世纪书籍(即所谓"英科勒布拉"),据说还有三万八千册左右。这些"英科勒布拉"都成了各国图书馆和私人藏书家的宝物,很少流落到古书市场上去。十年前有人赠了一部《格登堡圣经》给耶鲁大学图书馆,赠送人竟是花了十万六千美金的巨价从拍卖市场所购来。

欧洲人所谓"印刷发明五百年纪念"就要来到,我想,被旁人将事实抹煞了的中国,应该有一个有系统的关于印刷发明和版本流行的展览会给欧洲人看,矫正他们狭隘的偏见和武断,这总比将我们怎样喝茶怎样谈天的情形介绍给他们好一些。

《奥贝曼》

谁都知道歌德的《少年维特之烦恼》，但是很少有人知道《奥贝曼》(*Obermann*)这本书，它的作者谢隆科尔（Étienne Pivert de Senancour）更为他同时代的法兰西十九世纪初年作家们的光辉所淹没了，几乎没有人提起。

少年维特所代表的是无望的热情，奥贝曼所代表的则是无目的的苦闷，正与他的同时代作家沙多布易盎的小说《亥奈》一样，是患着世纪病的青年，没有宗教，没有信仰，否定着旧的一切，但是自己也不知道新的究竟是什么。

英国批评家安诺德很推誉这书，法国同时代的批评家圣柏甫也为世人对于这书的冷淡抱不平，鼓励着作者将这小说重印问世，而且还给他写了一篇序。

谢隆科尔本人曾说《奥贝曼》不能算是小说，但这小说的体裁正和当时流行的一样，是第一人称的书信体。信件包括的时间大约有十年，近一百封信。奥贝曼是一位二十一岁的青年，为了家务离开法国往瑞士，不久又为了产业纠纷遄归巴黎。后来隐居在枫丹白露，时时往返于法瑞二国之间。曾偶然遇见旧时情人，触动旧情；但是这情人业已结婚。最后又遇见她，丈夫已死，但是仍不能嫁他，奥贝曼终于一人孤独地在日内瓦住下。

全书的情节大略这样。写信的对象大概是位朋友，这人究竟怎样，奥贝曼始终未曾提及。谢隆科尔说这书不像小说，倒是实话。因为它既没有情节，也没有顶点，更没有布局。它只是琐碎地写着瑞士的景色，法国的乡村。主人公的心情时好时坏，好时便乐观异常，坏时则满目皆非。他觉得自己一切都是空虚，但是又不知道自己究竟缺少什么。

《奥贝曼》出版于一八〇四年，法国革命后不久，这书的主人公正代表着当时青年彷徨无定的心情，所以虽不曾为世人所注意，但是却抓住了那时时代的脉搏。

谢隆科尔生于一七七〇年，著述很少，早年生活和《奥贝曼》相仿，虽然作者否认，这书实有浓厚的自传成分。

《黑暗与黎明》

俄罗斯革命后的内战，曾经过许多作家的描写。高尔基的《克莱姆·撒姆金的一生》，这部大著，原也将内战时期包括在内，但不幸高尔基没有完成这部大著就去世了。关于革命后的内战，俄罗斯文学上也许就此失去了最可宝贵的一页记录。因为关于内战的文学作品，虽然产生了不少，但都不是魄力伟大的多方面的巨著。

最近读了亚历克舍·托尔斯泰的三部曲《黑暗与黎明》，这部小说虽然不是以内战为主题，但在小托尔斯泰老练的笔下，内战的场面在书中遂成了最精彩的部分。

小托尔斯泰是在革命以前就执笔的老作家,而且是诗人出身,是文体家,所以他的作品始终还保持着他的前辈屠格涅夫、托尔斯泰等人的艺术的气息,不像目前的苏联青年作家仅以朴实和单纯见长。

从另一篇文章里,我知道小托尔斯泰的这部三部曲原名《经过苦难》,第一部名《两姊妹》,第二部名《一九一八》,第三部似乎还未写,英译的《黑暗与黎明》实仅是前二部的译文。小托尔斯泰于一九一八年离开俄国到巴黎,一九二一年开始写这小说的第一部,曾在当时白俄在巴黎办的文艺刊物上发表,一九二一年回到莫斯科,又写了第二部,并将第一部修改了一遍,这才在苏联出版。

他的主要人物是姊妹两人和一位冶金工程师特李金,虽然也描写着革命和反革命势力的争斗,但他写得最好的还是关于内战部分。小托尔斯泰还没有脱离旧日的气息,这里面并不曾明白指出他的人物究竟该向哪里走为是。就是书中人物有所表示,也还带着浪漫的气氛,如工人领袖罗布洛夫的口气:

> 革命发生危难了……在六个月之后,我们就可以消灭一切的障碍,甚至金钱本身。那时将没有饥饿,没有贫困,没有耻辱。你可以从合作社中取得你所需要的任何东西……同志们,那时我们可以用金子造小便处了……

如果是苏联青年作家,他们决不使他们小说中的工人露出这样的口气,但小托尔斯泰是生长在旧俄时代的人,他无法将这根株完全从地上拔去。苏联肯容许他这样著作的出版，也许是爱惜他的才能的原故吧？

路德维喜的《歌德传》

在三四年以前，欧洲新派传记最流行的时候，产生了两位这方面的名手。一是法国的莫洛亚（André Maurois），另一位便是德国的路德维喜（Emil Ludwig）。

莫洛亚曾写过诗人拜伦、雪莱的传记，根据新发现的参考材料，用生动有趣的小说笔法，他完全将沉闷的文学传记生动化了。路德维喜是新闻记者出身，曾写过小说和剧本，专心于传记的著述是在大战以后的事。他的作风和莫洛亚微有不同。莫洛亚致力于文笔的兴趣化，务使沉闷的传记近于小说而又不失其正确。路德维喜则运用极广博的参考材料、深邃的观察和解剖，根据他所描写的人物的日记书翰和其他文件等，使这与他的生活和内心发展相印证。他不喜落旁人的窠臼。用他精辟的解剖，他能将他人物的灵魂赤裸裸地暴露出来。

《歌德传》便是他的杰作之一，我读的是英译本。著者在英译本前致萧伯纳的献辞上说，为了便利外国读者起见，他曾将引证和参考文字删去了一半，但剩下的还是近五百页的一巨册。

关于歌德的传记，最早出现的是英国女作家爱略亚特（George Eliot）的丈夫勒威斯（G. H. Lewes）的一部。虽是用英文所写，但在德国也认为是最可靠的一种，这地位一直到拜尔斯却斯基的权威的关于歌德的研究出现后才被攘夺。路德维喜的这本《歌德传》，与其说是传记，不如说是对于歌德的分析和研究。他并不仔细地叙述歌德的生涯，而是夹叙夹议地将歌德重要的著作和生活顺序地加以分析。一个对于歌德的作品和生活不十分熟悉的读者，着手读他这部传记的时候，一定要感到茫无头绪。

但路德维喜关于歌德的生活和作品的深入的分析，是可惊的。歌德的作品和他的生活原有不可分离的关联。他的每一部著作，每一个人物，都有他的背景。同时，他的每一次生活的变革，都是他内心争斗的表现。关于这种考察，路德维喜根据了歌德自己的日记和书信，以及他的友人们的文件，作了种种大胆的解说和推断。虽然有些德国的歌德学者认为有些地方未免武断和曲解，但在了解歌德的个性和著作上，仍不失是一部难得有的好书。

叔本华的《妇人论》

没有女人，我们生活的开始将乏人照料；中年将失去逸乐；晚年将缺少安慰。

这是著名的女性憎恶论者，哲学家叔本华在他的《妇人论》的开始，引用他的同时代的朱崖的话。粗粗看来，叔本华似乎在为女性捧场，其实是大不敬。因为他所以引用这样的话，乃是说"女人"的用途仅此而已，除这一切之外，女人不应过问一切，而且根本上也无过问一切的资格。

有许多人爱读叔本华的著作，尤其是他的这篇《妇人论》。著名的卓别林就是其中之一。但爱读叔本华的人不一定也是女性憎恶者，因为叔本华是哲学家，同时也有诗人的气质，也是散文家，浪漫的观察和丰富的想象，他的所谓悲观哲学实是很好的文学作品。叔本华也有女读者，可知欣赏和信仰并不一定有联系。

叔本华与他的母亲不睦，而且独身以终。他轻视女性，但是并不"拒绝"女性，因此曾有患有花柳病的传说，可知他并非禁欲主义者。他憎恶女性的理由，实因为吃过"她们"的亏，看不过她们的"神气十足"的态度而已。

叔本华诚是女性解放论者的巨敌，但他的憎恶之中却含有智慧，因此也就有真理闪耀。譬如，他说女人是有一个依赖天性、不惯自立的动物，他这样地说：

> 每一个女人，一旦获得了真正的独立自由之后，往往立刻又和另一男子有一种联系，以便获得他的指导或受他的指挥，这正是女人有服从的天性的明证。因为她需要一个上司。如果她是年轻，这上司将是她的情人；如果她已年老，这上司将是牧师。

这样的话，虽未必尽然，但有时也难免是事实。因此他十分瞧不起女性，他说女人在一切方面都表现较男子低能，只宜管家烧饭，不宜学美术音乐，更无资格从事社会政治活动。据说希腊人禁止妇女人戏院，他说这是最有理的禁例，因为妇人最爱为听戏而装饰，而且愈是台上节目最精彩的时候，愈是她们在包厢里谈话最起劲儿的时候。可知她们对艺术根本不了解，而且不知尊重，一切只是虚荣和好奇而已。

这样的话当然使"太太""小姐"们很难堪，但更难堪的是，他否认一切对于女性的尊称，他说女人只是"女人"而已，既不漂亮，更较男子低能，实无值得夸耀的地方。对于这些"矮小、削肩膀、阔屁股、短脚的东西（叔氏原句），人们所以认为美丽，实不过有些人的智慧为'性'的欲望所蒙蔽了而已"。

这样的叔本华当然是一切女性的敌人，但他流利的文字却值得一切文学爱好者一读。你不一定要研究他的哲学观念，你更不一定要赞成他的议论。

"在人生大道上，女人若避在道旁，那将是植在路旁的美丽的花；若站在路中，则将成为当道的荆棘。"这不知谁说的两句话，正代表着叔本华对于女性的观念。这几句话虽未必是真理，但至少已是绝妙的"幽默"。

乔伊斯佳话

提起詹姆斯·乔伊斯（James Joyce），我有一件最得意和一件最痛心的事情。

得意的是：我以七角小洋的代价，从北四川路天福旧书店买到了一册《优力栖斯》(Ulysses)，这是巴黎"莎士比亚书店"的第七版，价值美金十元，而且无处可购，然而我竟以使人不肯相信的七角小洋低价得之。

痛心的是：我以二十五元的代价从中美图书公司买回了司徒登·吉尔勃（Stuart Gilbert）的《优力栖斯研究》，隔了不到一星期再去买书时，我发现他们柜上陈列着这书的普及版，内容装帧如旧，定价只有美金一元，我问他们，他们说是昨天刚到。我如果迟一星期，我便可以省去二十元。而且吉尔勃这书是为了满足美国读者好奇心而作，因为他们不得见原书，便在书中尽是叙述"优力栖斯"的故事以供望梅止渴，并不是怎样有意义的著作。我白花了这二十元。

这都是五年以前的旧事。当时乔伊斯的《优力栖斯》还受着英美两国的"发卖禁止"，举世只有莎士比亚书店的巴黎版可买，但一到国外又时常被当作"淫书"没收，所以当时无意买到了这书，而且是那样的低价，因此很觉高兴，时常将这"佳话"告诉爱跑旧书店的朋友。但如今的情形可不同了，乔伊斯的著作已在美国开禁，前年纽约"朗顿书屋"已出版了《优力栖斯》的美国版，书前还有乔伊斯的新序，可说是定本。此外，英国教会也不像以前那样仇视乔伊斯。去年德国更出版了《优力栖斯》的新版，据说乔伊斯在书中曾有所校正；全书上下二册，是袖珍本，不像巴黎版那样笨重了。

巴黎版的《优力栖斯》确是笨重。蓝封面，一寸多厚，差不多一尺见方，纸质不好，因此软而且重，称起来该有好几磅，阅读不易，收藏也不易，因此颇使当时私运这书者感受麻烦。然而就是这部大而且重的书，影响了近几十年的整个文坛，现代作家可说没有一人不直接或间接受过乔伊斯的影响。

《优力栖斯》的内容复杂而又简单，是叙述三个人在某一天的行动和所想的一切，乔伊斯是想尽可能地记下一个人在一天中所做所想的一切。这书之受人重视，可说由于乔伊斯所采取的手法和他文章的风格。故事本身倒很简单，而且并无所传说的那种猥亵和荒谬，倒是这种种传说增高了人们对于这书的好奇，谁都也要将这书翻阅一下，而乔伊斯的神秘和声誉也愈来愈大了。

真的，现代作家可说谁都直接或间接受过乔伊斯的影响。这种情形，使得他曾经敢傲然向爱尔兰现代诗坛祭酒夏芝说：

你可惜年纪已经太老，不能受我的影响了！

莎士比亚先生

提起乔伊斯的《优力栖斯》和巴黎的"莎士比亚书店",使人想起这书店的主人瑟尔薇亚·碧区女士。她不但是最早赏识乔伊斯才干的人,而且还是当时战后巴黎新文坛一个小小的中心人物。

席斯莱·赫德斯顿(Sisley Huddleston)在他的《巴黎沙龙·咖啡·书室》一部记叙巴黎艺坛逸闻和回忆的书中,曾颇详细地谈到碧区女士。他和她的友谊很好,他不知道碧区女士究竟是什么心血来潮,想到在巴黎的拉丁区开了这家贩卖英美新文学书籍的小店,而且异想天开地用了莎士比亚的肖像做招牌,叫作"莎士比亚书店"!

巴黎文坛谣传着赫德斯顿的像貌有点和莎士比亚相像,又加之赫德斯顿时常在碧区女士的书店中给她帮忙谈天,这样,一天竟发生了一个空前绝后的笑话,据赫德斯顿自己的记载是:

那一天他正在莎士比亚书店闲坐,忽然走进了一位法国绅士,这位先生大约对于英国文学和英国文学史的知识半点也没有,他先向壁上挂着的"莎士比亚"招牌注视了一下,然后又对赫德斯顿看了一眼,于是便恭敬地走到赫德斯顿的面前,庄严地问道:

"请问,您就是莎士比亚先生吗?"

赫氏幽默地回答道:

"不是,我并不是莎士比亚先生,我不过是这'公司'的一员而已。"

那位法国绅士还是莫名其妙，固执地又问：

"那么，那招牌上的肖像呢？那不是莎士比亚先生而是'公司先生'吗？"

赫德斯顿没有办法，只得将碧区女士介绍给他说：

"这位才是莎士比亚小姐！"

就是这位"莎士比亚小姐"所开的"莎士比亚书店"，第一次出版了乔伊斯的大著《优力栖斯》。碧区女士的胆力和眼光确是可惊的。那时乔伊斯的这部九百页的大著，不仅无人敢印，而且无人赏识，但碧区一见之下，却说她愿意印行这部著作。

"不行，"乔伊斯说，"你要亏本的。"

"世上没有不行的事的！"碧区女士用着美国人的坚决态度回答。

于是，乔伊斯的这部写了七年的大著便由碧区拿去付印。在巴黎排印英文书已经是难事，何况《优力栖斯》充满了稀奇古怪谁也不识的生字，卷帙又重，乔伊斯又好改动，排字先生莫不叫苦连天，先后一共重排了七次才排好，但据说初版还有许多错误。

初版的《优力栖斯》只印了一千部，售价英金两镑，出版不久就在英美两国遭禁，这情形不仅使得许多不知道乔伊斯的人也要翻翻这神秘的《优力栖斯》，而且使得碧区的营业相当地发达，于是莎士比亚书店的《优力栖斯》初版本便成为藏书家所渴慕的珍品了。

屋顶上的牛

有一个这样的故事：

巴黎有一位先生，也许有点怪僻，在他公寓房间的阳台上养了许多鸟类和小动物。邻人们群起非难，尤其因为鸟兽的气味和所排泄的粪。他们抗议无效，便向法院控告这位先生的不合卫生和妨碍安宁。巴黎的法律手续是以缓慢驰名的，这位先生便利用了这弱点，率性买了一条小牛养在自己楼上的房间里，天天用丰富的草料喂养着。官司果然打得很慢，等到被告终于败诉，判决必须将这些鸟兽迁移他处时，他便请法院来执行这勒令迁移的手续。他们来了，他们发现他房里养了一条庞大的牛，门口也牵不出去，窗口更牵不出去！

这就是所谓《屋顶上的牛》(*Le Boeuf sur le Toit*)，是最典型的高克多（Jean Cocteau）型的故事：简单、愚笨、无理性得好笑，但是却新奇有味！高克多曾将一家那时刚在巴黎流行起来的爵士音乐团锡上了这样的题名，他自己就在里面打着大鼓。

中国对于高克多的作品和行径最熟悉的该是诗人戴望舒先生。我对于高克多知道得很少，我仅读过一册《鸦片》和《寒星》的译文；此外，我却喜爱他许多充满了幻想和谐趣的素描。

避免一切的术语，用最简单的话说：在高克多，一切新的东西都是好的。同时，一切新的东西经过一次试用之后已经属于陈旧，已为他所不顾。他不要人了解，他只愿人惊异。我相信，你如果买到一本高克多的新著,打开来一看全书尽是空白,你那时所表示的惊异我相信将是高克多认为最得意之笔。

他避免"庸俗",他追求"惊异"。为了使人惊异,他有时宁可接近"无理性"。

如果仅是这样,高克多将不成其为高克多。在这一切之外,他还有天才,他对于作品的态度是严肃的,他努力创造自己的风格,永远不停止地追求着新的生命。

这更是奇怪的事:这样的一位作家却出身于古典主义,而他的思想更逐渐倾向于天主教!

谈翻版书

这两天有人在报上提到新文艺的翻版书,说是在售价的便宜上,对于青年读者至少是一件有益的事,但因为有些作品竟"张冠李戴",未免太不负责任。其实,向翻版的书贾要求负责任,未免"与虎谋皮",因为他们根本就不负责任。他将翻版书的售价减低,并不是为了读者,实是为了自己的利益。所以在读者热烈地需要鲁迅著作的时候,他们不仅将鲁迅的全部著作改头换面地重复翻印了,而且还为他"创作"了一些"创作"。

所以,翻版书的流行,不仅欺骗了读者,而且还损害了"新文艺"的生命,至于作者和书店所受的损失还在其次。

翻版书所以能流行,而且能公然流行的原因,"售价低廉"固然是他们的武器,但被侵蚀的作者和书店始终容忍着,放弃了抗议甚或追究的权利,实是促成翻版书猖獗的最大原因。

翻版书并不始于今日。三四年前,北方就流行着翻版书,但那时出版界还未遭遇不景气,书店和作者组织了"著作人出版人联合会",派人到北方专门调查翻版书,随时加以搜查和追究,所以一时很有成效。但那时北方的翻版书是真正的"翻版"居多,冒用店号,一切装帧和排印也刻意"鱼目混珠",所以很容易构成法律上的罪名,但后来书贾聪明了,他们不但自己开店,而且还自己编辑,利用着出版法上的漏洞,有时竟躲过法律责任,同时又因了出版界的不景气,书店本身尚自顾不暇,作家又大都"管他妈的",于是便从北到南,成了目前反客为主的现象了。

目前翻版书猖獗的情形,可说到了极点,许多平素并不经营出版事业的商人,也因了有利可图,凑了一点资本来从事翻印书籍。作家作品的水平日见低落,书店的营业日见狭隘,独是翻印和改编的书籍倒层出不穷。作品被翻印的作者不过问,商品被侵蚀的书店也不过问,这实是一个稀有的怪现象。

我不责怪作家。中国有许多作家一直到今天还抱着一种成见,以为文人是"清高"的,不该斤斤于"钱"的问题,所以急急要稿费的投稿人时常要受到编辑先生的瞧不起,而到期催讨版税的作家也要被书店老板骂一声"穷相",以致"清高"到自己应享的利益被剥夺尽了,还在那里肩着"更光明的更伟大的任务",为书贾制造翻版的原料。

但被翻版的书店放弃了自己的责任却是不该的。我以为目前正规的出版家应该联合起来，和作家取得联络，一面彻底追究翻版书的来源，一面将所出版的书籍印行一类最廉价的普及本发售，售价更要低过翻版书（这是可能的），而形式和校勘的精密则过之（这更是可能的），以后有新书出版，一面发卖较高价的精装本满足一部分读者的需要，一面同时则将这种普及版发卖，这样，读者是有眼力的，翻版的书贾当然要无所用其技了。

但现在上海的出版家却并不想到这些。他们有的只要顾到自己的出版物不被翻印，就"坐观成败"；有的见翻版书销场好，自己竟批到自己的门市部来卖，甚或也出版一些变相的翻版书，或者暗地里自己也在经营翻版事业。于是，在这情形之下，书店的老板愈瘦，便剥削作家愈厉害，只有翻版书贾拍着大肚皮，将读者践踏在脚下，在出版界上迈步了。

回忆《幻洲》及其他

昨天夜里经过霞飞路，望见当年听车楼的旧址如今已改作洋服店，真感到沧海桑田，就在我这样小小年岁的人的身上，也已经应验着了。谁知道在那间小小的楼上，当年横行一时的《幻洲》

半月刊就在那里产生的呢？

　　谈起《幻洲》，目前年轻一点的读者也许连这刊物的名字都不知道了，遑论那薄薄的四十六开本的内容。然而在当时，短小精悍的《幻洲》半月刊，上部象牙之塔里的浪漫的文字，下部十字街头的泼辣的骂人文章，不仅风行一时，而且引起了当时青年极大的同情。汉年和我，年轻的我们两个编者，接着从四川云南边境的读者们热烈的来信时，年轻的血是怎样在我们的心中腾沸着哟！然而曾几何时，《幻洲》终于被迫停刊了，当时的许多读者、寄稿者，大部分都和我一样，渐渐地达于消沉衰老的心境，而另一位编者和有一些读者，我们如今只能悄悄地低声谈着他的名字，有的甚至在频年的大变乱中，墓草早已宿了。

　　《幻洲》创刊于一九二六年十月，停刊于一九二八年一月。这其中，因了北伐军到上海时的混乱，我们曾停刊了几个月，先后一共出了二十几期。好奇的读者们，如今从摆在地上的旧书摊中，或者偶然能发现一二本。

　　《幻洲》被禁不久，汉年在泰东书局出版了《战线》，我也在光华书局出版了《戈壁》，然而仅仅出了四五期，随着就来了更大的压迫，我们各人都不能不先后停刊了。

　　在《幻洲》将停刊的时候，这时现代书局成立了，于是我们便为它发刊了《现代小说》。《现代小说》的寿命比较长一点，然而旋出旋停，到了一九三〇年，终于在那一次大压迫之中，随着《拓荒者》《南国》《大众文艺》一同停刊了。接着我离开了上海几个月，回来在现代书局又出了《现代文艺》。这时的环境更恶劣，历年以来在文坛上结下私怨的人们都借端报复，用尽了种种卑劣造谣的手段，于是在众口铄金之中，我编了两期，便不得不无形休刊了。所幸刊物虽然停了，我并不曾如造谣的人们所期望的那样，仍旧在沉默之中给了他们以反证，一直到现在。

在这以前，在一九二九年左右，那时，多年不见的周全平从东北回到上海，带来了几百块钱，于是我们便组织了一个新兴书店，为沫若发行了《沫若全集》，同时和汉年三人更编了一个小杂志，名《小物件》。因为感到那时几个刊物都停了，无处可以说话，也无人敢说话。《小物件》的小的程度真可以，只有一寸多阔二寸多长，四五十页，用道林纸印，有封面，还有插画，这怕是新文学运动以来，开本最小的一个杂志了。出版的时候，我们在报上只登了三四行地位的极狭的广告，然而初版三千册在几天之内便卖光了。可是，也许是形式小得太使人注意了吧，第二期刚出不久，便有人用公文来请我们停止出版，于是只好呜呼哀哉了。

记蒙娜丽莎

五年前一个秋天的下午，我和施蛰存先生逛北四川路，在一家旧书店的橱窗里发现了一叠复制的西洋名画。虽然是单色的，但是极好的英国影写版出品，尺寸也很大。老板的价钱讨得很贵，虽然已经拆散得不成册了，一张画附一张说明，还要一块钱一张。我和施先生选了一阵，他不知怎样看中了一张郎克莱的风景，我却选了一张达文西的"蒙娜丽莎"。施先生买的一张画一直到今天还放在我的家里，始终没有拿回去，他也许早将这件事忘了，但我的"蒙娜丽莎"却被我配起镜框挂在墙上了。

我正是世上无数的"蒙娜丽莎狂"之一，是这张画的爱好者。我最初还希望能有一张复制的原色版挂在我的墙上，但是读了费萨利的《画家传》以后，知道这张画在当时画好不久就变了色，我就放弃这种奢念了。费萨利诚是一位幸福的人，他享受了几世纪以后无数美术爱好者所嫉妒的眼福。据他说，当初的色彩是透明的，蒙娜丽莎眼睛的细部更精致动人，后来完全灰暗了。我们今日对着那种带着赤色调子的原色复制品，怎么也想象不出当日的美丽了。

达文西的这张画，时常被没有美术知识的人当作圣母像。这也难怪，这本是一张一般的画像，但达文西却注入了异常的精力，先后画了四年还不肯搁笔，始终认为未完之作。据费萨利的传记说，当时传说达文西为蒙娜丽莎夫人绘这肖像，曾请了音乐师在旁奏乐，借以沉静蒙娜丽莎脸上的表情，所以画像上那嘴角逗留着的微笑，遂成了千古之谜。这张画现藏法国卢佛美术馆，据说凡是见过这张画一次的人，在所有其他名画的印象从心中渐渐黯淡以后，这幅画的印象总还存在。我们当然不想在这里面加入神话的成分，但这幅画的吸引力特别地大却是事实。

佛洛伊德说达文西的这张画，是对于他母亲的追念，他从蒙娜丽莎夫人的微笑中看出了他母亲的微笑，所以才有这样的成功。如果佛洛伊德的精神分析论可靠，那么，早年丧母的我，也许从这幅画上寻出同样可宝贵的记忆了。

这幅画曾于一九一一年失踪过，当时法国政府正不知花了多少秘密侦查费，以两年的光阴才获合浦珠还，据说是盗匪从卢佛美术馆偷了去向政府勒索赎款的。这幸亏是以金钱为目的的盗匪，设若到了我的手中，也许不是金钱所能为力的了。

书　痴

不久以前，我从辽远的纽约买来了一张原版的铜刻，作者麦赛尔（Mercier）并不是一位怎样了不起的版画家，价钱也不十分便宜，几乎要花费了十篇这样短文所得的稿费，这在我当然是过于奢侈的举动，然而我已经深深地迷恋着这张画面上所表现的一切，终于毫不踌躇地托一家书店去购来了。

这张铜刻的题名是《书痴》。画面是一间藏书室，四壁都是直达天花板的书架，在一架高高梯凳顶上，站着一位白发老人，也许就是这间藏书室的主人，他胁下夹着一本书，两腿之间夹着一本书，左手持着一本书在读，右手正从架上又抽出一本。天花板上有天窗，一缕阳光正斜斜地射在他的书上，射在他的身上。

麦赛尔的手法是写实的,他的细致的钢笔,几乎连每一册书的书脊都被刻画出了。

这是一个颇静谧的画面。这位藏书室的主人,也许是一位退休的英雄,也许是一个博学无所精通的涉猎家,晚年沉浸在寂寞的环境里,偶然因了一点感触,便来发掘他的宝藏。他也许有所搜寻,也许毫无目的,但无论怎样,在这一瞬间,他总是占有了这小小的世界,暂时忘记了他一生的哀乐了。

读书是一件乐事,藏书更是一件乐事。但这种乐趣不是人人可以获得,也不是随时随地可以拈来即是的。学问家的读书,抱着"开卷有益"的野心,估量着书中每一个字的价值而定取舍,这是在购物,不是读书。版本家的藏书,斤斤较量着版本的格式,藏家印章的有无,他是在收古董,并不是在藏书。至于暴发户和大腹贾,为了装点门面,在旦夕之间便坐拥百城,那更是书的敌人了。

真正的爱书家和藏书家,他必定是一个在广阔的人生道上尝遍了哀乐,而后才走入这种狭隘的嗜好以求慰藉的人。他固然重视版本,但不是为了市价;他固然手不释卷,但不是为了学问。他是将书当作了友人,将读书当作了和朋友谈话一样的一件乐事。

正如这幅画上所表现的一样,这间藏书室里的书籍,必定是辛辛苦苦零星搜集而成。然后在偶然的翻阅之间,随手打开一本书,想起当日购买的情形,便像是不期而然在路上遇见一位老友一样。

古人说水、火和兵燹是图书的三厄,再加上遇人不淑,或者竟束之高阁。所以一册书到手，在有些人眼中看来正不是一件易事，而这乱世的藏书，更有朝不保暮之虞。这在情形之下，想到这幅画上的一切，当然更使人神往了。

书斋趣味

在时常放在手边的几册爱读的西洋文学书籍中，我最爱英国薄命文人乔治·吉辛的晚年著作《越氏私记》。因为不仅文字的气氛舒徐，能使你百读不厌，而且更给为衣食庸碌了半生的文人幻出了一个可羡的晚景。此外，关于购买书籍的几章，写着他怎样空了手在书店里流连不忍去的情形，也使我不时要想到了自己。

十年以来，许多年少的趣味都逐渐灭淡而消失了，独有对于书籍的爱好，却仍保持着一向的兴趣，而且更加深溺了起来。我是一个不能顺随我买书的欲望任意搜求的人，然而仅仅是这目前的所有，已经消耗我儿多可惊的心血了。

偶一回顾，对于森然林立在架上的每一册书，我不仅能说出它的内容，举出它的特点，而且更能想到每一册书购买时的情形，购买时艰难的情形。正如吉辛所说，为了精神上的粮食，怎样在和物质生活斗争。

对于人间不能尽然忘怀的我，每当到了无可奈何的时候，我便将自己深锁在这间冷静的书斋中,这间用自己的心血所筑成的避难所,随意抽下几册书摊在眼前,以遣排那些不能遣排的情绪。

在这时候,书籍对于我,便成为唯一的无言的伴侣。它任我从它的蕴藏中搜寻我的欢笑,搜寻我的哀愁,而绝无一丝埋怨。也许因了这,我便钟爱着我的每一册书,而且从不肯错过每一册书可能的购买的机会。

对于我,书的钟爱,与其说由于知识的渴慕,不如说由于精神上的安慰。因为摊开了每一册书,我不仅能忘去了我自己,而且更能获得了我自己。

在这冬季的深夜,放下了窗帘,封了炉火,在沉静的灯光下,靠在椅上翻着白天买来的新书的心情,我是在寂寞的人生旅途上为自己搜寻着新的伴侣。

旧书店

每一个爱书的人,总有爱跑旧书店的习惯。因为在旧书店里,你不仅可以买到早些时在新书店里错过了机会,或者因了价钱太贵不曾买的新书,而且更会有许多意外的发现;一册你搜寻了好久的好书,一部你闻名已久的名著,一部你从不曾想到世间会有这样一部书存在的僻书。

当然，有许多书是愈旧愈贵，然而那是 rare book，所谓孤本，是属于古书店，而不是旧书店的事。譬如美国便曾有过一家有名的千元书店，并不是说他资本只有一千元，乃是说正如商店里的一元货一样，他店里的书籍起码价格是每册一千元。这样的书店，当然不是一般人所能踏进去的地方。

上海的旧西书店，以前时常可以便宜的价格买到好书，但是近年好像价格提高了，生意不好，好书也不多见了。外滩沙逊房子里的一家，和愚园路的一家一样，是近于所谓古店，主人太识货了，略为值得买的书，价钱总是标得使你见了不愉快。卡德路的民九社，以前还有些好书，可是近来价钱也贵得吓人了，而且又因为只看书的外观的原故，于是一册装订略为精致的普及版书，有时价钱竟标得比原价还贵。可爱的是北四川路的添福记，时常喝醉酒的老板正和他店里的书籍一样，有时是垃圾堆，有时却也能掘出宝藏。最使我不能忘记的，是在三年之前，他将一册巴黎版的乔伊斯的《优力栖斯》，和一册只合藏在枕函中的《香园》，看了是纸面毛边，竟当作是普通书，用了使人不能相信的一块四毛钱的贱价卖给了我。如果他那时知道《优力栖斯》的定价是美金十元，而且还无从买得，《香园》的定价更是一百法郎以上，他真要懊丧得烂醉三天了。不过，近来却也渐渐地识货了。

沿了北四川路，和城隍庙一样，也有许多西书摊，然而多是学校课本和通俗小说，偶尔也有两册通行本的名著，却不是足以使我驻足的地方。

对于爱书家，旧书店的巡礼，不仅可以使你在消费上获得便宜，买到意外的好书，而且可以从饱经风霜的书页中，体验着人生，沉静得正如在你自己的书斋中一样。

藏书票与藏书印

关于藏书票，我以前曾写过一点文章，对于读者，该不是一个全然生疏的名词。因为每一个爱好书籍的人，总愿将自己苦心搜集起来的书籍，好好地保藏起来，不使随意失散。这种意念具体的出现，在西洋便是所谓藏书票，在我们便是钤在书上的藏书印。因为西洋书多是硬面的厚册，适宜于粘贴，正如软薄的线装书纸张适宜于钤印一样。西洋的藏书票和中国的藏书印，正是异途同归的事。

西洋的藏书票在形式和图案方面是千变万化。丢开了书籍本身，仅仅对于这东西的收集，已经和邮票一样，是茫无止境的事，而我们的藏书印，却因了形式的限定，除了字句的变动之外，几乎保持着一定的规模。

据说中国的藏书印在宋宣和时代已经应用，不过那是一般的收藏印，钤在书上，也钤在碑帖书画上，这界限，一直到现在也还是含混的，譬如一颗"某某鉴赏收藏考订之印"，便可以钤在书上，也可以钤在一张拓片上。

纯正的藏书印是该作"某某藏书"或"某某珍藏书籍之印"的，其他作"读书""校订"或"经眼"的圆记，都不能算是正式的藏书印。

中国近代的藏书家，为了顾计流传子孙和保留的问题，曾由这方面使印章的字句有了一点新的面目。这便是，将诗句或铭语镌成了印章钤在书上。可是，有的是旷达不羁，有的却迂腐可笑了。从叶德辉的《书林清话》中，我们可以发现明代施大经的"旋氏获阁藏书，古人以借鬻为不孝，手泽犹存，子孙其永宝之"，如钱谷的藏书印竟用了一首诗："百计寻书志亦迂，爱护不异隋侯珠。有假不还遭神诛，子孙不读真其愚。"正因为都计及子孙，于是许多藏书家，真能身后不散的便很少了。

西洋藏书票大都是贴在书面的里页，我们的藏书印则向来钤在正书第一面的下角，但也有钤在卷末的。至于钤在版框之上正中的，则不外是皇帝内府的收藏印。

冬天来了

哦，风啊，如果冬天来了，春天还会远吗？

这是雪莱的《西风歌》里的名句，现代英国小说家赫钦逊曾用这作过书名:《如果冬天来了》。郁达夫先生很赏识这书,十年前曾将这小说推荐给我,我看了一小半,感不到兴趣,便将书还了给他,他诧异我看得这样快,我老实说我看不下去,他点头叹息说:

> 这也难怪,这是你们年轻人所不懂的。这种契诃夫型的忧郁人生意味,只有我们中年人才能领略。

时间过得快,转瞬已是十年,而且恰是又到了雪莱所感叹的这时节。黄花已瘦,园外银杏树上的鹊巢从凋零的落叶中逐渐露出来,对面人家已开始装火炉,这时节不仅是谁都幻想着要过一个舒适的冬天,而且正是在人生上,在一年的生活上,谁都该加以回顾和结算的时候了。

我是最讨厌契诃夫小说中所描写的那类典型人物的人,因此便也不大爱看契诃夫的小说,诚如高尔基在回忆中所说:

> 读着安东·契诃夫的小说的时候,人就会感到自己是在晚秋底一个忧郁的日子里,空气是明净的,裸的树,狭的房屋,灰色的人们的轮廓是尖锐的。……

人是该生活在光明里的,每个年轻人都这样想;但实际上的人生,实在是灰暗和可耻的结合。到了中年,谁都要对契诃夫所描写的生活在卑俗和丑恶里的人们表同情,十年前达夫爱读《如果冬天来了》的理由正是这样,但那时的我是全然不理解这些的。

十年以前,我喜爱拜伦,喜爱龚定盦。我不仅抹煞了契诃夫,而且还抹煞了人生上许多无可逃避的真理,在当时少年的心中,以为人生即使如梦,那至少也是一个美丽的梦。

今年冬天,如果时间和环境允许我,我要细细地读一读契诃夫的小说和剧本,在苍白的天空和寒冷的空气中,领略一下这灰暗的人生的滋味。但我并不绝望,因为如果有一阵风掠过窗外光秃的树枝的时候,我便想起了雪莱的名句:

哦,风啊,如果冬天来了,春天还会远吗?

文艺随笔

关于《伊索寓言》

《伊索寓言》传入中国很早,在明末就有了中文译本。除了佛经以外,这怕是最早的被译成中文的外国古典文学作品了。据日本新村出氏的研究,明末印行的《伊索寓言》中译本,从事这工作的是当时来中土传教的耶稣会教士。这是由比利时传教士金尼阁口述,再由一位姓张的中国教友笔录的。当时取名《况义》,况者比也譬也,《汉书》有"以往况今"之语,这书名虽然够典雅,可是若不经说明,我们今日实在很难知道它就是《伊索寓言》集。

据新村出氏的考证,《况义》系于一六二五年,即明天启五年在西安府出版,至今仅有巴黎图书馆藏有两册抄本,所以不仅见过此书的人极少,就是知道有这回事的人也不多了。

到了一八三七年左右(清道光十七年),广州的教会又出版过一种英汉对照的《伊索寓言》选译,书名作《意拾蒙引》,译者署名作"蒙昧先生"。"意拾"即"伊索"的异译。这书我未见过。虽然出版至今不过百余年,据说也很难见到。据一八四〇年广州出版的英文《中国文库》(第九卷二〇一页)所载这书的介绍,译文是由一位汤姆先生口述,再由这位"蒙昧先生"用中文记录下来的。汤姆是当时广州渣甸商行的行员,这位"蒙昧先生"就是他的中文教师。据《中国文库》的介绍文所载,这部英汉对照的《伊索寓言》译本一共译了八十一篇寓言,全书共一百零四页,每页除了英汉对照以外,还有罗马字的汉字音译,中文居中,译音居右，英文居左。它是专供当时有志研究中国文字的外国人用的，出版后很获好评，所以在一八三七年在广州出版后，一八四〇年又再印了一次。可惜现在已经不易见得到了。

这部《意拾蒙引》在广东出版时，曾被当时官府所禁。英国约瑟雅各氏撰《伊索寓言小史》曾提及这事。周作人先生在《明译伊索寓言》（见《自己的园地》）一文里对这事曾表示怀疑，说看去好像不是事实，而且认为"现在无从去查考"。但是据上述《中国文库》那篇介绍文所载，其中也提起初版《意拾蒙引》出版后被中国官厅所禁的事。既然在当时（一八四〇年）的出版物上都提及这事，看来该是可信的了。

从这以后，《伊索寓言》就在中国生了根，虽然我至今还不曾找出是谁首先将 Aesop 这名字译成我们今日通用的"伊索"这两字的。在清末以至民初的蒙童读本和小学教科书里，我们已经读到乌龟与兔子赛跑，蝙蝠徘徊飞鸟与走兽之间受奚落，插上孔雀毛的乌鸦被嘲笑的一类故事了。可惜除了儿童读物中偶有采录以外，我们至今还没有像样一点的译本，更谈不到将它当作古典文艺作品来读阅。因此我们虽然早在明朝就有了第一次的译本，但是对于伊索的历史和他的寓言集的由来以及流传经过，几乎至今仍是所知不多。有许多读过一两篇《伊索寓言》的人，甚至不知道伊索是个人名，以为是古代的国名或地名。

让我在这里先将他的生活加以简单的介绍。

伊索是古希腊时代的人。因了被保存下来的有关这位大寓言家的记载本来已经不多，而且其中有许多记载的真实性又不甚可靠，因此关于他的生平，我个人所知道的实在有限。今日一切有关伊索的古代文献，最可靠的是出自古希腊有名的史家希罗多德的著作中，因为他与伊索的生存年代，相差不过百余年，而且他的历史著作中的其他记载，已经从各方面获得了可靠的证实，所以关于伊索的部分，自然比别人所记载的较为可信了。

有些古希腊作家，认为伊索并无其人，甚或认为不过是一个假设的箭垛式的人物，因为有许多被称为伊索"寓言"的寓言，后来被发现早在伊索生存时代以前流传各地，有的则显然是在伊索去世以后多年才首次出现的，现在都被当作"伊索寓言"了。但这只可证明伊索的寓言家的声名太大，所以有这现象，并不能由此推翻伊索这个人的存在。何况，既然希罗多德的《历史》中也提到了伊索，他的真实性自然不容怀疑了。

据希罗多德氏的记载，伊索这位寓言家生于埃及法老王阿玛西斯的时代，这时代系公元前六世纪中叶，但是据近代可靠的考证，一般都公认伊索的出世年代为公元前六二〇年。他的世家是奴隶，因为是奴隶，所以他的故乡不详。希罗多德氏说他生在希腊的萨摩斯岛上。但是像后人争论大诗人荷马的故乡一样，现在至少有四个地点被人争执着说是伊索的故乡，并且也各有各的理由。这四个地点是：

一、萨地斯，莱地亚的都城；二、萨摩斯，希腊一小岛；三、米桑姆布利亚，泰拉斯的一处古代殖民地；四、柯地阿姆，费莱基亚外省的一座大城。

对于这四个地方，究竟哪一处应是伊索的故乡，因为大家都找不出十分可靠的文献，所以至今仍是一件疑案。

伊索是奴籍出身这件事，虽然也有人加以怀疑，说没有什么确切的资料可以证明。但说他不是奴隶出身，也同样拿不出证据，因此我们不如还是信任希罗多德氏的记载，因为他说伊索是萨摩斯岛的埃德蒙的奴隶，而且在隶属于埃德蒙以前，已经转手了一次，上一次的主子是萨斯奥斯，第二次才卖给埃德蒙，由于伊索的机智和学问，埃德蒙便免除了他的奴籍，使他获得自由之身，取得了希腊公民的资格。

有些传记家，如为伊索作传的英国罗吉爵士，则说伊索至少曾经被辗转贩卖过三次，最早的提及伊索名字的文献，乃是说他随同其他奴隶一同到埃费索斯的奴隶市场去等候买主。正是在这市场上，他才给埃德蒙看中了买下来的。罗吉爵士又转述了一则有关伊索的故事，证明他的富于机智。据说，就在这次赴埃费索斯奴隶市场途中，主人命令众奴隶背负行李和途中应用物件，几个奴隶都拣较轻的包裹来拿，伊索却拿了最重的面包箱。同伴都讥笑他笨，可是面包是沿途的食粮，愈吃愈少，分量也愈轻，因此走了一半路程，伊索的担负已经减轻了一半。及至将近目的地时，除了空篮以外，他早已什么也不用拿了。

这故事很有趣，几乎像《伊索寓言》本身一样地有趣，只可惜不大可信，因为关于伊索这样的传说太多了，我们只好存疑。至于他被卖两次或是三次，那也无关紧要。因为既是奴隶，被卖两次或是三次又有什么区别呢？最紧要的还是遇见了能赏识他的埃德蒙，使他恢复了自由。

按照古代希腊的法律，一个恢复了自由的奴隶，他就有资格享受一般公民应享的权利。因此伊索就有机会旅行各地，一面增广自己的见闻，吸收新的学术，一面用自己的机智和说故事的本领来吸引别人，不久就像一般哲学家一样获得了很受人尊敬的崇高地位。雅典和科林斯都发现过他的行踪，他后来到了萨地斯，这是莱地亚的都城，是当时的学术文化中心之一。伊索成了克洛苏斯王的谋士，并受邀请在萨地斯住下，担任各项公私职务。后来有一次，奉了克洛苏斯之命，以使臣的名义到特尔费去料理一笔债务。不知怎样，特尔费的市民触怒了他，他也触怒了他们。他本来是受命去偿付债务的，这时他竟拒绝付款，命人将债款携回萨地斯。这样当然更激怒了特尔费人，他们便不顾伊索是个使臣的身份，将他当作普通罪犯一样，处了死刑。相传他死得很惨，是被特尔费人从悬崖推下去粉身碎骨跌死的。

伊索究竟是在哪一年被特尔费人所杀害的，这事至今没有一点可靠的资料可资考查。倒是对于他被特尔费人杀害的情形，有着许多不同的记载。一说伊索之死，是由于他不肯将带来的债款付给特尔费人，激怒了他们，以致被他们处死。一说由于伊索所爱说的机智的寓言，有损特尔费人的尊严，他们便指他污言亵渎神明，所以将他判处死刑。据亚里斯多芬的记载，特尔费人说伊索从他们的神庙里偷了一只金杯，此事干犯天怒，所以他们将他处死。但是又有些古代作家记载，说由于特尔费人不喜欢伊索，他们故意将一只金杯塞到他的行囊里，说他偷窃，故意陷他于罪。这些记载都很动人，可惜不大可信。因此现在被人认为可以信赖的事实只是：伊索的死，是死在特尔费人的手里，时间和原因都不明，大概总不免同他喜欢用寓言来教训人讽刺人有关。

因了伊索的死，似乎是无辜而死，古代又有关于伊索死后向特尔费人复仇的传说。据说自从他们谋杀伊索以后，特尔费地方就灾难迭现，疾病流行，这是伊索的灵魂向天控诉之故，后来全体公民向伊索之灵忏悔，这才平安无事。因此古代就有一句"伊索的血"谚语，表示为恶终必受罚之意。

这位大寓言家的像貌如何，至今也成了一个谜。希腊史上记载在伊索死后二百年，希腊人为这位大寓言家在雅典建立了一座雕像，出自当时名雕刻家里西普士之手。这座雕像是怎样的，我们至今一点也不知道。有许多关于伊索像貌的古代记载，说他生得跛脚驼背，五官不正，像貌奇丑，说话口吃。这些古怪的记载，现在已被证实都是虚构的，一点也不可靠。

在十七世纪英国出版的罗吉爵士的《伊索寓言》译本前面，附有一帧伊索的画像，这幅画像可以代表自古以来一般人对于伊索这个人的概念。在这幅画像上，伊索被画得如一般传说那样的奇丑残废，他的脚下有一只猴子和一只狐狸，身后有一只狮子，前面有一只老鹰正在吃着兔子。画上还有一株树，树上站着一只孔雀，一只猫头鹰，以及一只古怪的乌鸦。伊索身上披着胄甲，用来装饰他的驼背和突胸。一手拿着一卷古纸，一手拿着一柄刀笔。

这幅画像可说代表了自古以来一般人对于伊索的印象。他是大寓言家，他自己也显然变成了一个寓言中的人物。

尽管我们对于伊索生平的许多古怪的传说，要采取审慎的态度去辨别真伪，但对于最基本的一件事实，伊索乃是古希腊最有名的一位寓言家这事实，是应该深信不疑的，而且他简直是自古至今最伟大的一位寓言家，我们只要看一看二千多年以来，他的寓言在全世界各地流传的情形就可以知道了。

自公元五世纪以后，《伊索寓言》和关于伊索的传说，在希腊已经流传很广，尤其在文化中心的雅典，当时许多著作中都提到伊索，如亚里斯多芬、兹诺芬尼、柏拉图、阿里斯多德等人的作品，都提及伊索这人和引用他的寓言。据柏拉图的记载，大哲学家苏格拉底在狱中等候死刑消息的时候，曾将若干伊索寓言凭记忆用诗的形式写了出来。但是据今日所知，最早的《伊索寓言》集，在公元前三世纪就已经出现，这是由一个名叫特米特利奥斯的人编的，他是雅典的哲学家之一，可是他的本子并未流传下来。稍后，法特鲁斯的拉丁文本出现了，这是最早的《伊索寓言》的拉丁文本，而且也是用诗歌的体裁写成的。这真是巧合之至，法特鲁斯也是奴隶出身，但是由于他的才学，后来由奥古斯德大帝御赦为自由人了。他所编纂的《伊索寓言》集，有的采自希腊古本，有的源于无名氏的著作，更有些显然是法特鲁斯自己的创作，因为撰述寓言已经成了当时学人流行的一种风尚。法特鲁斯的本子，是流传至今的最古的《伊索寓言》集的祖本。

我们现在已经无法找出证据，伊索曾否有关于他的寓言的原稿被保存下来，他自己是否动笔记述过这些寓言，以及至今所传的《伊索寓言》集，其中究竟哪一些才是真正的伊索著作？这些问题现在已很难解答了。

正如荷马的史诗是荷马的作品，可是又不是荷马所手写的那样，今日我们所知的《伊索寓言》，显然在最初是由伊索所口述，然后再辗转由别人口述，然后才有人各随自己的意见记述下来的。由于伊索是寓言家的声名太大，凡是寓言就必然是"伊索寓言"，所以我们今日所读的《伊索寓言》集，可能有许多都是与伊索无关的，至少有若干篇寓言已被查出在伊索时代以前就已经在希腊流行，有些则甚至在公元以后始首次有人提起过的。这些显然都不是伊索的著作。

在欧洲中世纪时期，《伊索寓言》曾一度被人遗忘，倒是在近东一带流行起来，直到君士但丁堡陷落，东罗马帝国衰亡以后，《伊索寓言》才随着西迁的文化潮流重入欧洲。有一时期，除了《圣经》以外，它是影响人心最大的古典作品。事实上，早期的教会就非常看重《伊索寓言》，从其中找出了许多与基督教吻合的教训。马丁·路德自己就曾经翻译过好多篇伊索寓言。

一六一〇年，瑞士人伊萨克·尼费勒特，搜集了当时所能得到的各种古本《伊索寓言》集，将它们汇集在一起，又从梵谛冈所藏的古稿本里新译了若干篇，构成了自希腊时代以来的最完备的《伊索寓言》集。目前各种文字的译本，差不多都是直接或间接根据尼费勒特的底本翻译出来的。最多的一种有四百二十六篇，另一种也有三百多篇。毫无疑问，其中有许多篇乃是伊索的同时人，以及他的以前或以后流行的作品。真正可靠的属于伊索的作品，大约在两百篇左右。

褒顿与《天方夜谭》

许多年以来，我就想买一部理查·褒顿的《天方夜谭》英译本，这个愿望一直到最近终于兑现了。

本来，我早已有了马特斯根据马尔都路的法译重译本，这是八巨册的限定版，译文清新流丽，读起来很方便，应该可以满足了。但是我始终念念不忘许多人一再提起的褒顿的渊博的注解，以及他以三十年的精力完成的那完整的译文，总想一见为快，所以即使早已读过近年印行的褒顿译文的选本，我仍坚持要买一部十六册的褒顿原刊本。

在北窗下，翻开书本，迎着亮光检视每一页纸上那个透明的褒顿签字的水印，并不曾看内容，我的心里就已经十分满足了。

褒顿精通近东各国语言文字多种，他的《天方夜谭》译文，是直接从阿拉伯文译出来的。世上精通阿拉伯文的人本来就不多，就是有这样的人才，也没有褒顿那样渊博的学力和兴趣，更难得有他那样的毅力，所以这部《天方夜谭》，尽管在褒顿以前和以后另有多种译本，但是没有一种能比得上他的那么忠实完整。在有些地方，如追溯书中有些故事的渊源加以比较，以及对于某些风俗和辞令的诠释，就是在阿拉伯的原文里也看不到的。

在《译者小引》里，理查·褒顿这样叙述他立意翻译《天方夜谭》的经过：

一八五二年冬天，褒顿同他的老友斯泰恩亥塞谈起《天方夜谭》这书，认为当时英国读书界虽然知道这书的人很多，但是除了能直接读阿拉伯原文的以外，很少人能有机会领略这座文学宝库的真正价值，于是他们两人便决意合作，将这部大著忠实地、不加修饰地、不加删节地原原本本翻译出来。因为原文有些地方是散文，有些地方插入韵文，他们两人便分工合作，斯泰恩亥塞负责散文，褒顿就负责韵文部分。这样约定，他们就分了手。不久，褒顿到了巴西，忽然接到斯泰恩亥塞在瑞士逝世的噩耗，而且因为遗物乏人照料，斯氏已经完成的一部分译稿也从此失了踪。

但是褒顿并不气馁，他决定个人担起这艰巨的工作。其中几经艰辛，时译时辍（褒顿的职业是外交官），终于经过了二十余年，在一八七九年春天完成了全部译稿，只要稍加整理，就可以出版了。

在整理译稿期间，褒顿忽然从当时文艺刊物的出版预告上发现另有一部《天方夜谭》的英译本要出版，出自名翻译家约翰·潘尼之笔。褒顿对于自己的译文很有自信，不想同他竞争，便写信同潘尼商量，宁愿让潘氏的译本先出版，给他五年的销售时间，将自己的译本押后至一八八五年春天再出版。

约翰·潘尼的译本共分九大册，仅印了五百部，号称是前所未有的最完备的英译本。他自己说，"比加郎德氏的译文多出了四倍，比其他任何译者的译文也多出了三倍"。他很客气地在译本的献辞上将这译文献给理查·褒顿。褒顿后来在自己译本的序文上对潘尼的译文也加以赞扬，尤其佩服他的选词用字，说是有些地方同阿拉伯原文对比起来简直天衣无缝。美中不足的是，潘氏的译文自承有些地方仍是经过"阉割"的，仍不是完整的译本。

于是，到了一八八五年，褒顿依照他同潘尼订立的协定，将自己的译本发售预约了。他的译本，恰如他自己所说，不仅完整没有删节，而且竭力保存阿拉伯原本的格式和构造。设想如果当年阿拉伯人不用阿拉伯文而用英文写《天方夜谭》，他们应该写成怎样。

褒顿的译本也是以预约方式发售的，在一八八五年至一八八六年之间印出了十册，这是正集，已经比潘氏的译本多出了一册，到了一八八七年至一八八八年，他又印了续集六册。这一共用十六巨册构成的《天方夜谭》译本，它的引证的渊博和译文的浩繁，简直断绝了任何想再尝试这工作的后来者的野心。在褒顿的译本出版以后，半个世纪以来，虽然也有一两种其他语文的译本出版，有的以文词浅易取胜，有的夸张猥亵字句引人，但是在完整和篇幅的数量上，比起他的译本来，始终仍是侏儒与巨人之比而已。

《天方夜谭》里的故事，来源不一，作者也并非一人，这是经过相当年代的累积，由后人逐渐搜集整理而成者，所以不仅不能知道那些作者是谁，而且最初形成我们今日所见的《天方夜谭》的时间也无法确定。有人说出现于十三世纪，又有人说迟至十五世纪。

最初的法译本译者加郎德氏，他认为《天方夜谭》里的故事，大部分源出印度，经过波斯传入阿拉伯；但褒顿则认为故事的来源，波斯比印度更多。他在那篇洋洋数万言的尾跋里，对于这些问题，根据他自己的考察所得，归纳成如下几点纲要：

故事的骨干源出波斯。其中最古老的故事，可以追溯至八世纪左右。最主要的一些故事共约十三个，这可说是《天方夜谭》故事集的核心，这些故事都产生在十世纪左右。全书中最新的几个故事，显然有后来编入的痕迹，可以证明是十六世纪的作品。全书大部分则形成于十三世纪。至于作者是谁，根本未有人提及过。因为传述者不一，各人随意笔录，所以根本没有作者。至于这些抄本的流传经过和笔录者的事迹，则还有待于新发现的资料去考证。

以上是褒顿关于《天方夜谭》这本书的产生和来源的意见。他犹如此，别人更没有资格随便下断语了。

这位《天方夜谭》的译者理查·褒顿（一八二一—一八九〇）是英国人，牛津出身。后来为了他在外交上的功绩，获得爵士衔（却不是为了他翻译《天方夜谭》！），所以人称"褒顿爵士"。他曾在一八四二年随军赴印，又化装为印度商人到麦加去朝圣，是英国人去谒穆罕默德墓的第一人。因为当时非回教徒是不能去的，否则有生命的危险，似褒顿却大胆地化装为印度回教徒去参加了。在途中因了早起如厕不遵照回教徒的习惯以左手取沙拭秽，几乎被人认出破绽，但终于靠了机智逃过了。他又到过波斯、埃及、阿拉伯、非洲、叙利亚等地，任过英国驻大马士革等地的领事和专员，又曾替法老王到阿拉伯去查勘过古埃及人在那里所开发过的金矿。所以褒顿关于近东各国的言语和史地知识非常丰富，这就奠下了他后来翻译《天方夜谭》的基础。

褒顿除了翻译《天方夜谭》以外，又曾写过好几部叙述印度和近东的旅行记，但这一切都给他的这部伟大翻译的成就所掩盖了。他又译过古阿拉伯人著名的爱经《香园》。

褒顿后来在意大利的地里斯德港[1]任上去世。这时他的《天方夜谭》译本虽然早已出版，但仍有许多未及刊行的有关资料。据传在他死后，这些译稿都被他的太太烧掉了。据她事后对人说，这是为了要保持她丈夫在道德和名誉上的纯洁。可是我们知道，这对于褒顿在文艺上的贡献，该是一种怎样大的损失。

《天方夜谭》的正式译名该是《一千零一夜的故事》。除了褒顿的译本以外，其他的译本大都不曾保存这个"一千零一夜"的形式，但是理查·褒顿却坚持这一点，认为这个形式最为重要。因为书中那位美丽机智的沙娜查德小姐确是将她的故事讲了一千零一夜，每逢讲到紧要关头，恰巧天亮了，她便停住不讲，等到天黑了再继续讲下去，就这样一连讲了一千零一夜，一点不折不扣。对于这形式，褒顿曾说过一句警句："没有一千零一夜，根本也就没有故事，"因此他对于原文那种"说到这里，天已经亮了，于是沙娜查德就停止说下去"的形式，坚持保存原状。所以我们如果将他的译本章节统计一下，确是一千零一夜，不多也不少。

这虽然只是一种形式，然而就是从这方面，我们就不难推想褒顿的译文在其他方面的完整和认真。

对于《天方夜谭》里的故事，我们最熟悉的是《阿拉丁的神灯》

---

[1] Trieste，现译为的里雅斯特港。——编注

和《阿利巴巴四十大盗》的故事。这不仅因为在电影中屡次见过,也因为我们在英文读本里早就读过。然而,普通给中学生读的《天方夜谭》故事,比起褒顿的全译本,那差异简直比《沙氏乐府本事》与沙翁原著之间的差异更大。因此能有机会翻一下褒顿的十六巨册译文,即使还不曾真的读下去,我也认为是一种福气了。

《十日谈》《七日谈》和《五日谈》

一、卜迦丘的《十日谈》

像一切伟大的文艺名著一样,卜迦丘的《十日谈》也是被人谈论得很多,可是很少人曾经读完过的一本书。我们虽然早已有了删节过的不完全的中译本,但看来恰如其他国家的许多卜迦丘的读者一般,我们所欣赏的也不过是其中捉夜莺的趣谈或魔鬼进地狱的故事而已。

在意大利文学史上,卜迦丘的《十日谈》曾与但丁的《神曲》并称。但丁的长诗题名是《神曲》,《十日谈》则被称为"人曲"。一个是诗,一个是散文,一个描写未来的幻想生活,一个描写眼前的现实生活。两部作品的风格和目的虽然不同,但在文艺上的成就却是一样,都是十四世纪所产生的一时无两的杰作。其实,卜迦丘所描写的和但丁所描写的都是同一个世界，不过但丁着重这一个世界的生活和另一个想象中的未来世界的关系，卜迦丘则抛开了人和"神"的未来关系，全部着重眼前这个世界的一切活动。在他的书中，世界就是世界，人就是人，不管他或她的职业和地位如何，他们都受着人性的支配。这就是这部作品被称为"人曲"的原因。西蒙斯在他的大著《意大利文艺复兴史》中说得好：

> 但丁在他的神曲中企图对于世界的基本现象予以揭露，并且赋予它们以永久的价值。他从人性与神的关系去着手，注意这个世界的生活与坟墓那边生活的关系。卜迦丘则仅着重现世的现象，无意去寻求经验的底下还有什么。他描绘世间就如眼见的世间，肉就是肉，自然就是自然，并不暗示还有什么灵的问题。他将人类的生活看成是运气、诙谐、欲望和机智反复的游戏。但丁从他灵魂的镜子中视察这个世界，卜迦丘则用他的肉眼；但是这两个诗人和小说家却从同一人类中去采取题材，在处理上都显示同样深切的理解。

正因为卜迦丘在他的《十日谈》中将这个世界描写得太真实了，太没有顾忌了，遂使这本该是欢乐的泉源的好书（作者自己曾表示写这本书的用意是这样），却招惹了许多愚昧的纷扰和偏狭的嫉愤。从它初出版以来，这本书就被梵谛冈列入他们的《禁书索引》中，经过了五六个世纪，至今仍未解禁。同时，在这期间，伪善者对于这本书所表示的误解和愚昧，并不曾因了人类文化的进展而有所醒悟。

乔奥伐里·卜迦丘，这位《十日谈》的作者，父亲是意大利人，母亲是法国人。他是在巴黎出世的，出生年代和日期没有准确的记载，这是因为他父亲是在巴黎作客期间结识这个法国妇人的，年代大约是一三一三年左右。他父亲后来似乎并未与这个法国妇人正式结婚，因此有人说卜迦丘像达文西一样，也是一个私生子，甚至有人说他根本不是这个法国妇人生的。但无论如何，他含有法兰西的血统却是一件没有人否认的事实。也许就是这一点渊源，使得他的《十日谈》充满了法国中世纪文学特有的机智讽嘲和诙谐趣味。

卜迦丘的父亲是商人，他跟随父亲回到佛罗伦萨以后，父亲有意要使他成为商人，后来又想他学习法律，但这一切安排都不能阻止卜迦丘对于文学诗歌的爱好。他成为但丁的崇拜者，曾写过一本《但丁传》，这书至今仍是研究但丁生活的最可靠的资料。像但丁的伯特丽斯一样，他也有一位爱人，这是一个有夫之妇，卜迦丘将她理想化了，取名为费亚米妲，用来媲美但丁的伯特丽斯，后来并用这美丽的名字写了一部小说。

除了上述的两部作品外，卜迦丘又写过好些长诗和散文，但他主要的作品乃是《十日谈》，而且仅是这一部书也尽够他不朽了。《十日谈》作于一三四八年至一三五三年之间。当时欧洲人还没有发明印刷，这书只是借了抄本来流传，直到一四七一年才有第一次印本出版，因此这书也是欧洲最早的印本书之一。

《十日谈》(*Decameron*)的巧妙的结构和它得名的由来，是这样的：

一三四八年左右，佛罗伦萨发生了一场流行的大瘟疫，死亡枕藉，人烟空寂，幸存的都纷纷逃往他处避疫。这其中有七位大家闺秀和三个富家青年，也都是从佛罗伦萨逃避出来的，偶然大家不约而同地在一座山顶上的别墅中见了面。因为是萍水相逢，大家无事可做，便互相讲故事消磨客中无聊的岁月。当时大家约定每天推一人轮流作主人，每人每天要讲一个故事。这样一共讲了十天，总共讲了一百个故事。恰好疫氛已过，大家便互相告别各奔前程去了。因为这些故事都是在十天内讲出来的，因此这书就名为《十日谈》。

卜迦丘实在是古今第一流的讲故事能手。在《十日谈》里，他的态度冷静庄重，不作无谓的指摘和嘲弄，也不抛售廉价的同情。他不故作矜持，也不回避猥亵，但是从不诲淫。那一百个故事，可说包括了人生的各方面，有的诙谐风趣，有的严肃凄凉，但他却从不说教，也不谩骂。他将贵族与平民，闺秀与娼妇，聪明人与蠢汉，勇士与懦夫，圣者与凡夫，都看成一律，看成都是一个"人"。而且在人生舞台上，有时娼妇反比闺秀更为贤淑，蠢汉更比聪明人占便宜，而道貌岸然的圣者却时常会在凡夫俗子面前暴露了自己的真面目，引起一般听众的喝彩，同时却激起了伪善者和卫道之士的老羞成怒。正因为这样，这《十日谈》虽然时时受到指摘和诬蔑，但仍为千万读者所爱好，使他们从其中享受到了书本上的最大的娱乐。

《十日谈》里的故事,多数并非卜迦丘的创作,而是根据当时流传的各种故事加以改编的。因为说故事和听故事正是中世纪最流行的一种风尚。这些故事大都来自中东和印度,有的出自希腊罗马古籍,有的更是欧洲各国流传已久的民间故事。经过了卜迦丘巧妙的穿插和编排,便成了一部古今无两的富有人情味的故事宝库。有一时期,法国有些学者指摘卜迦丘的《十日谈》抄袭法国民间流传的寓言故事颇多,但这并不能损害《十日谈》在文艺上的价值,正如莎士比亚和乔叟虽然也从《十日谈》汲取他们的剧本和长诗题材,但也并不减低他们的成就一般。

为了反抗僧侣们所标榜的不近人情的禁欲主义,出现在黑暗的中世纪的这部《十日谈》,可说是给后来的文艺复兴运动照耀开路的一具火把,因为他首先将"人"的地位和权利从桎梏中解放出来了。

二、拉瓦皇后的《七日谈》

拉瓦皇后玛格丽的《七日谈》(*Heptameron*),显然是直接受了卜迦丘的《十日谈》影响的作品,但也只是在书名和结构方面而已。并且玛格丽最初仅是将她的故事集命名为《幸运情人的历史》(*Les Histoice Des Amants Fortunes*),《七日谈》的题名还是后人给她加上去的,因了这名字很恰当动人,于是原来的书名反而被人遗忘了。

《七日谈》虽然是直接受了《十日谈》影响的作品,但决不是像《红楼续梦》《红楼圆梦》那样，是狗尾续貂的东西。《七日谈》的故事都是作者根据自己的见闻来撰述的，有些更是当时时人的逸事，作者只是将人名和地点略加以更换而已。像《十日谈》一样，这些故事都充满了谐谑和风趣，更不缺少猥亵，但却叙述得那么文雅悠闲，真不愧是出自一位皇后的手笔。

拉瓦皇后玛格丽（Margaret, Queen of Navarre），生于一四九二年，是法兰西斯一世的姊姊，一五〇九年嫁给亚伦恭公爵，后来公爵死了，她又改适当时法国的邻邦拉瓦王亨利，因此被称为"拉瓦皇后"。她自己爱好文学，并且执笔写作，当时法国著名作家如拉伯雷等人都是她宫廷中的座上客，因此她的作品也就那么充满哲理和机智的嘲弄，有时对于僧侣的伪善生活也有一点轻微的讥讽。她写过好几种喜剧和长诗。但使她的名字得以不朽的却是这部继续写出来的故事集。这部《七日谈》，开始于一五四四年，她原来的计划本是像《十日谈》一样，使十个人每天讲一个故事，讲满十天再分手，这样便恰好写满一百个故事的，但是为了别的事情时时搁置，这样，直到一五四九年，她刚写到第八天第二个故事时，便不幸逝世了。因此《七日谈》里仅有七十二个故事，而且也没有结局，谁也不知道那十个人后来是怎样分手的。因了这些故事是在七日的时间内由书中人讲述出来的，后来一个聪明的编者便给她题上《七日谈》这个名字。

《七日谈》的结构，毫无疑问是受了《十日谈》影响的。作者假设在某一年的秋天，有一群绅士淑女到温泉去沐浴休假，回来时因大雨成灾，河水泛滥，各人不得不各自设法绕道回家去。这其中有十个人为雨水所阻,停留在某一处的僧院里,十人中恰好男女参半,大家客居无聊,便约定每天饭后在草地上讲故事,每人每天讲一个,讲完之后大家便讨论故事的内容或随意谈天。这遣闷的方法很成功,因为发现僧院里的僧人也躲在篱外来偷听,有时听得出神,甚至忘记了去做晚祷。

《七日谈》的原名是《幸运情人的历史》,因为大部分的故事,都是有关不忠的妻子和不忠的丈夫的。有的是丈夫用巧计瞒过了妻子去会情妇,有的是妻子欺骗丈夫去会情郎,当然占便宜的多数是情人。除此之外,更有一部分是讽刺僧侣生活的。此外便是经过隐名改姓的时人趣事和当时所流传的真实发生的奇闻。

法国中世纪著名的一件母子父女兄妹乱伦奇案,便是出在这书里的。一位守寡的母亲为了要试验儿子是否同婢女有私情,竟在黑夜之中一时忘情同自己的儿子发生了关系,而且竟因此受孕,她托辞离家养病,后来将生下来的女儿寄养在远方,不使儿子知道。哪知儿子后来出去游学,偶然遇见这女儿,又彼此相爱在外边偷偷结了婚回来,于是便铸成了这一个千古未有的大错。玛格丽将这一段奇闻收在第三天最末一个故事里。后来曾使许多作家采作了剧本和叙事诗的题材。

《七日谈》的第一次印本是一五五八年在巴黎出版的,在这以前仅是借了抄本流传。目前巴黎国家图书馆还藏有十二种不同的抄本,多数是残缺不齐的。就是第一次的印本也仅有六十七个故事,而且次序颠倒,不分日期。现在流行的最好的《七日谈》版本,是一八五三年巴黎出版的林赛氏的编注本。他根据各种不同的古抄本，努力恢复了拉瓦皇后原来所计划的面目，并且增加了许多有趣的注解和考证。一九二二年伦敦拉瓦出版社曾根据林赛的版本译成英文，附加了七十三幅钢版插图和一百五十幅小饰画，又增加了若干注释，再请乔治·桑兹伯利写了一篇详尽的介绍文，印成五巨册的限定本出版，可说是最完美的《七日谈》英译本。

三、巴西耳的《五日谈》

意大利拿坡里十六世纪作家，吉姆巴地斯达·巴西耳（Giambattista Basile，1575—1632），也许很少人会知道他的名字或提起他，若不是因为他是《五日谈》（Pentameron）的作者。

这部故事集，它的原名本是《故事的故事》，正像拉瓦皇后的《幸运情人的历史》被改题作《七日谈》一般，原书出版后不久，也由于它的体裁和《十日谈》相近，被人改题作《五日谈》，并且使得原来的书名反而弃置不用了。

《五日谈》和卜迦丘《十日谈》相同的地方实在很少。虽然书中的人物也是每天讲一个故事，五天的时间一共讲了五十个故事，但是那些讲故事的人物，却没有一个是绅士淑女，全是年老的丑妇，跛脚的、驼背的、缺牙齿的、鹰钩鼻子的，全是饶舌骂街的能手，因此也都全是第一流的故事讲述者。

并且所讲的故事也与《十日谈》和《七日谈》微有不同，它们多数是民间流传的故事，恢奇、古怪、想入非非，有些还带着浓厚的童话色彩。因此这部故事集成了后来欧洲所流传的许多的童话的泉源。著名的德国格林兄弟所采集的民间故事，有许多便源出于巴西耳的《五日谈》。

巴西耳一生以采集民间故事为自己唯一的嗜好，他漫游各地，直接用巷里的口语记载他所听到的故事，因此他可说是欧洲第一个民间故事的记录者。

巴西耳的《五日谈》是用拿坡里的方言写的，能读这种文字的人不多，一八九三年理查·襄顿爵士的英译本出版后，这才扩大了它的读者范围。这时襄顿刚完成了他的伟大的《天方夜谭》的翻译工作，以余力来译述这部十六世纪的民间故事集，实在驾轻就熟，游刃有余。他的译文最初是以一千五百部的限定版形式出现的，后来才印行了廉价的普及版。

除了襄顿的译文以外，意大利的著名美学家格罗采也曾将巴西耳的原文译成了意大利文，目前另有一种英译本就是依据格罗采的译文重译的。

英国十八世纪以写想象人物对话著名的散文家兰多尔，也曾同样以《五日谈》的题名写过一本对话集，想象《十日谈》的作者卜迦丘和他的朋友诗人伯特拉克谈话，谈话的中心是讨论但丁的《神曲》，但有时也提及卜迦丘的作品和旁的问题，谈话一共继续了五日，所以书名也称为《五日谈》。

读书随笔1

乔叟的《坎特伯雷故事集》

十四世纪英国大诗人乔叟的《坎特伯雷故事集》,最近已有很好的中译本出版。想到这样冷僻的西洋古典文学作品,在目不暇给的新出版物中也占了一席地,情形真令我见了神往。

乔叟是《十日谈》的作者卜迦丘的同时代者,《坎特伯雷故事集》也是一部《十日谈》型的作品,不过不是用散文而是用韵文写成的(只有两篇是例外)。乔叟与卜迦丘相识,而且也到过意大利,他又自称是《十日谈》的嗜读者,因此《坎特伯雷故事集》采用了当时最流行的《十日谈》型的说故事形式,正不足异。

乔叟假设有一群香客,到坎特伯雷的圣多玛教堂去进香朝圣。他们在一家旅馆里歇脚,约定大家一起结伴同往。连诗人自己在内,一共有三十一人,有男有女。他们的品流是很复杂的,包括有水手、厨师、乡下绅士、老板娘、农夫、教士,以及兜售宗教符箓的小贩等等,差不多代表了中世纪英国中下社会的各阶层。

这一群香客聚集在一家名叫塔巴的旅馆里,大家餐后闲谈,由旅馆老板提议,为了解除旅途寂寞,大家在进香途中以及归途上每人各讲两个故事。讲得最好的人,进香完毕之后由大家请他吃一餐晚饭。

这样,一共三十一个人,每人来回讲四个故事,根据乔叟原定的写作计划,一共该有一百二十四篇故事。可是我们今日所读到的《坎特伯雷故事集》,仅有故事二十四篇,这是因为乔叟的这部作品，是在晚年写的，刻意经营，但是未及完成便在一四〇〇年去世了。

相传这位诗人写这部作品，为了要体验各阶层的生活真相，曾隐名改姓杂在众香客群中，到坎特伯雷去观光过一次。因此在这部故事集里，有些故事虽是流行在当时民众口中的传说，或是采自其他古本故事集里的，但是他能将每一篇故事与讲故事者的身份配合起来，尤其是各个香客的个性，和他们的职业背景，勾画得最生动深刻。因此这虽然是一部产生在中世纪时期的作品，而且乔叟所用的是英文古文，但是并不妨碍它至今仍是许多人爱读的文艺作品。

直率坦白，有笑有泪，富于人情味，而且不避猥亵，这正是这部故事集能流传不朽，为人爱好的原因。有人甚至将乔叟比成了英国的拉伯雷，这比拟可说很恰当。因为即使是这样的一部韵文的故事集，由于有些伪善者的嘴脸被刻画得太逼真了，使得梵谛冈看了不高兴，有一时期竟将它列入"禁书目录"中，不许教徒读阅。

巴尔扎克和他的《人间喜剧》

在文学史上，巴尔扎克的名字永远是光辉的。因为这位十九世纪法国大作家，不仅他的作品受到世人的爱读和赞扬，还有他的洋溢的天才，充沛奋斗的精力，对于人世正义的同情，以及他一生在金钱上所受到的磨折，都使爱好文艺的人对他特别尊敬和同情。

巴尔札克的名字，是与他的《人间喜剧》分不开的。这是他为自己计划要写的小说所题的一个总名。在他拟订的写作计划上，这部《人间喜剧》将由一百四十四部小说构成，预定出现在书中的人物将有四千人以上。他后来虽然不曾全部完成这个计划，但在他去世时，已经写下了六十多部，在他笔下创造出来的人物典型也达二千人以上。仅是这一点文学成就，在历史上已经很少有人能够比得上他了。

《人间喜剧》这题名的由来，是由于意大利诗人但丁的杰作《神曲》的暗示。一八四二年四月间，巴尔札克同一位出版家订立了合约，全权出版他的作品。他将已出版过的重行加以整理，又准备续写计划中的作品。他自己和出版家都觉得"全集"这一类的名称太空洞平凡，他想给自己的全部小说题一个有意义的总名。想了许久还想不出一个恰当的，因为他的写作计划是要描写一个整个的时代，这时代的各种面貌，活动在这时代的每一种典型人物，都在他的分析和批判之列。后来偶然有一位从意大利旅行回来的朋友，同他谈起意大利文学和大诗人但丁的《神曲》。巴尔札克忽然灵机一动，这时就想到了《人间喜剧》这题名。因为但丁的《神曲》原题的意义，乃是神的喜剧（按：但丁的原题本是如此，中国译为《神曲》，因沿用已久，所以这里不再改动），所描写的乃是地狱天堂和净罪天的种种事情。那么，描写天上的诗篇既可称为"神的喜剧",他的描写现世人间的小说,自然不妨题作《人间喜剧》了。巴尔札克对于这个题名很喜欢,自己曾写过一篇长长的自序来加以解释。

巴尔札克为自己的《人间喜剧》所拟订的写作计划,预定将他所要描写的人物和故事,以及他们的背景,分为数组,题为私生活、外省生活,以及巴黎人生活,等等。其中有几部以小孩和青年男女为主题,有些则写乡下人和外省人的生活,有些则写巴黎人的糜烂罪恶生活。此外还有军事生活、政治生活和哲学研究各小部门。所谓"哲学研究",也仍是以小说方式出之,目的是分析那些决定社会上各种人物形态性格的基本因素。在《人间喜剧》计划的最后部分,巴尔札克还拟下了"社会生活的病理学""改善十九世纪的哲学和政治的对话"等等专题,这些也同样不是论文,都是要采用小说方式用人物故事来表现的。总之,依据巴尔札克《人间喜剧》原定计划,他要将整个法国社会写入他的小说内。

在那篇有名的《人间喜剧》自序里,巴尔札克这么阐明他的计划轮廓道:

> 私生活景象的部分要描写童年和青年,他们所经历的那种不可靠的路程。外省生活景象部分将显示这些人所经历的情欲、计算、自私和野心阶段。巴黎人的生活景象部分,则描写各种趣味和罪行的发展面貌,以及在毫无拘束之下的各种不轨行为,因为这正是都市生活的风格和道德特征。在这里,善和恶就不免要发生强烈的斗争了。

完成了社会生活的这三个部门后，我仍有未完的工作，要表现某些生活在特殊情况下的人物典型，他们是某些生活兴趣的代表或集合体，而这些人，乃是站立在法律之外的。为了这些，因此我要写政治生活的景象。当我完成了社会生活这一部门的广大景象后，我仍不免要描写一下它的最凶猛的发挥它的功能的面貌，这就是说，当它为了自卫或是征服的目的而迈步前进的景象。这种景象，我将收在我的"军事生活景象"内。最后，我还要写"乡村生活景象"，这将是我所从事写作的这种社会戏剧的最后部分工作。在这一部分作品内，将出现我的最纯洁的人物，以及对于秩序、政治和道德的最高原则的运用。

巴尔扎克对于他的这个写作计划显然很自负，称之为前所未有的"人类分类学"，要将当时社会生活和人物的每一种典型，毫不遗漏地表现出来，每一个脚色代表一种典型人物，每一个插曲代表社会生活的一面，而这一切又不是单独各不相关的，而是不可分割的互相有连带关系，构成整个社会生活的全部面貌："完成一部完整的社会生活历史，每一章由一部小说代表，每一部小说就代表一个时代。"

他在《人间喜剧》自序的最后说：

这个无可比拟的计划的范围，不仅要包括一部现社会的历史和批判学，更要从事对于它的罪恶的分析，以及应有的基本原则的阐明。这一切将表示我现在给我这些作品所拟定的一个总名:人间喜剧,将是十分恰当的。这有点太自夸吗?它果真能名符其实吗?当全部作品问世之后,我静待读者大众的高明判断。

前面已经说过,巴尔札克在一八五〇年八月间去世时,他并不曾来得及完成他的《人间喜剧》全部计划,但他已经先后写下了六十多部小说。这些有的是长篇,有的是由几个中篇和短篇构成的,而且发表先后不一,但都是属于他所计划写作的《人间喜剧》中的一部分。我们今日所读到的他的作品,如《老戈里奥》《表妹彭丝》《欧基尼·格朗地》,还有许多短篇,都是属于《人间喜剧》的作品。

巴尔札克生于一七九九年,一八五〇年去世,活了五十一岁。这位伟大的天才作家,他的天赋和精力都过人,因此在写作和生活计划上也具有惊人的野心,他一面从事写作,一面又投资从事各种企业。他的住宅附近有一片空地,他甚至也拟订了一个计划,利用这空地来种植凤尾梨,预期不久之后,就要成为法国的"凤尾梨大王"。不用说,他的事业计划都是一个接着一个地失败了,因此他在写作方面的收入,全部耗费在这些计划上,赔了本还不够,还要常年地负债。甚至他的《人间喜剧》的计划的拟订,也是为了偿付逼人的债务而作的一种努力。

在私生活上,巴尔札克完全表示了一个天才的风貌,他的食量惊人,曾经一次吃了一百只生蚝,十二块羊排,一只全鸭,一对山鸡和一条鱼。他习惯午夜写作,喝着浓烈的咖啡,直到黎明才停笔。他的原稿改了又改,有时改至二三十次,以至最后的定稿和他的初稿完全是两篇文章了。

左拉和他的《鲁贡·马尔加家传》

在法国文学史上,承继了现实主义大师巴尔札克光荣传统的,乃是爱弥尔·左拉。这不仅在文艺的成就上是如此,就是在题材的选取和作品的规划上也相仿佛。左拉的《鲁贡·马尔加家传》,可说正是受了他的先辈的《人间喜剧》的启发而写成的。

所谓《鲁贡·马尔加家传》,乃是以鲁贡·马尔加这个家族的几代男女老幼为中心,写他们这一家族人物的故事,是用许多长篇小说来连续构成的。巴尔札克写作《人间喜剧》的全部计划,是预定要由一百四十四部长短篇小说构成的,出现在书中的人物将有四千以上,不幸他仅写成了六十多部,就已经去世了。在这方面,左拉比他的先辈幸运多了,他的《鲁贡·马尔加家传》的预定计划,没有《人间喜剧》那么庞大,是由二十部长篇小说构成的。他从一八六八年开始这个写作计划,继续工作了二十五年,到一八九三年终于完成了家传的最后一部。

这部法国十九世纪现实主义文学最伟大的作品:《鲁贡·马尔

加家传》，包括了左拉的二十部长篇小说。依照这家族的世系来说，这二十部长篇小说是依照这样的次序排列的：

一、鲁贡家族的家运，一八七一年出版；二、贪欲，一八七一年出版；三、巴黎的肚子，一八七三年出版；四、普拉桑的征服，一八七四年出版；五、莫内教士的过失，一八七五年出版；六、欧舍鲁贡大人阁下，一八七六年出版；七、小酒店，一八七七年出版；八、爱之一页，一八七八年出版；九、娜娜，一八八〇年出版；十、家常小事，一八八二年出版；十一、妇女福利商店，一八八三年出版；十二、生命的欢乐，一八八四年出版；十三、萌芽，一八八五年出版；十四、作品，一八八六年出版；十五、土地，一八八七年出版；十六、梦，一八八八年出版；十七、人类的兽性，一八九〇年出版；十八、金钱，一八九一年出版；十九、败北，一八九二年出版；二十、巴士加医生，一八九三年出版。

左拉和巴尔扎克一样，都是精力过人的多产作家。他的这部《鲁贡·马尔加家传》自一八七一年出版了第一部《鲁贡家族的家运》，差不多即以平均每年一册的写作速率继续下去，这中间虽有许多别的事情消耗了他的写作时间，但他终于在一八九三年依照预定计划，完成了这部家传的最后一部：《巴士加医生》。

左拉这二十部小说的个别成就，无论从出版当时的批评来说，或是从读者的爱好和它的销数来说，显然都是不一致的。这是当然之事，但这并不能断定最销行的一部就一定写得比别一部更好，因为左拉这一部伟大的作品是应该就全部来论断它的成就的。就一般情形来说，最为人熟知的是《娜娜》，这部以一个风尘女子的生活为中心的小说，曾受过许多人的攻击，说其中有些部分写得有伤风化，至今在有些国家尚列为禁书，它在现代也曾改编过舞台剧、拍过电影，毫无疑问是左拉作品之中最为人熟知的一部，然而左拉本人却并不认为这是他的得意之作。

除了《娜娜》之外，在《鲁贡·马尔加家传》里面，较为人熟知的几部是《巴黎的肚子》，这是以巴黎蔬菜鱼肉市场为背景的小说，描写巴黎这大都市每天所消耗的食物的内幕故事。《小酒店》是描写酒徒和劳动者的故事；《作品》是描写巴黎艺术家的故事，左拉的这部小说具有相当的自传成分，因为他将他的那些画家朋友，印象派的马奈、塞尚、谷诃等人都写入了书内；还有《土地》，这是描写法国农民的作品，由于他暴露农民生活过于露骨，曾引起许多人的抗议。

《鲁贡·马尔加家传》这部由二十部长篇小说构成的"长篇小说"，左拉还给它加了一个副题："一个家族的自然史和社会史"。看了这个副题，我们就不难明白这位伟大小说家的描写中心所在。关于这一点，左拉自己也曾将他的《鲁贡·马尔加家传》和巴尔札克的《人间喜剧》加以比较。他在遗留下来的写作札记里曾作过这样的分析道：

> 巴尔札克的《人间喜剧》，他的基本思想是由人类与兽类相比之下所发生的。他认为人类之中有艺术家、官员、律师、教士等等，正如兽类中有狮、虎、狗、狼一样，他

们的职业是具有一定的本性的,而决定产生这种本性的就是社会。至于我的作品,则更富于科学性,而没有那么偏重社会性。巴尔札克运用他的作品中的三千人物的帮助,想写成一部生活状态的历史。他把这个历史建立在宗教和王权的基础上。他的整个要点乃是想叙述正如世上有狗有狼一样,所以人类之中自然也有律师也有官员等等。他想用他的著作构成一面当代社会的镜子。我自己的著作将完全是另外的东西,范围是比较更狭小的。我不想描写整个当代社会,我只想描绘一个家族,以及这一个家族由于环境的影响所发生的各种变化……

斯蒂芬逊和他的《金银岛》

文艺爱好者,想来一定知道斯蒂芬逊的杰作《金银岛》这部小说的。这书早已有了好几种中文译本,一名《宝岛》,有些学校还用它的原文作英文课本。它的作者斯蒂芬逊是一位生活很不寻常的作家,一般人知道的不多,而且他除了《金银岛》之外,还有很多别的作品。

罗伯·路易斯·斯蒂芬逊是英国作家,一八五〇年十一月十三日,出生在爱丁堡,他的父亲是工程师,所以家庭的环境很好。可惜的是，斯蒂芬逊自幼就身体健康不好。因此这个体弱的独生子，一向受着家人的特别爱护。他的外祖父是当时爱丁堡大学的哲学教授，斯蒂芬逊时常住在外祖父的家里。就这样，他从小就生活在一个学术研究气氛浓重的环境里，耳濡目染，再加上他那天赋的好奇心，他自幼便喜欢东涂西抹，时常投稿到当地的报纸上。这时，他不幸承受了母亲的衰弱体质和神经衰弱症，发病时就不能读书，因此他的学业时歇时续。

为了体力关系，刻板的学校课程使他生厌，他时常逃学，可是并非贪玩，而是带了纸笔到外面去，把眼中所见的人物和事情记了下来。他喜欢同各种生活不同的人往来，将他们的个性和特点，细心观察和记录。这些笔记簿，后来就成为他著作构思时的底本。每逢他为病痛所困扰，不得不躺在床上休息的时候，事实上他的头脑反而加倍的活跃。这时他那丰富的幻想力，便把日常所见的那些古怪的人物和事件，再加以渲染，成为他的想象中的英雄。等到他起床后，这些人物便出现在纸上了。

起初，斯蒂芬逊接受家人的期望，决心秉受父志，去专习工程，但是因了体力衰弱，不适宜于辛劳的工作，便改学法律。但这种刻板拘谨的工作，和他那种疏懒不羁的个性完全不相称，因此他又放弃了成为律师的计划，开始到各处去旅行，希望能找到一个适合的地点，可以适合疗养他的病体。这种旅行生活，使他的足迹踏遍了欧洲大陆德法荷意诸国的国土，随手写下了许多游记。

斯蒂芬逊对英国本国各先辈作家的风格和写作技巧，曾经下过苦功研究。因此他自己的作品，不论是诗歌、小品文随笔，短论和小说,都能够采取英国各名家之长,融会贯通,然后自成一家,清新绝俗。这正是他长期苦心学习的成果,这才能够达到青出于蓝而胜于蓝的境界。

有名的冒险小说《金银岛》,出版于一八八二年。这部小说一经出版,一纸风行,使他立时成为英国文坛上最为人爱戴的作家,书中人物呼之欲出,故事又新奇有趣,很快地就被译成多种外国文字,成为全世界少男少女最喜欢读的一本小说了。接着,他又写了《鬼医》,这部小说的原名是《杰克尔医生和亥地先生》,描写一个能改变自己像貌的怪医生的故事。他的像貌改变时,他的个性也随着改变,因此干出了许多惊心骇目的事情,使读者毛骨悚然,但是又不忍释卷。这是描写人类心理变态的一部杰作。同《金银岛》一样,这部小说曾经一再拍成了电影。

此外,他又写下了《给少男少女》《新天方夜谭》《绑票勒索》《驴背旅行》等等,共有四十多种作品。斯蒂芬逊的写作生活并不长,他写得又十分审慎,下笔很慢,但是在疾病缠绵之中居然产生了这许多作品,实在令人佩服。他的写作范围很广,包括了长篇小说、短篇故事、随笔论文、游记、诗歌。此外他又是写信的能手,留下了四册文情俱胜的书信集。

在私生活方面,他和奥斯波夫人的恋爱也轰动一时。奥斯波夫人是一位有夫之妇,斯蒂芬逊为了爱上她,弄得人言啧啧,不惜远渡重洋,一直到美国去追求她。虽然他父亲和亲友们竭力反对这事,但是有情人终成眷属,奥斯波夫人终于同丈夫离婚,嫁给了斯蒂芬逊。这一对有情人的婚姻生活十分美满,斯蒂芬逊在病苦之中能够继续不断地从事写作，可说完全得力于这位贤良温柔的夫人的体贴和照顾。

斯蒂芬逊在早年就染上了肺病。他旅行各地疗养的结果，爱上了南太平洋热带的柔媚风光，于是决定卜居萨摩亚岛。这种世外桃源的生活使他非常爱好，每日除了定时写作外，便徜徉在风光明媚的椰林海滩上，或是扶杖和岛上的土人闲谈。斯蒂芬逊为人和善，又富于仁侠精神，因此在岛上和土人相处得极好，随时在精神上和物质上帮助大家，使他的家成为岛上的社交中心。土人十分爱戴他，知道他是一位名作家，称他为"故事专家"。可惜的是，他在岛上虽然生活得很愉快，但是病体日渐沉重，有一天同爱妻在散步途中，突然昏厥不醒，竟此不治。他在一八九四年去世，仅仅活了四十四岁。他的逝世，不仅使他的爱妻十分伤心，就是岛上的土人也同声哀悼。他的葬仪是按照土人的风俗举行的，在他自己生前早已择定的墓地上，由六十多位垂泪的土人扶棺下葬。坟上的墓碑，刻有他自己生前所写的挽诗：

> 在这寥廓的星空之下，
> 掘好墓穴让我躺下来罢，
> 欢乐的生，也欢乐的死去，
> 我十分愿意这么躺下。
>
> 请为我镌上这样的墓铭，
> 这里是他渴望的所在，

像万里破浪归航的水手，
像猎罢回家的猎人。

斯蒂芬逊的《金银岛》，现在已经成为全世界少男少女所最爱读的一部冒险小说。据他自己说，这部小说的产生是很偶然的，因为他有一天偶然画了一幅想象中的《金银岛》宝藏地图，不觉向往起来。由于荒岛宝藏和海盗冒险家的传说故事很多，一经他穿插，便成了一部绝妙的冒险故事。再加上斯蒂芬逊那种细腻的描写，引人入胜的曲折布置，使得书中人物呼之欲出，读者也仿佛置身其境，因此这部小说便令人一拿到手上就舍不得放下来了。

霍桑和动人的《红字》故事

文学史上有许多作家因一本书而名垂不朽。《红字》的作者霍桑就是如此。

拉撒奈尔·霍桑是美国人，生于一八〇四年。他本是税关职员，可是性爱写作，写过不少童话和故事，并且也获得相当成功。但是直到他失业之后，才无意写出了他的杰作，这就是成为十九世纪美国著名小说之一的《红字》。今天，霍桑就凭了这一部小说而永不会被人忘记。他虽然后来也写过好几部其他作品，但它们的有无已无关重要了。

《红字》这部小说，是霍桑在四十五岁时写的。这是一八四九年的事，这时霍桑已经结婚，他的妻子索菲亚是个典型的贤妻，他们已经有了两个孩子，税关职务的薪水本来已足够他们生活，不用有什么忧虑。可是这一年由于人事上的变动，他的职位忽然被裁撤了，于是霍桑突然失业起来。由于平时没有什么积蓄，眼看一时又找不到新的职位，他的前途不觉显得十分黯淡。

可是贤惠的索菲亚，这时反而安慰丈夫道："你既然不用去办公了，你岂不是反而有时间可以安定地坐下来写你许久要写的小说了？"据霍桑的传记所载，这时他妻子鼓励他，给他收拾干净书桌，又给他在壁炉里生了火，请他舒服地坐下来，然后跑上楼拿了一个小包裹来给霍桑看，里面是一百五十元现款，这是她平时辛苦搏节下来以备不时之需的。现在这笔小款项至少可以够他们一家人两个月的生活费。

此外，他的朋友诗人朗费罗等人，知道他失业了，大家也凑了一笔钱寄给他，嘱他安心写作。于是霍桑就在这种既感激又兴奋的心情下，坐下来开始写他许久想写的长篇小说。他当时对于自己所写的东西并没有什么自信，因此当一位出版家来拜访他，问他可有什么现成的稿件可供他们出版时，他起先还谦逊地不肯拿出来，直到再三询问，他才勉强从抽屉里拿出一卷原稿来给他说：

请你拿回去看看，这东西行不行？

就在当天晚上,这位出版家就写了一封信给霍桑,对他交来的这部原稿大加称赞。这部原稿不是别的,就是《红字》。

《红字》的故事非常动人,霍桑是用回叙的方法来写这小说的。小说的背景是美国的波士顿城,一开始,女主角亥丝特正从监狱里释放出来。她因丈夫不在家,与人通奸有孕,不为当地美国清教徒的严厉法律所容,被判入狱。这时刑满放出来,但是早已在狱中分娩,孩子已经有三个月大了。她被释后,还要再经过示众一次,才可以完全恢复自由。她被命令穿上一件特殊的长袍,胸前绣了一个红色的"A"字,这是"犯通奸罪的妇人"(adulteress)一字的缩写。当地的法律规定她要终身穿上胸前绣有这个字(这正是这部小说题名《红字》的由来)的衣服,并且在出狱之际,还要站在刑台上示众一次。亥丝特都这么做了,但是她只有一件事始终不肯做,那就是泄露奸夫的姓名。

亥丝特站在刑台上,身穿胸前有红字的耻辱长袍,怀抱通奸怀孕而来的独生子,在那里示众之际,出门两年的丈夫正从外地抵埠了,他杂在人丛中来看热闹,因为他根本不知道这件事情,一看站在示众台上的竟是自己的妻子,这才知道出了乱子。霍桑的小说就是从这一幕紧张的场面来开始叙述描写的,因此一开头就吸引了读者。

丈夫站在人丛中,自然又羞又恼。但是人丛中还有一个心中更难过的人,那就是当地那个年轻而受人敬重的牧师。他这时心里难过,并非因为他的教区内出了这件有悖道德礼教的风化案,而是他正是亥丝特怀中所抱的私生子的父亲。但是由于亥丝特坚决拒绝透露她的情夫姓名,他们发生关系的经过又十分隐秘,大家更绝对不会疑心她的通奸对手乃是受他们敬重的牧师,因此谁也不会疑心到他。但是这年轻的牧师实在是个好人,只不过他对亥丝特的爱情战胜了他的道德观念,这才做出这样的事。因此他见到亥丝特勇敢地一人单独受过,又拒绝牵连到他,站在台下受到良心的谴责,十分难过。

牧师的秘密,别人虽看不出,但是由于亥丝特出狱以后,他对她的特别关怀和同情,使得丈夫渐渐地猜中了这秘密。这丈夫是个医生,他因了牧师的健康不好,便借了给他看病为名,用种种言语磨折他,使他的内心增加苦痛,用来向他报复。

最后,牧师和亥丝特都受不了这种精神的谴责了,她勇敢地同牧师商议,要求带了私生的女儿一同逃到别处去生活。但是牧师拒绝了,因为他决定要忏悔自己的罪过。

有一天,在一次极为动人的盛大说教之后,这牧师便挽了亥丝特的手,带着这时已经七岁的私生女儿,一同走上那座示众的刑台,在全体市民极度惊异之下,庄严地向大家宣布,他说他早应该在七年之前就同亥丝特一起站在这里了,但是现在迟了七年,请大家原谅,不过他终于有机会这么做了,因为他正是那个"奸夫",也就是这个私生子的父亲。他说完之后,就因为激动过甚,病体支持不住,倒在亥丝特的怀里死去了。

这就是霍桑的这部杰作的动人内容。《红字》出版于一八五〇年,他那时已经是四十六岁。后来又写了几部其他作品,但都赶不上这部动人的杰作。他活了六十岁,于一八六四年去世。

文艺随笔

莫泊桑的短篇杰作

自十九世纪以来,欧洲有两个以短篇小说驰名的作家,一个是契诃夫,一个是莫泊桑。有人认为在短篇小说的艺术成就上,契诃夫比莫泊桑更大。但是由于契诃夫的风格比较冷静朴实,没有莫泊桑那么轻松活泼,因此爱读莫泊桑短篇作品的人,比读契诃夫作品的人更多。尤其因为莫泊桑到底是法国人,他的作品以男女爱情关系为题材的居多,这就更容易吸引一般读者的趣味了。其实,他们两人在短篇小说上的成就,可说各有千秋,是不容易轻易下论断的。

莫泊桑生于一八五〇年,出身于一个破落的贵族家庭。父亲平庸无能,母亲倒是一个才女,这才造就了莫泊桑未来的文学前途。因为母亲是与福楼拜相识的,看出了自己儿子对于文艺写作的爱好,便有意叫他投身到福楼拜的门下,拜他为师,这位自然主义文学大师,当时已经因《波瓦荔夫人》这部小说而驰名一时,他也看出莫泊桑这青年对文艺写作很有真挚的热情,便接纳了这托付,答应在文艺写作上悉心予以指导。就这样,差不多有七年的时间,每逢到了星期日,莫泊桑便带了他新写的作品原稿,登门拜访他的老师,当面领受他的指导,站在一旁眼看福楼拜用蓝铅笔在他的原稿上修改,然后再在口头上给以指点,直到夜晚才告辞而去。

这位自然主义大师,可说将他的衣钵传给了他的这个弟子。他给莫泊桑的写作箴言是:"观察,然后再观察,再观察!"

福楼拜告诉莫泊桑说，在文学描写上，对于每一件东西，只有一个最恰当的形容词。如何找到这个恰到好处的形容词，乃是作家的责任，同时也是成为好作家的必需条件。

他又说：这里有三十匹马，你如果要想描写其中的一匹，你一定要描写得使别人一望就认得出是它，并且知道它与其他二十九匹马不同之处何在。

秉承了这样的指导，莫泊桑在写作上养成了特别敏锐的观察力。他起初写诗，写剧本，后来也写长篇小说，但是最成功的是他的短篇小说。

在他的短篇之中，最为人称赞的是《脂肪球》和《项链》这两篇小说，不仅是莫泊桑的杰作，同时也可说是世界短篇小说之中数一数二的杰作。

《脂肪球》写于普法战争之际，莫泊桑在这篇短篇中，不仅发扬了他的爱国思想，还无情地嘲弄了当时法国上流社会绅士淑女的虚伪和愚蠢。

所谓"脂肪球"，乃是当时法国一个私娼的绰号。因为她生得丰腴肥胖，所以别人称她为"脂肪球"。故事开始时，一群男女乘了长途马车往巴黎某地去。这些乘客多是所谓上流社会人士，但是脂肪球恰巧也是乘客之一。那些自命高尚的男女乘客一旦打听出脂肪球的身份后，都坐得远远的离开了她，不屑与她说话。可是在这次旅途中，除了脂肪球以外，谁也不曾携带食物。因此当大家饿得正慌的时候，脂肪球拿出自己携带的食物来请客，大家都忘记了绅士淑女的身份，纷纷抢着吃，不再嫌她的东西"污秽"了。

当时正是普法战争时期，马车抵达夜晚的停宿站时，不料那地方已经被普鲁士军队占领。普鲁士军官下令将这一批法国男女乘客全体扣留。后来军官发现了脂肪球，便提出条件，说是如果脂肪球肯伴宿一夜，第二天便可以将大家无条件释放。

脂肪球当然不肯，因为这时普鲁士人正是法国的敌人。可是那些绅士淑女为了自私起见，这时竟异口同声地用种种理由劝她接纳这条件，甚至埋怨她如果拒绝了军官的要求，连累大家被拘，问她于心何忍。有些太太们更是声泪俱下地恳求她。脂肪球在这情势之下，只好答应了军官的要求。

第二天，普鲁士军官果然如约释放了大家。可是，当脂肪球走上车来时，那些绅士淑女对这个为了他们大家的利益而毅然自己牺牲色相的同伴，竟又傲然不加理睬了。脂肪球冷落地坐在一个角落，思前想后，忍不住伤心地掉下泪来。可是那些太太还在窃窃私议，说脂肪球因为自惭形秽而流泪了。

莫泊桑就这么毫不留情地讽刺了当时法国上流社会男女的自私和愚昧。

在他的另一篇杰作《项链》里，莫泊桑则除了讽刺薪水阶级妇女爱虚荣以外，还对她们善良诚实的本性予以赞扬和同情。故事是说一个爱虚荣打扮的小家庭主妇，为了要参加一个宴会，想撑门面，便向一位女朋友借了一副钻石项链。不料宴会完毕回来，竟将这副项链遗失了。夫妇两人不敢使物主知道，决定设法买回一副赔给她，一共花了三万六千法郎。他们当然没有这些钱，除了拿出积蓄变卖所有之外，又向亲戚朋友借贷，总算将这事弥缝过去了。后来夫妇两人为了清偿这笔巨大的债务，省吃俭用，一共挨了十年辛苦的生活，才将为了购买那副项链所负的债务还清。直到还清之后，他们才敢将当年遗失项链又暗中另买一副赔还的真相，告诉那位物主。可是那位物主听了之后回答他们的话竟是：

我的天啦，你们为什么不早点说呢？我当年借给你们的那副项链根本是假钻石的，至多只值五百法郎！

莫泊桑的这篇小说，使得许多人读了不禁要同声一叹，可怜那个爱虚荣的主妇太诚实了。

当然，除了这两篇以外，莫泊桑还写过许多极好的短篇小说。但是仅是这两篇，已经足够使他不朽了。

莫泊桑晚年神经受了刺激，濒于错乱。一八九三年起曾屡图自杀，后来进了神经病院，七月六日去世，仅仅活了四十三岁。

可爱的童话作家安徒生

我们虽然还没有安徒生童话全集的中译本，但他最为人爱读的一些童话，都已经有了译文，因此我们对他的童话很熟悉，也非常爱好。我们喜欢安徒生的童话，不仅因为他的童话写得好，更因为他的童话里时常提到我们中国，告诉孩子们说，这是远在东方的一个美丽的神话一般的国家，虽然有可怕的喜欢杀人的皇帝，但是同时也有美丽的公主和可爱的会唱歌的夜莺。相传有这样的一个故事，在安徒生的故乡奥登斯，市中有一条小河，现在已经成了纪念安徒生的公园，人们传说安徒生在少年时代，家里非常穷，母亲每天要到这条小河里来为人洗衣服，安徒生也跟了母亲一起来，坐在河边，对着那些树木和河上的天鹅野鸭出神，他时常幻想，如果从这条河里往下挖，往下挖，一直挖到地球的另一角，就可以抵达东半球，到达中国。安徒生最喜欢旅行，一生曾多次出国旅行各地，一直到过土耳其。可惜那时交通还不便，他不曾到过东方，他若是有机会能亲眼见一见我们中国，对他该是一件多么高兴的事呀。

汉斯·克利斯丹·安徒生，这位世界最伟大的童话作家，他的一生，也几乎像他自己所写的有些童话一样，有些遭遇令人为他同情流泪，有些遭遇又令人为他拍手高兴。他是丹麦人，一八〇五年四月二日出生于奥登斯的一个贫苦的家庭。这个小小的城市，现在已因了这位可爱的作家，成为世界知名了。

安徒生的父亲是个补鞋匠，就靠了这收入不多的小手艺养家活口，因此生活异常贫苦。安徒生从小就生性不喜欢热闹，爱好僻静和沉思，宁可自己一人躲在一边独自去玩，不肯同其他的孩子们一起去胡闹。为了家里穷，小时不曾好好地受过教育。幸亏父亲虽然是个小手艺匠人，却读过书，又喜欢文学戏剧，很痛爱这个孩子，有空的时候就读故事和戏剧给他听，又为他制造各种小玩具和木偶，使它们在一座小舞台上来演戏取乐。这种家庭教育适合了这个喜欢幻想的孩子的个性，帮助了他发展爱好音乐戏剧的天性。安徒生的父亲又是个剪纸艺术的能手，他又将这技能传给了他的孩子。

不幸的是，潦倒一生的安徒生的父亲，郁郁不得志，一八一二年弃业从军，想找个机会改善自己的生活，不幸竟因此染上了病，在一八一六年便去世了，只活了三十五岁。两年之后，安徒生的母亲改了嫁，后父也是个鞋匠，安徒生从此失去了家庭的温暖，而且家里对他的期望和他自己的志愿相差太远。家里希望他学习一种手艺来谋生，安徒生则希望成为歌唱家和戏剧家，于是在一八一九年的秋天，十四岁的安徒生，这个孤独沉默、早熟古怪的孩子，便毅然离开了故乡和家庭，搭了一部邮车，到京城哥本哈根去实现他的梦想了。他身边仅带了几封介绍信和少得可怜的旅费，决定要去成为一个歌剧演员。

到了哥本哈根，不用说，安徒生的计划就首先碰了壁，因为歌剧院的负责人认为他既没有歌唱天才，也没有演戏天才，而且其貌不扬，也不适宜过舞台生活。其后虽然获得有些热心人士的帮助，使得这个有志趣的年轻人有入学求深造的机会，以后甚至自己可以动笔写诗、写剧本，甚至写长篇小说，而且获得了相当的成功了，但这种使他不得不改变初衷，放弃做一个音乐家戏剧家的愿望，他自己当然是很不高兴，但从另一方面来说，实在是世人的大幸，也是他自己的大幸，因为这样一来，才使我们获得了一位最伟大的童话作家。

安徒生在未曾写童话以前,曾写过好几本长篇小说和剧本,出版后在当时也获得相当成功。可是,在今天有谁还读他的小说和戏剧呢?正如他的朋友奥尔斯地,读了他的一部小说和一些童话后,对他说得好:"你的这部小说也许能使你成名,但是那些给孩子们看的故事将使你名垂不朽。"当时安徒生完全不同意这个朋友的看法,现在我们可以知道他说得多么正确。说起来真有点令人难以相信,今日被全世界无数男女老幼所爱读的安徒生这些童话,在当时不过是他毫不经心之作,是他从事那些刻意经营的剧本和长篇小说余暇的副产品。他自己曾说,在文艺花园里,他培植的乃是参天大树,而不是小花小草。他将自己的剧本和小说比作大树,这些偶然信手写成的童话比作小花小草。不料使得他在文艺花园里获得不朽地位的却正是这些花草,这真是他自己也意料不到的事情。

安徒生的童话集,第一次出版于一八三五年,这一集里的作品,包括了有名的《火绒盒》和《真正的公主》。在第二年(一八三六年)又出版了第二集,一八三七年又出版了第三集。今日为人所熟知的《人鱼姑娘》和《皇帝的新衣》,都是在这一集里第一次与世人相见的。这三集童话就奠定了安徒生在世界文坛不朽的地位。它们起先销得并不多,而且很慢,但是一两年之后,他的名字和这些童话,在丹麦本国已经成为家喻户晓的东西了。今日在安徒生的故乡奥登斯,他的纪念馆里所藏的童话译本,共有六十多种文字的版本,这个补鞋匠的儿子,实在也可以自豪了。

安徒生的童话,一小部分取材于固有的民间传说,大部分都是他自己的创作。这正是他与德国的格林兄弟的童话大不相同的地方。他的童话,往往直接采用向孩子们讲故事的口吻,如他在那篇有名的叙述中国皇帝和夜莺的故事,一开头就这么说:

> 在中国,正如你们所已经知道的那样,皇帝是中国人,他的左右一切也都是中国人……

他的叙述就是这么的天真,使得孩子们一听到就欢喜,再加上其中有些又有极微妙的讽刺(如《皇帝的新衣》那样),于是成人也觉得津津有味了。

安徒生后半生的享盛名和到处受人欢迎,正和他年轻时候的穷困和到处碰壁,成了有趣的对照。他最喜欢旅行,曾在欧洲大陆周游过几次。当时铁路正在开始发展,他是这种新的交通工具的最热烈的拥护者。他曾两次到过英国,狄根斯对他的童话非常倾服,两人结下了深切的友谊。自一八四八年以后,安徒生将他的全部精力,放在童话写作上面,因为他终于看出这才是他最值得献身的工作。

一八六七年,他的故乡奥登斯,为了对他表示敬意,特地选他为荣誉公民。于是在四十多年前孑然一身离开故乡的这个穷孩子,现在是在全城张灯结彩,自市长以下全城居民夹道欢迎的盛况下回来了。安徒生这时真可以说得上是衣锦荣归。他的荣誉公民证书,至今还和他的一些遗物,陈列在奥登斯的安徒生纪念博物馆里。这个小小的城市,就因了产生这样一位伟大的作家,成为举世皆知了。

安徒生逝世于一八七五年八月四日。至今在丹麦京城哥本哈根的海滨,建有一座美人鱼的铜像,就是纪念他的,因为这是根据他的那篇《人鱼姑娘》童话而设计的。这座铜像成了丹麦的名物,每年不知有多少游客和安徒生的崇拜者,特地来到这里瞻仰。

苏格兰农民诗人彭斯

彭斯是充满了泥土气息、不折不扣的农民家庭出身的诗人。他的一生的光阴,差不多都花费在苏格兰乡下的田地里。务农生活虽然使他很辛苦,但他自幼就热爱劳动和土地,屡次将他积蓄起来的钱全部用在农庄上,虽然蚀光了也毫不踌躇,因为他始终不愿忘本。正如他在一首向他的毛驴贺年的诗里所说:

> 多少次我们一同辛苦干活,
> 跟那疲惫的世界争夺!
> 在不少日子里我曾感到焦灼,
> 怕我们会倒地不起;
> 你想到能活到这么大年纪,
> 还能勤苦不息!

诗人的家庭和他的童年生活，他自己在留下来的日记里曾说得非常清楚："我一出世就是一个很穷苦的人的儿子。我父亲结婚很迟，我是他的七个子女之中的长子。在我六七岁时，我父亲是爱耳附近一位小财主家里的园丁。若是他的环境不曾有什么改变，我一定不免要成为什么农家一个小打杂的了。但是我父亲却渴望他的子女们能一直留在他自己的身边。"

彭斯家庭的穷困，还可以从他兄弟的一则回忆里看出来。"在一个狂风暴雨的早上"，诗人的二弟吉尔勃这么写道：

> 这时罗伯特刚出世只有九天或十天，在黎明之际，屋顶的一部分忽然倒下来，其余的也摇摇欲坠，因此我母亲和罗伯特就不得不冒着风雨，被抬往邻人家里暂避，他们在那里住了一星期，直到家里房屋修理好了为止。

由于家里穷，彭斯小时几乎没有机会读书，他只能在农作的余暇，到离家一里以外的一家学校里去念书。教师茂杜讫本身就是一个十八岁的青年。彭斯直到十四五岁，他的学校教育还只是半工半读，这就是说，一到收割和播种的时候，他就要辍学回家下田去帮忙了。因此到了十五岁，他已经是一个老练的小农夫了。

彭斯的学校教育受得很少，他的对于故乡传说和民歌的知识，全是从他母亲那里得来的。在十六岁时，彭斯已经写出了他的第一首情诗：《漂亮的尼尔》，这是为了田里的一个女伴而作。彭斯在自己的日记里曾经写着，这女子很会唱歌，彭斯握着她的手给她拔去手掌上的荆棘小刺时,他说他的心弦震动得像五弦琴一样。

彭斯的诗,大部分是用苏格兰的方言所写,而且这正是他的作品的精华,只有一小部分是用通行的英语写的。彭斯虽然不曾明说他不喜欢英语,但他正如每一个忠实的苏格兰人一样,热爱他的故乡,热爱故乡的土地、语言和流传在这土地上的无数传说、歌谣和故事。彭斯的诗,有许多是古老民间歌谣的改作,或是旧歌新词。经他润色过的苏格兰民间歌曲,无不注入了新的生命,同时又保存着原有大众喜见乐闻的格调。彭斯是一位真正生活在田间的诗人。他的诗不是坐在城市书房里的民间文学研究家的作品。

彭斯的父亲劳苦了一生,一七八四年因肺病去世。彭斯的乡下种耕生活也无法维持自己和家庭,在一七八六年,他决定离开苏格兰到辽远的西印度群岛去谋生,因为有人介绍他到牙买加的一个林场去当记账员,但是旅费却要自己筹划。旅费并不多,只要船资九镑左右就够了。可是彭斯哪里拿得出这一笔旅费?他的田地主人汉密登倒是个有心人,一向知道彭斯喜欢写诗,这时便向这个二十七岁的佃户提议,何不把他所写的诗凑在一起,印一本诗集,托人四处推销,这样岂不是可以筹到了旅费?汉密登先生愿意代垫印刷费,彭斯自然高兴地答应了,因为这是一举两得之事,哪一个诗人不愿自己的作品印成诗集?汉密登为这事奔走甚力。三个月之后,这就是一七八六年七月三十一日,我们大诗人的处女作,第一部诗集:《诗集,大部分是用苏格兰方言写的》居然出版了。据后人的考证,这部现在已价值巨万的彭斯第一部诗集的初版本，一共印了六百册，事前已推销了三百五十册左右，其余的出版后也很快就有了主顾，因此不仅汉密登所垫的本钱能够收回了，还使彭斯获得了约廿镑的收入。

旅费有了，彭斯的牙买加之行自然可以实现了。哪知就在他筹划行装期间，由于这本诗集的出版，使得彭斯结识了一批新的知音。就由于这一点新的发展，他的牙买加之行忽然又取消了——这对彭斯自己和苏格兰来说，可说是万幸之事。因为西印度群岛不过少了一个无足轻重的事务员，英国文学史上却多了一位大诗人了。

这件事情是这样的：有一位名叫布莱克洛克的老诗人，也是苏格兰人，双目已盲，住在爱丁堡，在当地的文人中间颇有影响力量。这时读到了彭斯新出版的诗集，觉得是一个可造之才，便在这年十一月间，托人写信给彭斯，劝他到爱丁堡来走走，表示不仅可以使他有机会接近当代许多文人，而且还有机会使他的诗集再版一次。大约是后一项动议最使彭斯听了高兴，因为他曾经向原来的印刷人接洽再版，被拒绝了。于是在十一月二十二日，彭斯就单人匹马（据他自己在日记上说，这匹马是借来的）向爱丁堡出发去闯世界了。

彭斯的爱丁堡之行，是成功的。他的诗集果然有人愿意再版了，而且一纸风行，使他获得了五百镑巨款的收入。他在名誉上的收获更大，周旋在爱丁堡当代文人和上流社会之间。谁都想结识一下这位充满泥土气息的乡下诗人。自然，有些高贵的仕女不免像看猴子一样地看他，但彭斯毫不以为意。这正是我们诗人的性格最伟大之处，他丝毫不曾被城市繁华和客厅文士的荣誉所吸引，依然保持着自己的本色，一尘不染地离开了爱丁堡。

彭斯的诗，在文字上有苏格兰方言和英语的分别。在性质上，也约略可以分成三种，即短小抒情的爱情诗，采用民歌民谣形式歌咏苏格兰田野生活和民间传说故事诗，此外还有一种是具有强烈正义感和嘲弄伪善顽固分子的讽刺诗。在后一种的作品里，他曾经歌颂过苏格兰历史上的民族英雄们，又向当时法国大革命寄托了他的同情。不用说，彭斯最大的成就，乃是他承继了苏格兰方言文学的传统，用乡间的土话所写出的那些歌颂土地和勤劳生活的亲切真实的作品。

彭斯在私生活上有一个缺点，就是太喜欢喝酒，这和他一向在生活上受尽了折磨有关。可是就因为他经常喝酒，得了一种风湿病，最后竟在这上面送了命。彭斯生于一七五九年一月二十五日，死于一七九六年七月二十一日，年纪很轻，只活了三十八岁。

诗人小说家爱伦·坡

在十九世纪美国文学史上，爱伦·坡是一个杰出的人物，同时也是一个少有的例子：写下的作品不多，可是质量极高，留下的影响很大，同时在国外比在他自己本国更有名。当然，今天美国也仍有爱读爱伦·坡作品的，但他在法国受到的尊重更大。

艾地加·爱伦·坡，生于一八〇九年，生日是一月十九日。由于生活不好，受到贫病和失意的磨折，他仅仅活了四十岁便死去。文学生活不长，留下的作品也不多，可是他的文学活动却是多方面的，这些数量有限的作品，包括了抒情诗、短篇小说和文学评论，在质量上可说都是第一流的。

爱伦·坡的一生，从一开始便遭遇了不幸。他出生在美国波士顿，父亲是一个走江湖卖艺的，三岁便父母双亡（按：父亲未死，只是出走），成了孤儿，由一个富有的烟草商人将他收养为义子。至今他的姓名上的"爱伦"，便是义父的姓氏。这位爱伦先生是一个古板的商人，虽然对待爱伦·坡很好，却不喜欢这孩子的性格。因为爱伦·坡秉受了他生父的江湖流浪血统，从小就喜欢过着放荡不羁的生活，而且爱好赌钱和喝酒。爱伦·坡在十七岁时就考进了维基尼亚大学，他虽然聪明过人，却不喜欢学校里的功课，在校继续过着酗酒赌钱的生活，还欠下了不少的债，因此不到一年便被迫退学了。离开学校以后，义父要他练习经商，爱伦·坡为了不愿继续过这样受拘束的生活，毅然脱离了爱伦先生的家庭关系，独自到外面去谋生。他在学校里就早已学着写诗，这时就决定用写稿来维持生活。

这个决定，对于爱伦·坡可说是极重大的，因为他从此开始了正式的文学写作生活。这时正是一八二七年的事情，他在这一年就自费出版了一册小诗集：《塔玛郎及其他》。我们的年轻诗人不曾署名，作者是"一个波士顿人"。且不说这本小诗集在文学上的价值，仅是这薄薄的四十页的小册子，目前在美国珍本书市场上，已经要卖到三万元美金一册。这还是前几年的拍卖纪录。但是即使有钱，也未必能买到爱伦·坡的这部初版的第一本诗集，因为现在残存的一共只有七八本。

爱伦·坡离开义父家庭以后，就搬到他的一位姑母家里去暂住。在这期间，他的个人生活上就发生了两件大事，一是爱上了他的小表妹薇琴妮亚，另一是为写稿的收入不够维持生活，他曾经应征入伍当兵，靠了"粮饷"来贴补生活，后来更率性投考西点军校，可是过不惯那种严厉的军事训练生活，不到半年便因了不守校规被革退了。爱伦·坡从此就死心塌地地靠了写作来谋生，不再作从事其他职业的打算。

他和小表妹薇琴妮亚的恋爱，是爱伦·坡短暂的一生最大的幸福，同时也是最大的悲剧。他同薇琴妮亚结婚时，薇琴妮亚只有十三岁，为了不足法定年龄，不得不在证婚的教士面前说了谎。这位表妹，可说是一个难得的贤淑小妻子，但是身体健康却不好。他们在一八三五年结婚，由于爱伦·坡的收入不多，一直过着贫乏的生活，再加上爱伦·坡嗜酒成性，这位贤淑的妻子要一面维持家计，一面照顾丈夫，身体经常受到磨折，染上了肺病，从一八四二年起就不断地咯血，到一八四七年便去世了。在她患病的最后几年，爱伦·坡虽然在美国文坛上已经相当有名，可是只靠了在报章刊物上发表短篇小说和评论，哪里能够维持生活。冬天家里没有燃料，患病躺在床上的薇琴妮亚，裹了丈夫的旧大衣在发抖，只能将家中所豢养的一只猫儿抱在怀里取暖，尝尽了贫贱夫妻的苦味。

　　短短的十年恩爱夫妻生活，由于贫病的磨折，生生地被毁坏了，这对于爱伦·坡自然是一个莫大的打击，因此他也无法活得下去，挣扎了两年，自己也在一八四九年十月去世了。在这最后两年里，爱伦·坡几乎日日借酒浇愁，所过的几乎是一种半疯狂的生活。但他在临死之前还留下了一首悼亡诗：《安娜贝尔·李》，这是怀念薇琴妮亚的，是一首抒情诗的杰作，使得许多人至今读了仍不禁要为他流泪。

　　爱伦·坡的抒情诗，除了《安娜贝尔·李》以外，较长的作品，还有一首更有名的《大鸦》，此外多是短诗。在小说方面，他不曾写过长篇，所写的全是短篇小说，共有七十多篇，有的是分析心理变化的幻想故事，有的是猎奇恐怖的侦探短篇，这里面《金甲虫》《亚撒家的没落》《红色的面具》《黑猫》《验尸所街的谋杀案》等篇，在描写和结构上，都是短篇小说的杰作。在爱伦·坡以前，没有人曾经像他那样，从整个人生中切下一个断片来给人看。爱伦·坡的短篇所采用的却是这个手法，而这正是现代所有的优秀短篇小说作者一致遵循的途径，因此爱伦·坡被批评家尊为"短篇小说之父"。莫泊桑、契诃夫、海明威等人的小说，全是奉这方法为圭臬的。

　　他所写的短篇侦探故事，篇数虽然很少，但所采用的推理分析方法，在他以前也是没有人尝试过的，而现在一切好的侦探小说，都仍采用着他的这种结构布局方法，因此许多人都认为现代侦探小说也是从爱伦·坡才开始的。现代有名的《福尔摩斯探案》

作者英国柯南道尔爵士,也承认他的作品曾经从爱伦·坡那里获得了可贵的启示。

爱伦·坡所写的文学评论集,有《诗的原理》和《创作哲学》两种。在文学批评方面,他的成就也很高。他虽然是抒情诗人,但是在《创作哲学》里,却能够用客观的理智去分析自己的那首《大鸦》,说出了详细的创作过程,并且主张写诗决不要仅凭灵感,一定事前要在理智上有周密的准备。他的诗论,曾深深地影响了法国象征主义文学。大诗人波特莱尔是他的作品爱读者,曾经翻译过他的作品。现代法国意象派大诗人梵乐希,他所写的有名的《诗论》,也有些是复述爱伦·坡《诗的原理》里的见解。

巴尔札克的《诙谐故事集》

巴尔札克写信给他的爱人韩斯卡夫人,谈到他自己哪一些作品写得最满意时,曾特别推荐了《诙谐故事集》。他说:

> 如果你不喜欢拉·封丹的故事,不喜欢《十日谈》,如果阿里奥斯多也不能使你开心,那么,你最好不必读《诙谐故事集》,虽然我认为我自己将来的声誉,大部分将依赖在这本书上。

规划了《人间喜剧》那样大著的巴尔扎克,自己特别推重这本故事集,并不是他自己的偏嗜或是故弄狡狯,实在是另有一种见解的。因为这些故事虽然都是早期的作品,但是巴尔扎克却在取材和叙述这些故事的手法上,承继了法国文学的光荣传统,这就是说,他像他的那伟大的先辈拉伯雷一样,嘲弄了贵族阶级和僧侣的顽固与贪婪荒淫,同时也歌颂了恋爱的神圣和妇人的智慧与美丽。他认为《人间喜剧》为法国小说开拓了新的疆域和视野,《诙谐故事集》则承继了拉伯雷、拉·封丹以及拉瓦皇后等人的光荣传统,保存了法国文学那种中世纪的讽嘲和乐天的精神。这种精神,自巴尔扎克以后,仅在法朗士的作品上略微有一点反应,现在差不多已经后继无人了。

巴尔扎克的《诙谐故事集》,本来是想像卜迦丘的《十日谈》那样,写满一百个故事的,但是先后写了三十篇便停了手,后来在一八五三年搜集在一起印行,便成了今日所见的这部《诙谐故事集》。因了内容充满了法国中世纪文学特有的那种大胆和讽嘲的描写,许多巴尔扎克作品集都不敢收入这书,因此知道的人也就不多了。其实这种见解是愚昧而且可笑的,因为巴尔扎克自己就认为这是他的重要作品之一,还说他的未来声誉大部分要建筑在这本书上哩。

文艺随笔

拉·封丹的寓言

我很喜欢读拉·封丹的寓言。他的寓言与伊索的寓言不同。伊索的寓言,是借了狐狸和狮子的口来说人话,来灌输人的道德,因此认为狐狸偷吃小鸡是不该的。其实,人可以吃母鸡,狐狸为什么不能吃小鸡呢?而且,你凭了什么来裁判狐狸的罪名是"偷"呢?狐狸的社会没有金钱,它如果肚饿了要吃东西,除了凭自己的本领去猎取以外,是没有肉食商人给它送上门来的。

拉·封丹的寓言便有点不同了,出场的同样是狐狸、狮子和猴子,但它们所说的不一定是"人话",它们说的全是它们自己的话。这就是说,是从各种鸟兽本身的立场来发表意见,而不是模拟或复述人的意见,这正是拉·封丹寓言最大的特色。他非常同情自然界的一切生物,从不使它们道貌岸然地向人类说教。这位十七世纪法国的伟大寓言家,曾任过乡下的园林官,所以对于自然的知识很丰富。正因为有过这样的生活体验,他才能够不像一般的寓言家那样,用人的道德尺度去衡量狐狸的行为,才能够使自己走进它们的世界,使他所写的寓言充满了自然的机智和讽刺。

我们且来看看他笔下的狐狸,这是关于一只老狐狸断了尾巴的笑话:

有一只老狐狸,捉鸡捉兔子是它的拿手好戏,它能够从半里之外就嗅到好东西的气息。可是有一天终于失手,跌进了猎人的陷阱。幸亏它的本领高强,到底设法逃了出来。可是也并非一无损失，原来它失掉了它的尾巴。

一只狐狸没有尾巴，这简直太不像话。这老东西也多心计，既然自己没有了尾巴，何不使别人也像自己一样。于是它召集同类开了一个大会，在会上当众慷慨地宣布：

"我们的尾巴真是一个累赘，除了拖在后面扫地之外，可说一无用处。这东西全然是多余的，我提议大家一起将它剪去！"

"好有见识的一个提议！"有一只小狐狸这么说，"请你老人家暂时站开，让我们来付表决。"

当老狐狸回身站开时，大家发现它原来早已失去了尾巴，这才哗然大笑，明白了它的提议的用意。于是大家一哄而散。各人仍旧拖着自己的尾巴，谁也不去理睬它。

拉·封丹的寓言，全是用韵文写的，并不是散文。他另外还有几部小故事集，写得也很有风趣。

乔治·吉辛和他的散文集

凡是爱读郁达夫先生作品的人，总该记得他在文章里时常提起的这位十九世纪英国穷愁潦倒的薄命作家乔治·吉辛（George

Gissing, 1857—1903）和他的一部小品散文集《越氏私记》（*The Private Papers of Henry Ryecroft*）。

这部小品散文集的书名，也有人将它意译作《草堂杂记》。不用说，达夫先生自己是曾经有意思想将它译成中文的，但是始终未果。这部小品集很使人读了爱不释手，可是其中有些有地方色彩和谈论古典作品的地方，要想译得好实在不容易，这也许就是大家对它拿起笔来又屡次放下的原因吧。

吉辛的这部小品集是在晚年写的，出版于一九〇三年，就在这一年，他自己也去世了。一九五三年是他的逝世五十周年纪念，同时也恰是这部小品集的初版出版五十周年纪念。吉辛生前虽不为英国文坛所看重，但近年的英国读者则渐渐爱读他的作品，尤其是这部小品集。因此英国一部分文艺爱好者曾为他举行了纪念会，又将这部绝版已久的《越氏私记》发行了一种很精致的纪念版。

吉辛一生都在穷困中挣扎。他对于人生有两大"希望"。一是文学上的，他希望做一个英国的巴尔札克；一个是生活上的，他希望能够每天吃得饱。为了实现后一个希望，他拼命地写，可是在早年仍时常挨饿（在伦敦时，他每天利用大英博物院图书阅览室的盥洗间去洗脸洗衣，日子久了，被管理人发觉了，将他奚落了一阵。他的早年生活穷困由此可见）。晚年生活比较好一点，但"英国巴尔札克"的梦却由此被牺牲了。许多文艺写作者在早年的工作计划上都有一个壮志，结果总是被无情的社会和生活担子磨折得干干净净，这种情形古今中外一律，这就是许多人一提起了吉辛就对他同情的地方。

吉辛的古典文学修养甚深,但为了生活,他只好拼命地写小说。他的小说里有许多描写生活穷苦的场面,写得非常凄恻动人,都是他自己的亲身经验。为了这些小说都是写伦敦穷人生活的,当时销路并不怎样好。所以写作的收入不多,结果只好拼命地多写,吉辛的一生就这样的浪费掉了。

一九〇〇年以后,吉辛的生活稍好,但他的身体却不好了。这时他才四十三岁,于是移住到乡下。就在这期间,据传他以七星期的时间,写了这部《越氏私记》。在自序里,他解说这部作品不是他自己的,是一位朋友托他保管的。这位朋友为了生活而写作,穷苦了一生,到了晚年,忽然意外地获得一笔遗产,使他可以安居在乡下,不必每天为了生活而执笔。于是他立意要任随自己的心意写一部作品,不是迎合书店老板的生意眼,也不是迎合读者的口味,而是完全为了自己的高兴而写作的。结果就是这部《越氏私记》。

不用说,这是吉辛的假托,这位亨利·越科洛福特就是他自己,不过不是真的他,而是他的幻想,因为他并没有获得什么遗产。吉辛初拟将这部小品集题名作《一位休养中的作家》(*An Author at Grass*),后来才改用了今名。一九〇三年初出版,出版后不久吉辛便去世了。但是就凭了这部作品,使得吉辛的文名从此不朽。

文艺随笔

淮德的《塞尔彭自然史》

想要买一种版本比较好一点的淮德（Gilbert White）的《塞尔彭自然史》，以便闲暇的时候可以随意摊开来读一两节，既可以从这位业余的自然学家不朽的笔下领略鸟兽虫鱼的奥妙和美丽，又可以同时鉴赏插图和装帧上的艺术成就，但因为没有适当的机会，这奢望至今还不曾实现。不久以前，从伦敦《泰晤士报》文学副刊的新书广告上，见到克利塞出版部有一种新的版本，附有奥特罕姆的木刻插绘，是由英国当代著名自然学家费沙编辑的，售价仅八先令半，倒是很理想的版本，随即托当地的书店去定购一部，最近居然寄到了。

《塞尔彭自然史》的版本很多，而且新的版本还继续不断地出现，前几年说是已有一百四十四种不同的版本，今年的统计，则说已经超过一百五十种了。好的版本都是兼有插图和注释的，开本很大，价钱大都很贵。我目前所买到的这一种，在廉价本中，怕是最理想的了，编者是这方面的专家，而且据说是研究《塞尔彭自然史》的权威。"企鹅丛书"本的《塞尔彭自然史》，就是他编的，很得好评，这一次是第二次，除了将注解增多之外，他重新写了一篇长序，介绍作者淮德的个性，他的文笔以及在生物学上的成就，因为这三者对于这本书都是同样重要的。缺少一样，《塞尔彭自然史》将是一部普通的散文集或自然史，早已被人遗忘了。插图共有二十四幅，都是木刻，可惜不够精细，而且作风也太新了一点，因为像《塞尔彭自然史》这样一部书的插图，是该像《伊索寓言》、卜迦丘的《十日谈》、狄根斯的《毕克威克俱乐部小史》、迦诺尔的《爱丽斯漫游奇境记》一样，最好采用旧版本的原有插图，若是换用新的，便该注意画家的风格是否与原著调和。亚伦氏编的一种附有插图一百八十幅，是大版本，可惜未见过，想来一定是保有那种古雅的铜版精细风格的。

《塞尔彭自然史》是用书信体写的，塞耳彭是伦敦西南五十里的一个小教区，作者淮德是当地的助理牧师。他爱好自然，喜欢观察生物动态。因了职务清闲和生活安定，他便利用自己的闲暇从事这种心爱的自然观察工作。他将自己观察所得，大至气候景物的变化，小至一只不常见的小鸟的歌声，一只蜗牛生活的情形，都详细地记下来，随时向远方两位研究生物学的专家朋友通信，一面向他们报告自己的观察所得，一面向他们请教。《塞尔彭自然史》便是这样的一部书信集。

这本小书出版于一七八九年，至今已逾一百五十年，但仍保持着它的清新和美丽，在英国文学中占着一个光荣的位置，继续不断地为男女老幼所爱读。这件事情看来很神秘，但原因也很简单。第一，淮德不是有心要写这本书的；他写信的动机，完全是为了自己爱好，同时实在清闲，便将自己心爱的事情不厌琐碎地告诉远方另一些同好的朋友，因此这些信便写得那么亲切自然可爱。同时，他研究生物，观察自然，态度完全是业余的。他从不曾将那些鸟兽虫鱼当作死的，被生物学家分门别类的标本来研究；他将它们当作是自己的邻人，自己的朋友，或是偶然路过塞尔彭的一位过路客人（那是一只偶然飞过的候鸟）来观察，因此书中到处充满了亲切、同情和人情味，超越了时间和环境的限制，至今为人们所爱读。

品托的《远东旅行记》

英国的查理·大卫赖，最近替英国邓脱书店的"万人丛书"编了一本《葡萄牙人旅行记》，他在这书的序文里说：至今还没有人能作满意的解释，说明葡萄牙人海外探险拓殖事业突然兴起和突然衰微的原因；这样小的一个国家，在欧洲文艺复兴初期，竟能突然有力量开拓至远方，突破当时欧洲人认为神秘的远东和荒蛮地带，建立了一个大帝国，然后又突然萎缩，丧失了过去那种长征探险的壮志。谁也无法探索出这种变化的因素。

葡萄牙人向海外开拓殖民地，建立帝国，开始于十五世纪初年。到了十六世纪末年，它的全盛期已过，海上势力已经被这时新起的西班牙、荷兰、英国所替代了。今天，有许多地方虽然还有葡萄牙当年殖民地的残留，事实上只能看作是这个过去的帝国的一种纪念物而已。

大卫赖所编的这部《葡萄牙人旅行记》，记载的年代是从一四九八年至一六六三年，这正是葡萄牙人的海外开拓事业的全盛时代。他在这本书里一共选录了七篇这类的旅行记，包括著名的伐士科·达伽马的《印度旅行记》在内。七篇之中有一篇是孟地斯·品托的《远东旅行记》，其中所描写的当时中国情形，使我们今天读起来很感到兴味。

孟地斯·品托是在一五三七年到东方来的，这时正是明嘉靖十六年，距离第一个到中国来的葡萄牙人阿尔玛勒斯（他在明正德九年到广东屯门）的活动，已经后了二十多年了。他的旅行记中的一个主要人物，乃是安东尼奥·地·法里亚。这人是葡萄牙的冒险家，同时也是海盗。有人甚至说，法里亚就是品托的化身。他们所据的理由是，除了在品托的这部旅行记有他的记载以外，此外不再有关于这位冒险家法里亚的记载了。

品托曾经到过中国的普陀、定海和宁波，又到过南京和北京。据他自己的记载，他和法里亚的一群船员，在中国有时被当作上宾，有时又被当作阶下囚。不过其中有许多夸大的描写，连他的同时代人也认为是空中楼阁。这在我们今天读起来，其荒诞不经之处，更不用说了。

但是，品托的态度有时又很忠实，法里亚的许多海盗行为，以及在当时葡萄牙人眼中认为是异教徒的中国人的公正道德观念，他都一点也不隐瞒地照实记载了下来。

有一次，法里亚在东方的航程中遇见了一只送嫁的花船。对方误认法里亚的船只就是新郎的船，他们将新娘送过来，并送上聘书和嫁妆。法里亚抢了这只船，杀死船员，并将新娘掳去。品托将这种海盗的行为如实地记载下来。

品托于一五五八年回到葡萄牙，带去了若干种中国书籍，他曾经送过一部他在旅行记中提起过的中国书给罗马教皇，据说这书至今仍在梵谛冈的藏书楼中。可惜我一时查不出这本中国书的书名是什么。

《猴爪》和三个愿望的故事

英国杰科布斯有一个题名《猴爪》的短篇，是我所读过的西洋短篇鬼怪故事中写得很成功的一篇。

《猴爪》的故事，显然脱胎于印度有名的三个愿望的故事。这是古印度的一种典型的故事：某一种实物能使人随心所欲地达到他的愿望，但这种愿望以三种为度。本来，一个人如果有机会能够任他选择三种愿望来完成，照情理讲他是应该有极满意的结局的，可是在事实上，一旦有了这种机会，一个人往往不知选择什么才好，正如俗话所说的，又要买官做，又要买马骑，结果往往所选择的总是极可笑的愿望，于是有了愿望等于没有愿望，结果白白错过了机会。这就是印度古典的三个愿望的故事发人深省的地方。它们的变化很多，但结果总是指出，造化弄人，即使有机会使你随意实现三个愿望，你往往仍是一无所得，或是得不偿失。

杰科布斯的这篇《猴爪》，便是采用印度的这个典型的故事方式，应用到鬼怪故事上。他大约不想掩饰这是脱胎于印度古典三个愿望故事的，特地说明他所讲的这个《猴爪》，正是一个退伍军人从印度带回来的。这是一具有不可思议的巫术魔力的猴爪，你将它握在手里说一个愿望，它就能将你的愿望实现。不用说，所要求的愿望，以三次为度。

那个带这猴爪回来的军人说，这实在是个不吉利的"宝物"，因为它虽然非常灵验，但是却灵验得很不正常，往往用极古怪而可怕的方式使你的愿望实现。

这退伍军人想将这不吉利的猴爪抛入火炉中烧了，可是给他的朋友阻止了，说是拿回去当作玩物。这是一对老夫妻，仅有一个独生子。

老夫妻和他的孩子在自己家里玩弄这猴爪，他们半真半假地说了一个愿望，说是需要两百镑意外之财。因为家里要修理房屋，正需要这笔额外费用。

老夫妇的儿子是在一家工厂里工作的，不料第二天在工作中就遭遇了意外。厂方事后送来的抚恤费恰是两百镑。老夫妇的第一个愿望实现了，可是却是用儿子的生命换来的。

两人当然又伤心又懊悔。在送葬归来的晚上，母亲念子心切，忽然想起猴爪还有两个愿望可以实现，便哀求丈夫说第二个愿望，要求他们的孩子复活回来。

丈夫起先不肯，后来拗不过妻子的哀求，便说了这愿望。这时已是半夜，不久就听到楼下有敲门声，听得毛发悚然，母亲说是儿子复活回来了，抢着下楼去开门。可是父亲是见过儿子死状的，他是给机器辗死，血肉模糊，现在即使真的从坟墓里走出来，也无法见人，便在妻子下楼开门之际，拿起猴爪说了最后的一个愿望，请他儿子还是回坟墓里去。于是妻子开门之后，便只见到空寂的街，什么也没有，失望哀号回到了楼上。

《天方夜谭》里也有一则《三个愿望》的故事。《天方夜谭》里的许多故事，据考证多源出印度，因为印度实在是古代故事传说的主要源流之一，许多今日在世界各地流行的故事集，它们最初总是由印度古代流行的故事衍变而来。《三个愿望》的故事既是古代印度最受人欢迎的故事方式之一，自然也就被组织到规模宏大的东方故事总集《天方夜谭》里面去。

《天方夜谭》里的《三个愿望》故事，是沙娜查德公主在第五百零二夜向沙尔雅耳王所讲的一组小故事之一，称为"源出香园的几个讽世逸闻"。她在未说之前先向沙尔雅耳王声明，这是极有道德规劝作用的故事，因此在心地狭邪的人的耳中听来也许会觉得有点猥亵。沙尔雅耳王叫她不必顾虑，于是沙娜查德公主就讲了出来，并且表示："在纯洁清净的人的眼中，一切都是纯洁清净的。并且，提到腰眼以下的那些东西，也并无什么可耻之处。"

因此出现在《天方夜谭》里的这个《三个愿望》的故事，便是有一点像中国《笑林广记》式的富于讽刺趣味的笑话。它是说在那些从事修炼的方士道流所信奉的经典上，其中曾记载有一种日子，称为"无所不能的万灵圣日"。若是修真之士有缘遇到了这样的日子，他就可以向天神要求实现他的愿望，无不立验。自然，所要求的愿望以三个为限。

于是，有一个自命有道行的修真之士，在某一夜忽然心血来潮，表示自己已经获得启示，已经遇到了"万灵圣日"，于是他喊醒了妻子同她商量，说他有三次可以实现任何愿望的机会，问她首先应该要求什么。妻子说人生最大的幸福和快乐出于男女之爱。丈夫听了妻子的话，便请求天神使他的性器官扩大到可以惊人的程度。

他的这个愿望立时实现了，但是太大了，大得比他本人还大，连走路也不可能。这样自然无用，于是在妻子埋怨、丈夫懊悔之下，只好第二次请求天神，收回他的"恩赐"。不用说，他这愿望又立时实现了，但是不曾料到天神竟连本带利都收回了，使他变成了"太监"。

自然，这样更不行了，妻子认为丈夫如果这样，即使拥有其他繁华富贵，也无人生乐趣了，只好叫丈夫运用他的最后一个愿望，请求天神恢复他的"本来面目"。

天神当然又实现了他的这个愿望。于是这位有道之士，虽然遇到了千载难逢的"万灵圣日"，虽然曾使天神三次实现了他的愿望，但是结果仍是"依然故我"。

纪德关于王尔德的回忆

纪德第一次会见王尔德，是在一八九一年，那时王尔德的声誉正在峰巅状态。他来到巴黎，巴黎文坛和社交界纷纷传说这个来自伦敦的了不起的英国天才,说他抽金头的纸烟,手持向日葵行路。纪德请求朋友介绍他与王尔德相识,从此两人发生了很好的友谊。后来王尔德被控入狱,出狱后朋友多洁身远避,纪德正是始终同他保持往来的那少数知己中的一个。王尔德死后,纪德曾出版过一册短短的关于王尔德的回忆(一九一〇年)。这不仅是最亲切最能理解王尔德的回忆文字,同时也是优美可读的纪德早年作品之一。

以下是纪德回忆他第一次同王尔德在一起进餐,领略他那滔滔不绝的谈话天才的情形:

> 王尔德并非在谈话,而是在叙说。在进餐的整个过程中,他不曾停止过叙说。他叙说得文雅、缓慢;他的语声非常奇妙……进餐完毕之后,大家都起身走了。当我的两位朋友走到一起的时候,王尔德将我扯到一旁。

"你在用你的眼睛倾听,"他近于突然地对我说,"这正是我现在要告诉你这个故事的原因:当水仙之神纳西苏斯死了的时候,田野的花草请求河水给他们几滴水以便哀哭。'哎,'河水回答道,'即使我所有的水全部变成泪水,也还不够我自己为纳西苏斯所流的泪。因为我爱他!''哦!'田野的花草回答道,'你又怎能不爱纳西苏斯?他太美丽了。''他美丽吗?'河水问道。'你还用再问别人吗?每天,俯在你的岸边,他从你的水中见到他自己的美丽。'"

王尔德说到这里停了一下……

"'如果我爱上了他,'河水回答,'那是因为,当他俯在我的水边的时候,我从他的眼中见到我自己的水的反映。'"于是王尔德就突然地哈哈大笑,补充一句说:这篇故事名为弟子。

纪德在他的关于王尔德的回忆录里,还记叙王尔德向他所说的一个故事,这是关于仅存在于想象中的艺术世界的:

有一个人,因为他善于说故事,为全村的人所爱戴。每天早上,他离开村庄去工作,晚上回来时,全村的工人,在一整天的劳役之后,这时便围着他向他说:"来,讲给我们听,你今天见到些什么?"他于是便会这么说:"我见到一个小神仙在树林中吹牧笛,一群林中的仙人应着乐声围了他跳舞。""还有什么呢?你还见到些什么呢?"那些人说。"当我到海边去的时候,我见到三条美人鱼,她们浮沉浪间,用黄金的梳子梳着她们碧绿的头发。"于是那些人都非常喜欢他,因为他讲故事给他们听。

这样,有一天早上,正如每一天早上一样,他离开村庄——可是当他来到海边的时候,看哪,他真的看到有三条美人鱼用黄金的梳子梳她们碧绿的头发。当他继续往前走,走近树林的时候,一个神仙正对着围绕他的一群仙人吹牧笛。这一晚,当他回到村中,正如平日一样,大家向他问着:"来,讲给我们听,你今天见到了什么?"他回答道:"我今天什么也不曾见到。"

纪德说,王尔德将这个故事说到这里便停顿一下,以便纪德可以有足够的时间加以领略,然后继续向他说:

> 我不喜欢你的嘴唇;它们太直率了,像那些从不曾说过谎的一般。我想教导你如何说谎,以便你的嘴唇可以变得美丽,曲扭得一如那些古雅的面具。

《赝币犯》和《赝币犯日记》

一九二六年出版的纪德的《赝币犯》,我曾读了再读。这是一部小说,纪德认为是自己重要作品之一。虽然严格地说,这部作品有点不像小说,因为除了第三人称的叙述之外,书中又插入了人物的日记、书翰,以及片断的第一人称的自白。但我当年就爱它的那种清新的描写、结构和形式,所以读了再读。

也许由于着力太过,纪德这部自负很大的小说,出版后的反应并不如他所期望的那么好,当时法国年青的一代作家甚至对这部书有反感。纪德的书中描写那种有国际组织背景的赝币犯,专门唆使法国青年和少年来兜售和行使赝造的货币。他好像借此来讽刺当时法国青年作家的思想和作品都不可靠，都是像书中人物那样地在兜售"赝币"。这使得马尔洛等人着恼了，认为是一种恶意的诬蔑，他们公开地指责纪德，表示年青的一代虽然存意在"制造新的价值"，但所制造的却是清白干净的东西，并不是"旧货币"的模仿和赝造。

纪德受了打击，为了表示他写作这部《赝币犯》时所花费的精力，特地将写作时所作的札记和搜集的资料，整理了一下发表出来，取名《赝币犯日记》。

有人嘲笑他，《赝币犯》已经失败了，《赝币犯日记》的出版，恰好成了纪德这部作品怎样失败经过的供状。

我虽然早已读过纪德的《赝币犯》，但是一直没有机会读一下他的《赝币犯日记》。后来看见伦敦嘉赛尔书店的预告，说是将有奥勃郎氏的英译本出版，便去订了一本。寄来的是限定版，薄薄的六七十页一小册，虽然装帧排印和纸质都很考究，而且注明这是限印五百册之中的第三一七册，但是代价很高——三十先令。

翻阅了一遍，六七十页的小书是经不起几翻的。纪德的写作计划对我并不发生兴趣，我注意的乃是他为写那部小说所搜集的资料，如下面这样的记载，最使我感到兴趣：

> 如果对于他们之中的有一些人，这种犯罪的生意乃是可以取得家中所给的零用钱之外的较高生活享受的一种方法，但是对于另一些人——至少他们自称如此——这乃是一种人道主

义的工作:"不时,我会施舍一点给那些经济困难的人,以便他们用来补助他们的家庭生活……这举动并不曾使任何人受损害,因为蒙受损失者乃是国库,并非个人。"

我就喜欢纪德对于生活所持的这种态度,诚如他自己所说,这种态度可爱之处,乃是好像一柄对于天堂的大门和地狱的大门同时都适用的门匙。

潘的性格和故事

在希腊神话里,牧羊神被称为"潘"(Pan)。它的形状很古怪,人身羊腿,满面胡须,头上还有角,闲暇的时候好吹用芦管编成的编箫。潘的画像,我们随时可以在希腊雕刻和古典绘画上看得到。

潘是牧神,它白昼漫游山林,照顾牛羊牧群和牧人以及猎人,保护他们,驱逐侵袭他们的野兽。但它有一种怪脾气,中午的时候要午睡,午睡的时候不许别人惊吵,若是不慎被什么声响吵醒了,它便要大发脾气,降灾祸于人,往往使人突然惊慌发狂。因此希腊时代的牧人,在中午照例相戒不许吹牧笛或呼唤牧群,又禁止犬吠,以免惊醒午睡中的牧神,惹来灾祸云云。就因为这样,至今英语"极度的恐怖"（panic）一字的语源，还残留着这个神话的痕迹，因为这个字意译起来正是"潘的恐怖"。

这几天正在读《伊索寓言》，发现其中也有一则潘与人的故事，顺手译述于下，以见它虽然脾气古怪，但到底还不失天真和纯朴：

有一时期，潘和人相处得很好。有一天，是一个寒冷的冬天，潘和人在一起谈天。为了天冷，人不停地将手指放在嘴边呵气取暖。潘看了不解。人便告诉它为了天冷，这样可以使手指暖和。后来到了下午，大家在一起进食。因了食物非常热，人又将食钵放到嘴边去吹。潘看了又不解，人便告诉他为了食物太热，这样放在嘴边可以吹冷。

潘听了怫然不悦道："我不能同你做朋友了，因为你的一张嘴居然冷暖无定。"

歌德和席勒的友情

歌德与席勒，这两位德国伟大的诗人，他们是同时代人。不过，在年岁和辈分上来说，歌德却长了一辈，席勒算是他的后辈，但是两人的交情极好，他们的友谊是经过彼此悠久的考验和深刻的理解才建立起来的，在德国文学史上可说是一段佳话。

席勒和歌德两人所建立的深厚交谊，可以从保留下来的两人书信集中看得出来。然而两人并非一开始就"一见倾心"的。在两人第一次相见时,年轻的诗人席勒,对他的老前辈歌德的印象,简直很不好,甚至可以说得上是失望,大有"见面不如闻名"之慨。同时,在歌德方面来说,当时虽然已经听到过年轻诗人席勒的名字,而且曾经有朋友要为他们两人介绍,歌德都一再婉辞了,不想会见这个新诗人。甚至有一时期两人同住在一个城市内,歌德也一再回避不与席勒相见。这并非歌德的骄傲,而是他已经读过席勒的作品,觉得这位年轻诗人在作品中所流露的那种强烈如火的反抗热情,与自己当时的那种冲和廓大的作风完全格格不入,所以一直不想与他相见。他们两人第一次有机会相识,可说是偶然的。因为并非是歌德邀请,或是席勒约定了来与歌德相见,而是席勒偶然在一个场合遇见了这位大诗人而已。

这是一七八八年的事,当时歌德三十九岁,是德国当代的大诗人,而且由于《少年维特之烦恼》一书,已经成为欧洲青年所崇拜的偶像。席勒这时只有二十九岁。虽然已经写成了《强盗》一剧,上演后很获得好评。可是就因为这个剧本得罪了家乡的权贵乌尔登堡公爵,席勒无法在家乡安居,只好逃亡外外。幸亏当时德国是由许多大小不一的封建贵族分别统治着的,各自为政,像是许多独立的小国。席勒便靠着他的朋友和同情者的援助,在这些小邦的统治区域内过着流亡和寄食生活。不说文艺上的成就,他这时的环境和地位,比起歌德也相差太远了。因为歌德这时正是魏玛公爵的上宾,正由于他在魏玛,已经使得魏玛成了当时德国文艺活动的中心。这时他正从意大利旅行载誉归来,许多朋友都来欢迎他，遂使得当时也正在魏玛做客的席勒，第一次有机会见到了这位大诗人。不过，由于当时是杂在许多欢迎者之中，席勒根本就没有机会可以单独同歌德交谈。

但是，席勒这次见到歌德后，曾在给友人科尼尔（一七八八年九月十二日）的一封信上，报告他所得的印象，其中有几句这么写道：

> 一般来说，我对他（指歌德）一向所具有的崇高意念，并不曾因这次亲身同他接触而有所降低。但是我很怀疑我们是否有可能成为亲密的朋友。有许多事情仍使我感到兴趣，因此我仍希望能有机会同他在一起。他走在我的前面太远了——并不是在年岁上——而是在处世经验和自我发展上——因此我永不可能有机会在路上遇得到他。从一开始，他的整个生活就和我背道而驰，他的世界不是我的世界；我们的见解和观点似乎在本质上就有区别……

可是在另一封信上，席勒却承认歌德对他的影响之大，重视他的批评。席勒这么说：

> 歌德使我决心要将我的诗写得更好，具有很大的影响。他的判断对我的作用很大。他对我的《希腊诸神》很给予好评，只是觉得太长了一点；他这批判也许是对的。他的眼光是成熟的，他对于我的意见一向又是反对多于赞

成。因此我既然最希望别人对于我的真实批评，他可说是在诸人之中对我最适合的一个。我将从别人方面获得他的意见，因为我决不在他面前提到我自己。

不过，毋庸隐讳，一七八八年这两位诗人第一次相见，匆匆的一面，双方所得的印象可说都不很好。在歌德方面来说，他这时声誉方隆，又新从意大利壮游归来，正醉心于古典作品的冲和醇厚之美，对于像席勒这年轻诗人在作品《强盗》之中所流露的那种如火如荼的反抗热情，有点看不顺眼，所以对这个新诗人很冷淡。在席勒方面，则觉得他一向所崇拜的这位伟大诗人，见面之后，似乎可望而不可即，颇有"见面不如闻名"之感。加之歌德又有意不同他来往，使得席勒望而生畏，一腔热情不觉冷淡下来了。

但是歌德到底是个胸襟恢宏的人物，他虽然不想同这个新诗人交朋友，但是当他知道席勒的旅居生活很困难时，便运用自己的力量，推荐席勒到耶拿大学去讲授历史，解决他的经济困难。当时歌德是欧洲文坛祭酒，他的一句推许之词能使得一个新进身价十倍，因此这推荐使得席勒非常感激。

这样，直到六年之后，两人才偶然又再相见。这一次，席勒由于过去的经验，不敢再在这位前辈面前放肆。于是歌德开始发觉自己过去实在看错了人，眼前的这位诗人的才华，并不在自己之下。自己当年所以不喜欢他，是因为自己的观点和他有了距离。歌德一发现自己有了这些错误，就及时加以纠正，利用这次两人再相见的机会，当场向席勒表示自己对他的倾慕。两人这次是在一个会场的门口无意相逢的。歌德高兴地同他交谈,两人就这么一路走一路谈着,一直走到了席勒寓所的门口,歌德还舍不得同他分手,竟跟着他一同走了进去。两人这一来就真的成了朋友,并且从此结成了在德国文学史上成为佳话的两位大诗人的深厚友谊。

这是一七九四年的事,两人是一同在耶拿参加了一个关于自然科学的会议,讨论植物的变化现象。因为诗人歌德一向对植物学很有兴趣,可说同时也是一位博物学家。散会时恰巧一同走出来,在门口遇见了,随便交谈了几句,使得歌德对这位后辈刮目相看。后来歌德在一篇回忆文里,曾经坦白地叙述当时自己对席勒观念改变经过的情形道:

> 我同席勒之间突然发展起来的关系,给予我超出了愿望和希望之外的满足——这种关系,可说是命运在晚年为我安排的最值得重视的一种。而这种喜遇的获得,应该归功于我对于"植物的变形"的研究,因为正是在这场合下才有了一个机会,澄清了使我多年以来故意同他保持一种距离的一切误会。

就这样,这两位德国大诗人就结成了牢不可破的深切友谊,互相在自己的作品和生活上发生了影响。可惜的是,席勒本来比歌德小十岁,可是活得短命,仅仅活了四十六岁,在一八○五年便因病去世。比他大了十岁的歌德反而一直活到一八三二年,享了八十三岁的高寿。不过，席勒生命的最后十年，乃是他在文艺上收获最丰富的时期，而这一切收获正是由于他同歌德这种可贵的友谊所滋助培养出来的。

艾克曼的《歌德谈话录》

艾克曼的《歌德谈话录》，这一部曾被尼采誉为"德国的一本好书"，是研究歌德作品和思想的第一手好资料，内容真是太丰富了。

艾克曼是歌德晚年所聘用的秘书，帮助歌德整理校订稿件的。艾克曼的这一项任务，开始于一八二三年，这时艾克曼三十一岁，但是歌德已经七十四岁，虽然体力和精神仍很充沛，不过到底年纪大了，五十多年的工作成就亟待整理，自己手边又有新的工作要做，久想找一个适当的助手来帮忙，恰巧艾克曼在这时来到魏玛，他从小就是歌德的崇拜者，熟读他的作品，久想找机会接近这位巨人。他这次到魏玛是来找职业的，因此来得正巧，歌德同他谈了几次话，就看出这正是自己所渴望的一个好帮手，立刻就邀请他担任了这职务。从一八二三年开始，直到一八三二年歌德去世为止，艾克曼成了他的最后十年生活中每日不离的伴侣。

一八三六年，艾克曼出版了他的这部《歌德谈话录》第一第二卷，这是根据他自己的札记和歌德的信件遗稿编写而成，是一种近于日记体的记事文。我们今日所知道的歌德晚年生活的故事，全是依靠了艾克曼的这本书。他在一八四八年又发表了一册续编，后来还准备用新的材料再补充，未及写成便去世了。

当然，伟大的歌德，并非靠了艾克曼的这部书，才为世人所知的。但是若没有艾克曼，我们今天就无法知道这个巨人在晚年的一些生活和思想活动的详情。再有，艾克曼的记载，不是一个受薪的秘书无关心的记载，而是一个弟子，一个崇拜者，一个友人的忠实而且同情的叙述。

艾克曼的《歌德谈话录》，一直记叙到一八三二年三月二十一日为止，三月二十二日歌德便去世了。在他的这本书的最后，艾克曼记载了他瞻仰歌德遗体的印象。他说：

> 歌德去世次日的清晨，有一种深湛的愿望使我想再见一见他的人世躯壳。他的忠忱的老仆斐特烈，给我打开了他长眠在里面的厅房。他躺在那里，好像在睡眠中一样，在他高贵的脸上笼罩着一种深刻的宁静肃穆之感。巍然的眉宇之间似乎仍在孕蓄着思想。我很想获得一绺他的头发作纪念，但是由于对他的尊敬，不敢动手去剪……

艾克曼这么瞻仰了歌德的遗体之后，又用手放到他的胸口，感到一派深湛的静默，"于是我连忙回过头去，隐忍已久的眼泪已夺眶而出了"。

文艺随笔

达尔文和赫胥黎

赫胥黎与达尔文是同时代人。这两位大科学家不仅是好朋友,而且在学术思想的启发上,两人也互相切磋。达尔文的《物种起源》的写成,就得过赫胥黎的帮助不少。

赫胥黎是研究动物学的,据说有一天,两人一同到动物园去参观,站在一条毒蛇的面前,有玻璃板隔着,毒蛇见到有人来扰它,昂头吐舌,隔着玻璃板向前一冲,要咬他们。本来,隔着一层玻璃板,根本是不会有任何危险的,但是达尔文在毒蛇扑到他眼前来的时候,仍忍不住侧头向旁一避,赫胥黎见了这情形微笑,教训他道:

> 我们站在有玻璃的笼子面前看毒蛇,不怕它咬,这是后天的智识;但是当它在玻璃后面作势向我们咬来时,我们仍不免略略向后一避,这乃是先天的本能。

这一类的切磋,使得两人结成了深厚的友谊,同时达尔文对赫胥黎也极为钦佩。他的《物种起源》第一次在一八五九年出版时,首先就寄给赫胥黎请他批评,赫胥黎读了之后就写了一封信,热烈地支持达尔文的见解。达尔文在一封回信(一八五九年十一月二十五日)上这么感激地写道:

你的信已经由唐恩转到这里。像是一个临死接受了涂油礼的善良天主教徒一样，现在我可以唱"主啊，令我安然去世"这首诗了。即使你只说了那些话的四分之一，那也超过了令我满足的程度。恰在十五个月以前，当我开始写这本书的时候，我心中怀有极大的疑惧，我想或许我是欺骗了自己，好像许多人所作的一样，于是我认定了三位裁判，我决定在思想上遵从这些裁判的裁决，这三位裁判就是赖亦尔、虎克和你。所以我非常渴望知道你的判断，现在我感到满足了，我可以唱"主啊，令我安然去世"那首诗了……（据叶笃庄、孟光裕的《达尔文生平及其书信集》译文）

什么使得达尔文对赫胥黎这么高兴而且感激呢？我们只要读一下赫胥黎收到达尔文在《物种起源》印好之后，首先寄了一册给他的那封回信，就可以知道了。赫胥黎在这封信一开头便说：

我昨天看完了你的书。这是由于侥幸地举行了一次考试，使我得到了几小时连续的闲暇时间。自从九年前我阅了冯贝尔的论文以后，我所看到的博物学上的著作，没有一本给我这样深的印象。我最衷心地向你表示谢意，因为你给了我大量的新观点。我认为这本书的格调是再好也没有了，它可以感动对于这个问题一点也不懂得的人们。至于你的理论，我准备接受火刑——如果这是必须的——也要支持第九章,以及第十章、第十一章、第十二章的大部分……

正是这样,所以第二年在牛津主教所召开的检讨《物种起源》的大会上,赫胥黎曾经公然接纳了主教的挑战,问他是否也相信"人是猴子的后裔"时,说他宁愿做猴子的后裔,也不愿做一个无知的以宗教偏见来吓人的主教的后裔!

赫胥黎的这几句回答,若是在中世纪的欧洲,确有随时可以受火刑的。

英国有一艘小军舰,因了达尔文而名垂不朽,这就是那艘只有二百三十五吨重的双桅横帆"贝格尔"号。一八三一年十二月二十七日,这艘武装的帆船由德翁港出发,目的是要到南美洲去进行水路测量工作,它花费了五年的时间,经历大西洋太平洋印度洋沿岸和各岛屿,环球航行一周之后,在一八三六年十月又回到英国。它这次在水路测量绘制精密航海地图工作上,收获很大。但是使得这艘小船在历史上得以名垂不朽的,却是由于船上所载的考察队人员之中,有一位年轻的科学家在内,这人就是达尔文。

达尔文当时只有二十七岁,他是以一个自然科学研究者的资格参加这个考察队的。本来,"贝格尔"号的考察任务,并不包括自然科学在内,达尔文能够有机会参加,全是出于舰长费支罗伊的私人愿望,他想在考察队的人员里面包括一位自然学家,便托朋友向剑桥大学物色,达尔文的老师亨斯罗便推荐了这位高足。达尔文的父亲本来要他继续学医,反对他去参加这种科学考察工作，后来幸亏给舅父说服了，才肯让达尔文去继续研究他自己所喜欢的科学工作。因此世上差一点没有了达尔文和"达尔文主义"，因为达尔文后来所发表的生物进化理论，大部分都是依据这次环球旅行在各地所作的观察和搜集到的标本研究建立起来的。"贝格尔"号完成了环球航行的任务后，在一八三六年回到英国。达尔文根据自己在舰上所作的笔记和旅行日记，写成了他的考察报告，第一次在一八三九年出版，是附录在官方发表的航行记后面的，后来再加补充和修改，另出单行本，这就是现在已经成为自然科学经典名著的《一个自然学家在贝格尔舰上的环球旅行记》。

一八五九年出版的《物种起源》和一八七一年出版的《人类的由来》，这两部达尔文进化学说的骨干著作，主要论据都是从这部旅行记的材料伸引而来。前两本书是更专门的科学著作，旅行记则除了有关自然科学的观察以外，兼及风土人情，旅途见闻，简直可以当作一般游记来读，因此这本书更为许多读者所爱好。

达尔文的这部《一个自然学家在贝格尔舰上的环球旅行记》，中国已经有了周邦立的中译本，这是科学出版社出版的，十六开六百余页一巨册，在译文、编排和印刷方面，都可以说是十分郑重而且够得上水准的，书前附有索波里教授所作的介绍："达尔文的环球旅行记和它在自然科学史里面的意义"，对于这本书的特点和好处介绍得非常详尽。

文艺随笔

迦撒诺伐和他的《回忆录》

迦撒诺伐这人，可说是欧洲十八世纪历史上的一个怪人。他说不上是当时的"名人"，更说不上是作家，可是就凭了他的那部《回忆录》，内容虽然有许多地方很荒唐，却使他成了一个无人不知的人物。

有许多大诗人大作家都写过自己的回忆录和忏悔录。庐骚写过《忏悔录》，托尔斯泰写过《忏悔录》，就是圣徒奥古斯丁也有一部《忏悔录》。他们都写得很坦白，尤其关于自己的私生活和思想上的变化。圣徒奥古斯丁叙述他自己怎样与自己内心的肉欲挣扎斗争的情形，是有关灵与肉斗争的最有名的文字，许多艺术家甚至于将奥古斯丁内心所发生的情欲幻想画面成画，累得美国的糊涂法官认为是淫画要下令禁止。但是这些有名的"忏悔录"，比起迦撒诺伐的《回忆录》来，却不免有点逊色。因为迦撒诺伐从不忏悔。他对于女性，只是感到欢乐、冒险，以及战胜者的骄傲；有时得意忘形，不免夸张地说起谎来，但大部分总是老老实实的记载。这正是使得他的这部回忆录至今仍被许多人爱读的原因。

奥国著名小说家支魏格（有名的中篇《一个不相识妇人的情书》作者），在他的那部《迦撒诺伐、斯丹达和托尔斯泰》三人的合论里说得好，欧洲中世纪流传下来的著作，除了但丁的《神曲》和卜迦丘的《十日谈》以外，便要数到迦撒诺伐的《回忆录》最受人欢迎了。

> 女人是一本书，她们时常有一张引人的扉页。但是你如想享受，必须揭开来仔细地读下去。

这是迦撒诺伐所说的有关女人的警句。他是意大利与西班牙的混血儿，一七二五年出世。从十七岁开始，因了行为不检，从学习的僧院里被革除出来以后，一直到七十三岁（他在一七九八年去世，活了这年纪），就在不断地体验自己所提倡的这样的"人生观"。就像一位爱书家一样，见了书就读，从不放过一次机会。不仅欣赏书的扉页，还要像他自己所说的那样，揭开来仔细地读下去。

他一生不曾结过婚。但是为了女人，他流浪欧洲各国，从事各样古怪的职务，从外交使节以至魔术师和职业赌徒都做过。挣来的钱全部花在女人身上。他为了一个女人，可以从伦敦一直追到圣彼德堡。坐监、越狱、决斗、被人下毒，从腰缠万贯一夜之间变成一文不名，都是为了女人，始终乐此不疲。

直到晚年，又穷又老，不再想到女人了，便寄食在一个贵族的门下，终日躲在藏书楼里写他的回忆录，用来排遣无多的岁月。这对于迦撒诺伐本是一件无可奈何的事情，然而就凭了这本回忆录，使他获得一个欧洲大情人的不朽声誉。这大约也是他自己意料不到的事。

根据他自己在回忆录原稿上的说明，"一七九七年为止的我的生活史"，可见他准备将他的生活回忆一直写到最后一刻。可是事实上，从现存的原稿看来，他写到一七七四年，即他四十九岁那年，便不曾再写下去，因为原稿到这一年便中断了。

这部回忆录的原稿，是出于迦撒诺伐本人的手笔，是无可置疑的。不仅笔迹与他遗留下来的其他书信文件相同，就是在他自己的信上，以及他的朋友的信上，都提起了他在晚年曾写回忆录这件事。但是原稿给后人发现，却是偶然的。

一八二〇年十二月十三日，德国莱比锡的一家有名书店布洛卡哈乌斯，忽然收到一位不相识的署名蒋特赛尔的人来信，说是有一部原稿，是一位"迦撒诺伐"先生所写的，到一七九七年为止的生活回忆录，问他们是否有意出版，并且说明原稿是用法文所写。迦撒诺伐是意大利人，这时去世已二十多年，不要说是在当时德国莱比锡，就是在巴黎和威尼斯，大约也不再有人会记起有这样一个人。但是老板布洛卡哈乌斯，照例请蒋特赛尔将所说的原稿寄来看看。哪知一看之下，立即发生了兴趣（这正如我们今天揭开他的《回忆录》一样，谁读了几页之后不被它的有趣内容所吸引？），请人译成德文，分册出版，由于销路十分好，给巴黎的出版商看中了，可是布洛卡哈乌斯将法文原稿秘不示人，巴黎出版商便不待布洛卡哈乌斯同意，从德文译本译成法文出版。德文译本已经删改得很厉害，从德文译文转译的法文译本又再改上加改，因此迦撒诺伐《回忆录》从第一次与世人相见以来，就已经不是它的真面目。不仅如此，巴黎的法译本出版后，布洛卡哈乌斯大为生气，但他并不将自己手上的法文原稿印出来，却也根据自己出版的德译本另译了一种法译本出版。这就是最早的迦撒诺伐《回忆录》的三种版本，出版过程和内容同样地都是乌烟瘴气，真正的原稿始终未与世人相见。

这份迦撒诺伐《回忆录》的原稿，共有十二大卷，全是用笔迹细小的法文写在粗糙的纸上，正反两面都写满了，至今仍藏在德国。目前我们所读到的各种版本，全是根据上述的那三种祖本而来。最多的有十二大册，可是杂志报摊上卖给水手读的则变成仅有一二百页的薄薄的小册子。这里面的差别可想而知。迦撒诺伐自己说得好，生活的精华是直接去享受，回忆已经是糟粕。因此后人无论将他的遗稿怎样割裂删改，对他本人可说早已毫无损害了。

王尔德《狱中记》的全文

王尔德的《狱中记》，早在一九〇五年就已经出版，并且在中国也久已有了译本。不过当年伦敦所出版的，实在不是全文，乃是删节本，所发表的仅及全文之半。直到一九四九年，距离删节本出版四十四年之后，《狱中记》的全文才第一次正式出版。

所谓王尔德的《狱中记》，事实上是一封长信，是王尔德在狱中写给道格拉斯爵士的。王尔德的入狱，就是为了这个年轻的朋友。因为这作品的本身是一封长信，至少是一篇书信体的散文，而且王尔德当时是真的准备写了寄给道格拉斯的。既不是一篇散文，也不是一本书，所以根本没有题目或书名。原文的一部分于一九〇五年第一次在伦敦出版时，是由王尔德的好友罗伯罗斯经手节录付印的，因为这封长信的底稿在他的手上。这时王尔德本人去世已经五年了，罗伯罗斯选录了这封长信的一部分付印，因为原来根本没有题目，便由他拟了"De Profundis"两字作书名。这是拉丁经文的成语，即"发自深心"之意，表示这是一个人在监狱中所写下的"肺腑之言"。这书在一九二五年左右就有了中译本，是由张闻天与汪馥泉两人合译的。当时大约因为若据原名直译，未免意义晦涩，便采用了日本译本的书名，称为《狱中记》。这个译名的好处是使读者对王尔德这部作品的特殊性质一望就明白，虽然事实上内容涉及狱中生活的并不多，但到底全部是在狱中写成的，称为《狱中记》实在也很恰当，因此我在这里也就沿用这个现成的名称了。

　　王尔德是在一八九五年五月二十五日被判入狱的，刑期两年。这部所谓《狱中记》的长信，便是在服刑期中断断续续写成的。本来，犯人未必会有写作的自由和便利，但是王尔德到底是个有名的作家，而且他所写的乃是一封长信，因此便由狱中供给纸张给他，这是一种蓝色有监狱戳记的四开纸，王尔德写完了一张就交给狱卒，另外再领一张新纸，他自己是不许保留这些原稿的。长信一共写了二十张纸，每张四面，共有八十面。

　　王尔德写完了这封长信后，依照他自己的计划，是想托他的好友罗伯罗斯转给道格拉斯的。可是依照监狱规则，犯人在狱中所写的东西，除了必要的信件经过严密检查之后可以寄出外间外，其余任何文字一概不许寄出狱外。因此王尔德满以为这封长信早已到了罗伯罗斯和道格拉斯手上,不料始终仍存在狱中。直到他在一八九七年五月十九日刑满出狱时,监吏才将这一束原稿交还给他。

王尔德在出狱的当天,就离开英国,渡过英伦海峡,改名换姓到法国去暂住。罗伯罗斯在那里接他,于是王尔德便将自己出狱时狱吏交给他的那封被扣留的长信,交给了罗伯罗斯。这就是今日所谓《狱中记》的全部底稿。

王尔德从此就不曾再见过这一束原稿,他本人也不曾再回过英国。他是在一八九七年出狱的,三年之后,一九〇〇年十一月三十日,已经在法国去世了。

罗伯罗斯收到王尔德交给他的这束原稿后,便依照他的指示,用打字机打了一份,同时又用复写纸留了一个副本。他本来应该将原稿直接寄给道格拉斯爵士的,但是王尔德在这封长信内有许多地方对道格拉斯责备颇甚(一九〇五年删节本《狱中记》出版时,删去最多的就是这一部分,因为那时道格拉斯爵士还在世),罗伯罗斯知道道格拉斯的为人和个性,他为了审慎起见,便将原信的底稿留在自己的手上,只是将打字机打出的那一份送给道格拉斯。果然,道格拉斯看见王尔德在信内这么埋怨责备他,十分生气,便将这封信毁了。他以为这是仅有的一份原稿,毁了之后就可以了结这重公案,不会再有人提起,不曾料到这不过是一个副本。罗伯罗斯可说有先见之明。

不久之后,道格拉斯爵士自然知道关于王尔德这份原稿的真相,知道底稿仍在罗伯罗斯手上。两人为这个问题吵了起来。这时王尔德已经去世，罗伯罗斯是被指定的王尔德著作权的保管人，他当然有权保管王尔德的一切遗著和原稿。可是道格拉斯爵士却说王尔德的这封长信是写给他的，底稿应该归他所有。罗伯罗斯看出这事如果闹上法庭，对他自己未必有利，于是实行了一个釜底抽薪的办法，他将这份原稿在证人面前封藏起来，然后赠给大英博物院，并附带注明，在六十年之内不得公开，要待六十年之后始能将内容公之于世，因为那时信内所牵涉到的每一个人相信都已经去世，就不会再发生什么法律纠纷或不便的事情了。

这是一九〇九年的事情。这一来，除了罗伯罗斯还暗中藏有一份用复写纸印好的打字副本以外，由于底稿已经封存在大英博物院，至少在一九六九年以前，不会再有人见到这份原稿了。不料在一九一二年，王尔德生前的友人亚述·朗逊，写了一部王尔德的传记，其中牵涉到道格拉斯，被道格拉斯认为有诽谤之嫌，向作者提出控告，并举出封存在大英博物院的这封长信的若干字句作证，于是在法庭批准之下，这一束原稿被启封取出来呈堂作证了。

在这次的控案中，由于被告律师引用王尔德这封长信的内容来答辩，身为原告的道格拉斯，便有机会取得原信的一个副本作参考。后来道格拉斯败诉，但是他却有了这封信的一个副本在手。

他因为控告朗逊诽谤的官司败诉了，心里十分生气，便扬言要将自己手上的这个副本，由他自己增加注解，拿到美国去出版。这一来，可急坏了罗伯罗斯，因为王尔德的全部著作版权，在英国虽然已经登记，非获得罗伯罗斯的同意不能出版。可是《狱中记》的版权在美国却没有登记，如果道格拉斯这时将自己手上的那个副本拿到美国去出版，是没有人可以干涉的。而且，如果由道格拉斯自己加上注解来出版，他一定尽量为自己的行为作辩护，那不仅对王尔德身后的名誉很不利，就是对罗伯罗斯本人也很不利。因为道格拉斯为了这封信的原稿问题，早已同罗伯罗斯吵了嘴，而且上次控告朗逊的案件，道格拉斯也是想"一石二鸟"，若是胜诉了，便要接着也控告罗伯罗斯的。

罗伯罗斯为了先发制人计，一听到道格拉斯有要将他手上从法庭取来的副本送到美国出版的消息，他立即将自己手上所存的那个复写纸的副本，寄给美国的一个朋友，托他以最快的手续在美国办理出版和版权登记，以便获得保障。那个朋友幸不辱命，以十天的时间为他排印了十六册，因为这是一本书取得版权保障最低的印数，办好登记手续。并且以一本留在纽约公开发售，其余十五本连同副本原稿寄回英国。这一来，才阻止了道格拉斯要将他的副本加注拿到美国去出版的计划。

要将一本留在美国公开发售，这也是取得版权保障的法例规定之一。罗伯罗斯为了不愿被人买去，他故意将这本匆促印成薄薄的小书定价五百美金，可是很快地仍被一位藏书家以这重价购去了。因此王尔德这部《狱中记》的全文，在不曾公开出版以前，事实上已经印过一次十六册的限定版，其中十五册虽保存在罗伯罗斯自己的手上，但是有一册已经落在美国一位不知名的藏书家手中了。不过那一册在版本学上讲起来虽然很有价值，可是内容却很差，因为赶着争取版权登记，排好后并未经校对，就匆匆印了十六册。

一九一八年罗伯罗斯本人去世，他所藏的那个副本便转入王尔德的儿子费夫扬·荷兰手上。一九四五年，道格拉斯也去世了，虽然罗伯罗斯所规定的一九六九年公开原稿的年限尚未到，但是道格拉斯既去世，已不会再引起什么不便，于是费夫扬·荷兰便在一九四九年，将他手上的那个副本交给书店公开出版。至于王尔德原信的底稿，则至今仍存在大英博物院，依照原来的封存规定，要到一九六九年才肯公开。

小仲马和他的《茶花女》

法国小仲马的小说《茶花女》，出版于一八四八年，到了一八九九年（光绪二十五年），就已经有了中译本，距今算来，已是六十多年前的事了。在这半个多世纪以来，凡是爱读小说的人，无不知有巴黎茶花女其人其事的。自电影盛行后，这部小说已一再多次拍成电影，甚至中国也摄制过根据《茶花女》改编的影片，其脍炙人口可知。《茶花女》的中译本，现在已不止一种，但是仍以最早出的那一种，即六十多年前的文言译本最为人称道。因为这是冷红生（即林琴南）与晓斋主人的合译本，书名作《巴黎茶花女遗事》。译本开端有小引云：

晓斋主人归自巴黎，与冷红生谈巴黎小说家，均出自名手。生请述之，主人因道仲马父子文字于巴黎最知名，茶花女马克格尼丽尔遗事，尤为小仲马极笔，暇辄述以授冷红生，冷红生涉笔记之。

就这样，《茶花女》和小仲马之名，自清末以来，就为我国文艺爱好者所熟知了。

仲马父子为法国十九世纪作家，父子皆以小说和戏剧名文坛。由于父子都以"亚历山大"为名，"仲马"为姓，而且又同样都是写小说剧本的，时人恐怕相混，遂以大小为别，称父亲为大仲马（Alexandre Dumas, père），儿子为小仲马（Alexandre Dumas, fils），这就是大仲马和小仲马的由来，实在是法国文坛一大佳话。

仲马父子都是多产作家。不过，两人作品虽多，经过时间的淘汰，大仲马至今最为人所称道的作品是《三剑客》（即中国林译之《侠隐记》），小仲马则是本文要说的这部《茶花女》。

小仲马的《茶花女》，有小说与剧本之分。他先写成小说，初出版时读者并不多，后又用同一题材再写剧本，在巴黎上演，在舞台上竟大获成功，万人空巷，连演几个月无法停止。那些观众在舞台上看了茶花女的故事，回家再读《茶花女》小说，觉得愈读愈有味，于是《茶花女》小说遂风行一时。不过，时至今日，世人多只知《茶花女》小说，反而知道有《茶花女》剧本者甚少，这真是小仲马自己也料不到的事。《茶花女》剧本在中国也有了中文译本。

小仲马出生于一八二四年七月二十七日，他是大仲马和一个姘妇的私生子，起初寄养在外，到了十多岁始由仲马领回，养在自己身边。他受了父亲的熏陶，自幼爱好文学，很早就开始执笔写作，最初出版的是一部诗集。《茶花女》小说写于一八四七年，次年出版，这时小仲马不过二十四岁。

此后，直到他在一八九五年去世，多产的小仲马在那几十年内不知写了多少小说和剧本，多到令人无从记忆，就是那目录抄起来也有一大篇。然而，就凭了他在年轻时候所写的这部《茶花女》小说，已足够令他名垂不朽，因此其余作品即使被人忘记也不妨了。

《茶花女》小说，写的是巴黎交际花玛格丽与热情少年阿蒙的相恋悲剧故事。有人考证，小仲马笔下的阿蒙，实在就是他自己的写照。这是传闻，从未经小仲马自己证实过，所以无从证实其真假。不过，《茶花女》实有其人，却是事实。这个女子名叫玛丽·普列茜丝，是当时巴黎一个年轻而有艳名的交际花，不幸染有肺病，在一八四七年去世。小仲马偶有所感，就用她的生平为骨干，写成这部《茶花女》，无意中完成了一部不朽的杰作。

许多批评家都一致认为，小仲马的文笔，善于叙述而不善于创造，必须实有其人其事作蓝本，他始可以发挥那一枝生花之笔的特长。《茶花女》小说，既有普列茜丝女士的红颜薄命生活为蓝本，所以他写来栩栩如生，凄艳动人。因为普列茜丝女士生时，堕落风尘，不幸又染上肺病，自知自己生命不长，绝望之余，遂愈加放浪，一个年轻的患有初期肺病的女人，病症往往能增加她的美丽，因此普列茜丝女士艳名大张。这种绝望的美丽，正是小说茶花女玛格丽的蓝本。她的生平遭遇与《茶花女》中所叙述者差不多。普列茜丝女士结识过一个公爵，这位公爵因普列茜丝酷肖其亡女，所以对她特别昵爱。小说中玛格丽为了爱阿蒙之故，而自甘牺牲割爱，则是出于虚构的。但是小仲马曾向人表示，如果普列茜丝也遇到这样的事情，以她那样的性格，她也一定会如此做的。

《茶花女》之名的由来也很有趣。据小仲马在小说里描写，玛格丽因为染上了肺病，不耐一般鲜花的酷烈香气，因此选中了无香无色的白茶花为闺中良伴。白色的山茶花衬着玛格丽苍白的面颊，愈加显其楚楚欲绝、凄艳动人，因此巴黎好事家称她为"茶花女"云云。

但是作为茶花女的影身的普列茜丝女士，在实生活上却是没有这种癖好的，至少从没有人说起过她是爱茶花的，可是后来由于小仲马的《茶花女》享了盛名，并且大家都知道这部小说是以普列茜丝女士的生平为蓝本的，遂对这个红颜薄命的交际花也感到了兴趣。可是这时香消玉殒，普列茜丝女士已经去世多年，早已埋骨巴黎郊外。于是巴黎的好事者又发起醵金为普列茜丝女士修墓，将她在蒙马特坟场的香冢修饰一新，仿佛我国风雅之士在西湖西泠桥畔重修钱塘名妓苏小小的坟墓一样。又请雕刻名家用白大理石雕了一束白山茶花，装饰在她的墓上。从此，这座坟墓就成了巴黎名胜之一，被人称为"茶花女墓"。

二十四岁就写下了《茶花女》的小仲马，活了七十二岁，到一八九五年十一月二十七日在巴黎去世。在他一生所写下的数不清的作品之中，除了《茶花女》之外，至今已不易再举出一部为后人所熟知的作品。不过，仅凭了一部《茶花女》，已经足够使小仲马在法国文学史上占得一页不朽的地位，而且也连带地使得普列茜丝女士不朽了。

文艺随笔

《茶花女》和"茶花女"型的故事

一、我所喜欢的《茶花女》

我很喜欢读小仲马的《茶花女》。很年轻的时候读了冷红生与晓斋主人的合译本，就被这本小说迷住了，而且很神往于书中所叙的情节。这时我已经在上海，我读了《茶花女》小说的开端所叙的，阿蒙在玛格丽的遗物被拍卖时，竞购她爱读的那册《漫侬摄实戈》的情形，每逢在街上见到有些人家的门口挂出了拍卖行的拍卖旗帜，总喜欢走进去看看。这种机会在当时的上海租界上是时常可以遇到的，因为那些回国的外国侨民，照例在启程之前将家里的东西委托拍卖行派人来就地拍卖。我也不知道自己是怎样的心理，有时挤在人丛中也仿佛自己就是当年的阿蒙，可见小仲马的这部小说令我爱好之深。那些外国人家总有一些书籍要拍卖，从前我的书架上有好些书就是这么买来的。由于这些书是以一札一札为单位来拍卖，不能拆开来买，我买回来之后，就将自己有用的留下，将不要的拿到旧书店里去交换别的书，这样曾经先后买到了不少的好书。

可惜的是，我始终不曾在这样的情况下买到一册普利伏斯的《漫侬摄实戈》。若是能有这样的巧事，那就更要使当时我这个年轻的《茶花女》迷更为得意了。

这些往事，现在写出来，我并不觉得脸红，因为我至今仍觉得小仲马的这部小说,是一部写得能令人读了很喜爱的小说。由于喜欢《茶花女》,令我也连带地喜欢了阿蒙和茶花女两人所爱读的《漫侬摄实戈》。每逢在书店里见到有这两种小说,总是忍不住要拿到手里来翻翻,若是版本好而又有新插图的往往就要买了回来。现在我手边就有一部有法国当代木刻家梵伦丁·康比翁作插画的《漫侬摄实戈》,还有一本英国批评家艾德孟·戈斯编的《茶花女》的英译本。这个版本的《茶花女》最使我喜欢,因为除了有彩色插图以外,书前还有戈斯的一篇长序,介绍了小仲马的生平和著作,特别详细地叙述了他写成《茶花女》的经过,以及小仲马用来作模特儿的那个巴黎交际花玛丽·普列茜丝的身世,并附有一幅普列茜丝的画像。我所知道的关于小仲马怎样写《茶花女》的经过,就是从他的这篇介绍文里读来的。除此之外,书后还附有一篇研究小仲马画像的资料,附有好多幅不同的小仲马的画像。

用这样周到的方式来介绍外国文学作品,真是太理想了,因此这册戈斯编的《茶花女》英译本,由于是几十年以前出版的,现在已经残旧得可以了,但是我仍视为至宝。

二、茶花女与《漫侬摄实戈》

凡是爱读《茶花女》小说的人,我想没有不知道《漫侬摄实戈》这本小说的。我自己就是这样,第一次读完了小仲马的《茶花女》后,就急急地去找《漫侬摄实戈》来读。

这部小说久已有了文言文译本。《漫侬摄实戈》就是原来的书名"Manon Lescaut"的音译，也是当年商务出版的说部丛书之一，我已记不起是谁人所译，想起来可能比冷红生所译的《巴黎茶花女遗事》稍后。可是这个书名的翻译，比起《巴黎茶花女遗事》可说逊色多了。

到了一九三〇年前后，这部小说才第一次有语体文的译本，译者是与我有过同狱之雅的成绍宗，他是仿吾先生的侄儿。书名是《曼侬》，销行并不广，后来也一直没有人重印过，因此现在即使想找一部这个译本来看看，也怕不容易了。

读过《茶花女》之后，一定想读《漫侬摄实戈》的原因，我想不仅读过《茶花女》小说的人，就是看过《茶花女》的舞台剧，听过歌剧，或是看过银幕上的《茶花女》的人，都是明白的，因为这个故事的开端，就是借这个"引子"而来。小仲马用第一人称的叙述，说他偶然见到茶花女的遗物被人拍卖，自己杂在人丛中看了一下，发现被拍卖的遗物之中，有一件是一册《漫侬摄实戈》，其上还有题字，是一个署名阿蒙的男子送给茶花女的。他为了好奇，便用很少的代价将这部小说买了下来。后来回到寓所，有一个不相识的青年来拜访他，要求见一见这部书，原来这个年轻人就是送书给茶花女的阿蒙。他本想买回这本小说作纪念，未能如愿，因此向拍卖行打听买去这本书的顾客的住址，特来拜访云云。就是通过了这样的"引子"，小仲马使阿蒙自己将他和茶花女的情史叙了出来。

阿蒙为什么要送一本《漫侬摄实戈》给茶花女呢？原来这部小说正是描写一个痴情少年对一个风尘女子的情史的。"漫侬摄实戈"

就是那个女子的名字。她的遭遇比茶花女更不幸、更可怜。同时书中的那个男子也可说比阿蒙自己更痴情，因为他曾经同这女子一同入狱，当她被押解充军时，他也不辞跋涉，跟了她到沙漠里去。

《漫侬摄实戈》的作者普利伏斯，是个出家的僧人。他曾私逃出院被通缉，又因了这部小说被禁，罪上加罪。

这部小说出版于一七三一年，同《茶花女》一样，也久已被改编成歌剧，共有五种之多，此外还被编成了芭蕾舞剧。

三、"茶花女"型的故事

"茶花女"型的故事，用从前礼拜六派文人的术语来说，是所谓"哀情小说"，这是比"言情小说"更侧重于故事的悲剧发展的。不用说，在法国浪漫主义文学作品中，最多这类佳作。小仲马的《茶花女》之前，享盛名的该是与《茶花女》有连带关系的《漫侬摄实戈》。而在《漫侬摄实戈》之前，却另有一部英国小说，已经以这种挣扎在善与恶之间的可怜女子为题材的，这就是《鲁滨逊漂流记》的作者另一部名作：《摩尔·佛兰德丝》（这部小说在中国已经有了中译本，书名改称《荡妇自传》）。

《摩尔·佛兰德丝》的结局却是喜剧而不是悲剧的，这也许就是这部小说不曾特别流行的原因。以感情浓烈的成分来说，自然要推出自十八世纪那个在逃的僧人之笔的《漫侬摄实戈》。就是《茶花女》比起它来，也显得都市繁华气略重，没有《漫侬摄实戈》那么淳朴。

《漫侬摄实戈》里男主人公名叫格利阿，是一个比《茶花女》

中的阿蒙更痴情的年轻人。他自动地跟了曾经一再对不起他的漫侬去充军,直到漫侬在途中死去,死在他的身旁。在寂静的荒野之中,他亲手将她安葬了。

这些事情,都是阿蒙不曾做的。可是漫侬比起玛格丽来,却又没有后者那么值得令人同情。

这一类型的故事,还有《卡门》,法朗士的《黛丝》,以及朵斯朵益夫斯基的《罪与罚》里面的那个苏尼亚,都是类似这种典型的女性。左拉笔下的《娜娜》,则是一部分似《茶花女》,一部分又似那个《摩尔·佛兰德丝》了。

"茶花女"型的故事,流传最广的是《茶花女》,可是在文艺作品的影响上,给后世作用最大的乃是《漫侬摄实戈》,因为作者描写男女的情感,已经揭发到隐微处,手法不仅十分客观写实,而且已经接近现代小说的心理分析描写了。

比亚斯莱、王尔德与《黄面志》

一、比亚斯莱与王尔德

我一向很喜欢英国十九世纪末的插画家比亚斯莱的书籍装饰画和插画。这个短命的天才画家,是属于当时《黄面志》那一个集团的。这是一种文艺季刊,比亚斯莱曾经担任过这个刊物的美术编辑。

《黄面志》那一批作家的作品,以及比亚斯莱的画,对中国早期的新文艺运动也曾发生过一点影响。因为首先将《黄面志》介绍给中国文艺爱好者的是郁达夫先生,接着田汉先生、张闻天先生不仅介绍比亚斯莱的画,还翻译了王尔德的作品。后来鲁迅先生也编印过一册比亚斯莱画选,列为"朝花艺苑"[1]丛刊之一。甚至直到近年,木刻家张望为了总结比亚斯莱对中国早期新艺术运动所发生的影响,还编印过一册他的画集。

我第一次见到比亚斯莱的作品,也是由于田汉先生的介绍。那时他不仅借用了比亚斯莱的作品作《南国周刊》的封面,后来还翻译了王尔德的《莎乐美》出版,附有比亚斯莱的插画。出版者是中华书局。这个中译本在当时可说印得很精致,是道林纸的十八开本,附有比亚斯莱为王尔德这个剧本所作的全部插画,包括目录饰画和封面画在内,可惜现在已经很难再找得到了。

比亚斯莱为《莎乐美》所作的这一批插画,不仅是比亚斯莱本人作品之中的杰作,现在也久已被评定为世界有名的书籍插画杰作之一,在当时曾使得这个年方二十的青年画家一举成名,获得普遍的赞赏。

说来真有点令人不相信,比亚斯莱为《莎乐美》所作的这一批插画,虽然获得普遍的称赞,却使得剧本的原作者王尔德非常不满

---

[1] 应为"艺苑朝花"。——编注

意。他不仅不喜欢这些插画,甚至就为了这一批插画同比亚斯莱反目。原来王尔德的《莎乐美》剧本,最初并不是用英文所写,而是用法文写成的。英译本是别人给王尔德翻译的,邀请比亚斯莱作插画,是英国书店老板的主张,并不是王尔德的主张。比亚斯莱在他所画的这一批富于奇趣的黑白画中,有几个人物的颜面,画得颇有点像王尔德本人,因此他见了很不高兴。同时,由于这一批插画的成功,许多人都在谈论比亚斯莱,冷落了王尔德,至少是将他们两人相提并论,这在王尔德本人看来,都是对他不敬的。再加之他根本就不喜欢比亚斯莱的画,因此王尔德不仅始终反对比亚斯莱为《莎乐美》所作的插画,两人更由于这件事情失和了。

英国曾出版过一本题名《黄的研究》(K. L. Mix, *A Study in Yellow*)的书,就是研究《黄面志》这批作家对英国文艺影响的,其中就曾经提到了这个有趣的逸话。

二、《莎乐美》和比亚斯莱的插画

英国原版的《莎乐美》,是十六开的大本,附有比亚斯莱的全部插图,封面是朱红色的,用金色印了比亚斯莱所设计的孔雀裙图案草图,富丽堂皇。从前我在上海买过一本,一向当作自己心爱的书籍之一,可惜到香港来时不曾带在身边。多年前我在香港一家现在已经歇业的西书店里也曾见过一本,一时不曾买,便错过了机会,至今还不曾再见过这样精印的《莎乐美》。中华书局所出版的田汉先生译本的初版本,就是依照原本这种格式设计的,也是十六开本，同样采用了"孔雀裙"图案作封面，所以也十分漂亮。

前几年美国也曾出过一种廉价版的《莎乐美》。虽然也附有比亚斯莱的插画，只是将版面缩小了，许多精细的线条便模糊不清。更荒唐的是，原画上所有裸体男性的生殖器都被"阉割"了，连捧着烛台的两个小孩也不能幸免。

《莎乐美》的作者是王尔德。这个剧本经田汉先生在一九二五年前后译成中文后，当时在上海和南京都上演过。第一次在上海宁波同乡会上演时，饰演莎乐美的女主角俞珊女士，竟因此一举成名。那个饰演施洗约翰的男演员，演得更好，可惜我现在忘记了他的姓名，他用着粗犷的声音，从被囚的井底数着希律王和他妻子的罪状，听来使人惊心动魄。在当时，凡是指摘统治者不对的声音，都被认为是犯法的，因此这个被人称为"唯美主义"作家的作品，也被禁止了上演。

《莎乐美》在英国最初排演时，也曾被禁止过。他们的指摘更严重，说王尔德的这个剧本亵渎了《圣经》。因为王尔德在剧本里描写莎乐美（她是希律王妻子的油瓶女）的心理变化，不肯接受希律王乱伦的爱，听到圣徒约翰仗义指责她的声音，反而爱上了约翰。她要求吻约翰一下，被约翰拒绝了，因此恼羞成怒。在答应跳舞给希律王看时，竟要求要约翰的头作代价，希律王为了讨好莎乐美，竟答应她的要求，叫武士杀了约翰，将他的头放在盾上送给她。王尔德剧本的最高潮，写的便是莎乐美捧了约翰的头吻着，一面疯狂地喊道：

你拒绝了我的吻,你现在终于被我吻到了……

王尔德虽是英国作家,这个剧本却是用法文写的,另由别人译成英文。我喜欢比亚斯莱为这个剧本所作的画,甚于剧本自身。

三、《黄面志》与王尔德

一八九五年四月三日的傍晚,王尔德在旅店正式被捕。这是十九世纪末英国文坛的一件大事。第二天早上,伦敦报纸关于这件事情的报导,其中有一句"花絮"式的描写,说他被捕入狱时,胁下还挟了一本书,是一册《黄面志》。

《黄面志》是季刊,创刊于上一年(一八九四年)的四月初,到这时已经出版了四期或五期,在当时英国文坛上已经被认为是代表那种世纪末文艺倾向的一个主流刊物。这一批新旧参半的小说家、散文家、诗人和画家,被当时人给他们题了一个不很好的头衔,称他们为"颓废派"(连第一次将《黄面志》介绍到中国来的郁达夫先生,也曾经连带地被人称为"颓废派")。不用说,王尔德也是其中之一了。

《黄面志》是由伦敦的"鲍特莱·亥特"书店出版的,它的老板约翰·朗,是一个很有朝气的新出版家,不仅是《黄面志》的出版人,还出版了王尔德和其他许多人的著作。自从伦敦报纸上发表了王尔德被捕时胁下还挟有一册《黄面志》后,那些一向不喜欢王尔德的人,闻讯都大为高兴,他们就趁机到"鲍特莱·亥特"书店门前来示威,说王尔德既然以不名誉的罪名被捕了,他还舍不得离开《黄面志》,带了一本入狱,可见这个文艺季刊一定也不是好书。他们不要王尔德,也不要《黄面志》。于是示威的群众之中就有人一面叫嚣,一面动手,纷纷投掷石子,将"鲍特莱·亥特"书店的门面玻璃窗全打烂了。

其实这事全是"冤哉枉也"的。王尔德在上一天被捕时,胁下确是挟有一本书,不过根本不是《黄面志》。据事后的记载,他当时询问来执行逮捕令的苏格兰场侦探,能否带一本书去看看,他们答应了,他就随手拿起了他正在读着的法国作家比尔·路易的《爱神》(这书在中国也有过译本,是东亚病夫与曾虚白父子所译,改名为《肉与死》,由真善美书店出版)。由于法国小说的封面照例是用黄纸的,《黄面志》的封面也是黄的,新闻记者的笔下一时疏忽,便使得书店的玻璃窗遭了池鱼之殃,后来连忙更正,早已来不及了。

王尔德的被捕,既这么牵连到了《黄面志》,同时更牵连到了画家比亚斯莱。他是《黄面志》的美术编辑,又曾经给王尔德的《莎乐美》画过插画,于是许多人也攻击比亚斯莱,使他不得不离开了《黄面志》。可是,比亚斯莱是《黄面志》的生命。没有了比亚斯莱,《黄面志》不久也完了。

王尔德虽一向被人认为是《黄面志》同人之一,事实上,他从未在《黄面志》上发表过文章,"特约撰稿人"的名单上也没有他的名字。比亚斯莱根本就不喜欢他。

文艺随笔

《鲁滨逊漂流记》的作者

在文艺领域里,有些由作家笔下所创造的人物,往往比作家本人,甚至比这个人物所出身的作品也更有名。如福尔摩斯,谁都知道他是外国有名的大侦探,但是这些人未必都读过《福尔摩斯探案》,他们也许以为福尔摩斯真有其人,更不知道这是由一个名叫"柯南·道尔"的英国侦探小说作家笔底下创造出来的。

通俗小说是如此,文艺作品也是这样。因此未必人人都读过《鲁滨逊漂流记》,可是提起鲁滨逊,谁都知道一个人如果乘船遇难,漂流到无人的荒岛上,便要变成"鲁滨逊"了。

今年(一九六〇年)就是这个全世界都家喻户晓的人物"鲁滨逊"的创造者狄福诞生三百年纪念。狄福是谁,就是爱好文艺的人也许还有人不知道,但是若说明他就是《鲁滨逊漂流记》的作者,我想大家就会恍然,而且也会对这个名字发生兴趣了。

丹奈尔·狄福是英国人,生于一六六〇年,所以今年正是他的诞生三百周年纪念。这个因了《鲁滨逊漂流记》一书而名垂不朽的作家,一生的遭遇可说变化多端,他发达过,也倒过霉,还坐过监,甚至还被罚戴枷站在街头示众。他是商人、政治运动家、皇家顾问、间谍,直到晚年才转行写小说,因了《鲁滨逊漂流记》一书,盖棺论定,名垂不朽,成为英国十七世纪最享盛誉的一位小说家。

狄福是小市民家庭出身,父亲是肉商,他们的家庭是不信奉英国国教的,因此在社会上有许多地方都受到歧视。偏偏他又喜欢搞政治，时常用小册子的方式，发表反对当局和宗教的言论。一七〇三年，他已经四十多岁了，因了一本小册子开罪了国会中人，要拘捕他，他藏匿起，被悬赏五十镑通缉。后来终于被捉获，并判戴枷示众三次，还要再监禁若干时日。

狄福除了喜欢搞政治之外，还喜欢做生意，这两者都带给他无限的麻烦，同时也差不多耗费了他的一生精力。直到快六十岁时，真是"学书不成，学剑又不成"，他才改行写小说，一七一九年出版了《鲁滨逊漂流记》，这才一举成名，于是他就一心一意地写小说。除了这部《鲁滨逊漂流记》以外，还有一部描写一个不幸女性一生的《摩尔·佛兰德丝》（中译本改称《荡妇自传》），也为世人所爱读。此外还有一部记载伦敦发生大疫的日记。——据说他连同政治小册子在内一生总共写过三百多种书，其实只要一部《鲁滨逊漂流记》，已经足够使他的名字不朽了。

狄福活了七十一岁，一七三一年去世。

北窗读书录

笔记和杂学

我国的笔记,实在是一种特殊的文体。它不同于我们现在所说的散文小品集,也不是论文集。我在西洋的文艺作品中,就找不出有类似这体裁的著作。回忆录、札记,或是逸话集,都不似我们的笔记那么包罗万有。从诠释经史、考证碑版,以至诗词歌赋、野史逸闻、谈狐说鬼都可以包括在内。有的学术价值极高,有的简直不值一笑。我国从汉魏以来,以至明、清人所写的笔记,内容的广博,简直像是一个大海,里面蕴藏着无数的财富,使你取用不尽。

然而笔记在过去却一向不被人当作正经书,往往"笔记小说"并称,好像只是供茶余酒后的消遣,不足供正经治学之用。其实,我觉得无论研究我国哪一部门的学问,若是不涉猎笔记,一定所见不广,错过了许多有用的资料。如研究历史的,无论是专治哪一代史,若是不看看那些专载有关野史和宫闱掌故的笔记,以便互相印证,那研究一定是有缺漏的。

我一向就喜欢看笔记一类的杂书,有一位朋友称赞我很有"杂学"。若是真是如此,那也不过由于我平时所看的以笔记一类的杂书为多而已。

当然,前人的笔记著作,好的有用的固然很多,而无聊的辗转抄袭的也不少。这只要看得多了,就渐渐地能辨别哪些是第一手的资料,哪些是改头换面,抄袭别人的东西。这类情形,在清朝中叶以后一些人所写的笔记里最多，因此也最为不可取。大抵宋朝人的笔记，以记载掌故旧闻见长，明朝人的多偏重史料制度，清朝人的以记载异闻奇事的最多。同时由于外国势力开始侵入，有许多清人野史笔记也保留了不少近代史的重要资料。

要利用前人的笔记来补助治学，除了多看之外，还要自己随手作札记。若是不能将自己认为有用或是有趣的资料抄下来，至少也该记下书名作者卷数和有关何事的一个简单摘要，以便要用到这些材料时可以查阅。若不是如此，日子一久，虽然仿佛记得某事曾在某书中见过，要查阅起来，往往就要大费精神了。

从汉魏以来直到清末为止，属于"笔记"这一类的著作，共有多少种，从来没有人编过书目或是统计过，但那数量一定是非常庞大的。不过，我想一个人若是很耐心地将这类著作择要看过一千种左右，大约对于我国古往今来的一切，上自经史政治、天文地理、文章艺术，下至虫鱼狐鬼，都可以有一点门径了。

笔记的重印工作

"笔记"对于我们治学考证和增加见闻谈助，虽然极有用处，可惜种类太多，内容又菁芜不一，最好先要有人来进行编目整理的工作。这项工作，近年在内地本来已经有人在着手了，不过只是偏重一方面的,那就是上海中华书局在过去几年着手整理排印的那几套笔记丛刊。如"元明史料笔记丛刊""清代史料笔记丛刊""近代史料笔记丛刊"等等。

这几种笔记丛刊,已经出版的还不多,但是从所附的准备出版的书目看来,有许多却是刻本极少,或是还未经刊刻过的稿本和钞本。虽是偏重于社会经济史料方面的,但是由于前人所写的笔记,即使内容有一个重心,也往往会连带地涉及其他方面,因此,对于不是研究社会经济史的人,仍是用处很大。可惜至今不过出版了两三种,实在令人望眼欲穿了。

如"清代史料笔记丛刊"里所预告的那部《三冈识略》,就已经预告了很久,还不见出版。这书是清初人董含所著的。我从前读萧一山的《清代通史》,见他在叙述清初历史时,一再引用这书,知道其中有许多关于清初文字狱的资料,还有关于满洲人祭天竿子和欢喜佛的资料。要想找来看看,可是几十年来,除了从别人著作中所引用的,知道一点这书的内容外,一直未有机会读过原书。可见我国的笔记著作,由于种类太多,无法齐备,就是有志要读,也是不容易的。因此,整理编目和用排印本来普及流通的工作,实在是值得去做的。

大规模地将过去的笔记汇集在一起来出版,在过去本来也有人做过的,如从前上海文明书局所出版的那一套"笔记小说大观",号称收录了历代笔记五百种。种类虽多,可惜内容多是不齐全的,任意删节。卷数虽仍旧,可是内容已十去五六,而且又是石印小字,错字又多,因此,仅可供偶然翻阅来消遣,若是要想凭此来参考引用，那就不可靠了。

较好的是从前商务印书馆所出版的那些宋人笔记。纸张、字体、印刷和版本都好，所用的底本又都请人校过，可说是很理想的版本。

我以为重印古籍，最好是不要删节，其次是不用简笔字。上述的近年所编印的那几套笔记丛刊，显然已经能注意这几点了。

乡邦文献

前些时候，托人到上海去买一部"金陵丛书"，信已经去了很久，至今还没有回复。也许这样整部的地方掌故丛书，只有零本还不难买，要想得一部完整的，怕已经不容易了。

近年时时想读一些有关乡邦文献的著作，可是自己手边所有的实在太少，借又无处可借，买又不易买，徒呼奈何。自己虽然备有好多种广东的地方志，可是自己家乡的反而没有。这种可笑的情形，实在不足为外人道。

我曾经将手边所有关于家乡的典籍检点一下，重要的简直一部也没有。比较重要的只有一部《白下琐言》，而且是很坏的版本。此外就是《金陵古今图考》《莫愁湖志》《灵谷志》《秣陵集》，寥寥可数的几种而已。没有一部主要的关于家乡的志书。

近人的著作总算有了几种，大都是朱偰的，如《金陵名胜古迹图志》[1]《金陵六朝陵墓考》[2]等等。朱氏对于我们家乡的名胜古迹沿革变迁，可说做了很不少的功夫，但也只有他一人而已，第二个人就举不出了。

《白下琐言》的著者是甘熙。我记得我们家里同甘家还有一点亲戚关系，可惜我已经记不起是怎样的关系了。除了甘家以外，还有濮家，都是亲戚，他们都是书香世家。但这些都是祖父手里的事了，只是在孩子时代听见讲起过，已经无法能知道详细。

甘氏是有名的津逮楼主人，家中富于藏书。这部《白下琐言》，对于家乡的山水名胜、掌故逸闻，搜罗得很多。尤其难得的是津逮楼就以收藏金陵地方掌故志书著名。后来的"金陵丛书"，就是据甘氏所藏汇刻而成。

《白下琐言》所记载的有关家乡沿革掌故的书籍，共有五十多种。不用说，这对我来说，除了两三种以外，几乎全是未曾读过的。如唐人的《建康实录》、宋人的《景定建康志》、元人的《至大金陵新志》，我固然不曾读过，就是有名的明人顾起元的《客座赘语》、周晖的《金陵琐事》，我也至今未曾寓目。我这么不怕人笑我腹俭地写了出来，实在含有一点鞭策自己之意。因为过去对于乡邦文献实在太不注意，舍己之田而耘人之田，这才有这样的现象。现在想急起直追，可是，要想买一部"金陵丛书"也无处

---

[1] 应为《金陵古迹图考》。
[2] 应为《建康兰陵六朝陵墓图考》。——编注

可买，我能有什么有效的方法来弥补自己的无知呢？真只有徒呼奈何了。

座右书

一

买了几只新的小书架，将其中的一只放在书桌的右首，以便将一些新出版的定期刊物，新买的书籍，以及要用的参考书，一起放在上面，翻阅起来较为方便。

这是不折不扣的座右书了。

最初放到架上的书，全是那些堆集在桌上地上已久，"无枝可栖"的书。我想，没有书架可放的书，就等于没有家可住的人一样。既然将书买了回来，竟无法给它安排一个安身之处，未免太对不起了。因此有了书架之后，就不管它们是什么书，不论古今中外，一起先堆到书架上再说，使它们先享受一下有一个可以喘息的地方。因此即使《香港的蝴蝶》傍着《意大利的艺术社会史》、《鸦片战争》傍着《拍案惊奇》，我也暂且不去管它。

这样过了几天，形势粗定，对于放在座右的那一架的书，我开始着手想加以整理了。想将无用的、已经看过的，或是暂时不想看的书，清理出去，换上一些还没有看过的，自己想看的，以及自己喜欢的书。

将一些不想放在手边的书，从书架上清理出去，这工作做起来倒并不怎样困难。如那一套六大本的《迦撒诺伐回忆录》，是根本没有理由要作为"座右书"，放在我的手边的，因此首先被搬了出来。还有一些介绍画家的小册子、美国文学史、良友版的《苏联版画集》。这些本是起初随手从地上搬到架上的，当然没有让它们继续留在我手边的必要，因此一本一本地都给我拿开了。

满满一架的书，这样一加甄别，一本又一本地被拿开，几乎剩下一个空书架了。

对于这一只空起来的书架，我决定依照自己预定的计划：将一些新买回来准备要读的，以及久已想读一直还未曾读的，还有自己特别喜欢，希望不时可以随手翻翻的书，都拿来填补这些空缺，使它们真正成为我的座右书。

这个计划，本来很简单，而且也很合理，哪里知道执行起来，竟一点也不简单。那困难简直有一点像出门旅行之际，要挑选几本书带在手边供旅途消遣那样。这种滋味我是经验过多次的：这一本不适当，那一本又不适当，有的太轻松，有的太严肃，往往对着满屋的书，竟觉得没有一本是适合作旅途阅读之用的。有一次在出门之际，竟为了这一个问题彷徨终夜，还无法决定，最后只好塞了一本又厚又重的毕加索画集在衣箱里。结果到了目的地就赶紧送给了朋友，自己又再到当地的书店里买了几本新书来补充。

二

将一些常用的参考书和工具书，挑选一些放在手边，这工作做起来还不困难，可是要想将一些想看而未看的书，拿几本来放在手边，以便尽先的利用机会去看，这可不容易了。因为每一本书都是想看的，而其中有不少一"想"就想了十多年，至今仍是想而未看。要想将这样的书挑选几本放在手边，如果不想太麻烦，本来只要随手拿几本就是了，可是一想到应该谁先谁后的问题，那就困难了。

一本十年前买而未读的书，和一本昨天刚买回来的新书，我究竟应该先读哪一本呢？这对我来说，有时竟是一个极不容易决定的问题。

结果，首先入选成为我的"座右书"的，却不是这些想读未读的书，也不是刚买回来的新书，而是一些买了多年，甚至读过已久的一批书。这是属于一个专题的：比亚斯莱。

我明白自己这选择的动机，不只是喜欢比亚斯莱的作品，而是有一个愿望：一直想给这位世纪末的薄命画家写一篇评传，再挑选几十幅他的杰作，印成很像样的一本画册。我觉得这工作不仅值得做，而且可以做这件工作的人也不太多。因此，我就一向将这件工作看作是自己的心愿，也是自己的责任。可是因循又因循，许多不必做的事情都做了，唯独这一件蓄之已久的愿望，一直还不曾有机会去兑现。

我将三本比亚斯莱的传记，两本他的代表作品集，放在书架上最当眼的处所。这动机我自己也是明白的：它们所代表的不只是我的座右书，同时也是我的"座右铭"：用来鞭策我自己，对于有一些搁置已久的工作，也该认真地去进行了。

我又随手将都德的《磨坊文札》、果庚的《诺亚诺亚》，也放到了架上。因为它们都是我的伴侣。

我检视了一下已经放到架上的书，渐渐地明白了一个事实：我想放在手边的书，全不是那些我不知道、不曾读过的书，而是一些我已经知道、已经读过的书。不是吗？谁都希望能经常同自己在一起的、能在自己身边的，乃是那些最知己的朋友。

于是，尽管我的桌上和地上仍堆满了书，可是，可以作为我的"座右书"的书，仍是很有限，因此，这一只小小的书架竟仍有不少空位，而我也仍任它空着，并不想勉强地去加以填满。

朱氏的《金陵古迹图考》

今人谈南京六朝沿革和古迹名胜的专书，不能不首推朱偰的两种著作：一是《金陵古迹名胜影集》，一是《金陵古迹图考》。两书都是在一九三六年左右出版的，一图一文，图片有三百多幅，文字有二十余万字，相辅而行，互相印证。对于南京残存的古迹名胜，作了实地的调查报告，非常详尽，而且翔实可靠，纠正了前人沿用旧说的许多错误。朱氏并不是金陵人氏,他侨居是地,能够脚踏实地地完成这样的著作,实在难能可贵。

前几年听说朱氏仍在继续他的南京一带文物史地调查研究工作。现在的工作条件自然比二三十年前更好了,希望他能有新著作问世,以慰我这个羁旅天涯的游子。

在有关家乡的史乘方志一类旧籍不容易到手的香港,能有机会读一遍《金陵古迹图考》,再参阅一下那几百幅摄影,实在如前人所说:"过屠门而大嚼",聊当一快。不仅能弥补了读不到那些旧籍之恨,同时也足慰游子的乡怀。

《金陵古迹名胜影集》,据朱氏自己说,是他前后经历三年的时间,摄影千余幅,再从其中选取了这三百多幅来印成的。他自己在《金陵古迹图考》的"凡例"上说:

> 著者于民国二十二年至二十四年三年间,旅居金陵,鸠集同好三人,对于金陵史迹,加以实际调查,从事摄影测量。计调查范围,东至丹阳,西至当涂,南至湖熟,北及浦镇。举凡古代城郭宫阙、陵寝坟墓、玄观梵刹、祠宇桥梁、园林第宅,无不遍览。计摄影所得,有千余幅,精选三百二十幅,另印《金陵古迹名胜影集》问世。惟一图一考,相辅而行,故本书所注图页,皆指《金陵古迹名胜影集》而言也。

我手上所有的朱氏的这两本作品,还是偶然从一家旧书店里买来的。同时买得的,还有《建康兰陵六朝陵墓图考》,也是朱氏的著作。此外还有一册张惠言的《明代大报恩寺塔志》。看来这几本书的旧主人,若不是同乡,一定就是同好。不知怎样流落到冷摊上,使我无意得之,可说是难得了。

前几年曾回乡一行,想起儿时所住过的老屋,要想去看看,问了一下,连那街名也不再有人知道,使我一时怅然。面对着朱氏的这些图片,不难明白他当时也许是信手得来,可是在三十年后的今天看来,物换星移,每一幅都是可珍贵的了。

关于"喜咏轩丛书"

多年前,曾在冯平山图书馆翻读许地山先生寄存的藏书,内中有一套"喜咏轩丛书"。因为这套丛书里面收了很多图籍版画,很想也买一部。不料这书不仅价钱不便宜,而且不易买得到,访寻多年,一直未能如愿。后来写信给北京的友人提起这事,他们竟十分慷慨,将所藏的甲编一函,慨然见赠。我本来是想托他们到琉璃厂看看,是否有机会可以买一部,这一来,倒使我有一点不安了。

"喜咏轩丛书"是武进陶兰泉编印的,印得很考究,一共有甲乙丙丁戊五编,不过不是木版,而是石印的。所收的都是诗词戏曲传奇和图谱，以及附有插图的书籍，如《天工开物》和《授衣广训》等等。对我特别有趣的，是其中所收的陈老莲《离骚图》、萧木尺画的《离骚图经》、焦秉贞画的《耕织图》。还有，刘源的《凌烟阁功臣图》、金古良的《无双谱》，以及张士保的《云台二十八将图像》[1]。

许多年以来，整套的"喜咏轩丛书"虽然不曾见过，零本的却见过不少，如丙编的两种《离骚图》，丁编的《凌烟阁功臣图》《御制耕织图》，康熙《避暑山庄图咏》，戊编的《仙佛奇踪》都先后买到了。

由于意外地获得了一函"喜咏轩丛书"甲编，使我期待了几年的一个愿望竟兑现了一部分，同时也有机会将自己的这个愿望仔细检讨了一下，才知道愿望就是愿望，多少是一种任性的表现。只有当它始终是"愿望"时，才会"寤寐以求"，若是一旦实现了，反而会有一种幻灭。

我翻开《丛书大辞典》，仔细看了一下五编"喜咏轩丛书"的目录，这才发现除了已有甲编之外，余下的四编，有几种是我已经有了零本，剩下只有一种是我希望能拥有的，其余都不是我想要的了。

我想要买的一册，是金古良的《无双谱》。这是比《晚笑堂画传》更早的一部古代人物画像集，是康熙年间刊印的。原刻本现在已不易见到，我只见过一些零碎的。"喜咏轩丛书"本的《无双

---

〔1〕 应为《云台二十八将图》。——编注

谱》，虽然只是石印本，但是除了这一种以外，好像没有第二种重印本了。可是我一直没有机会买到过这书，因此要买一套"喜咏轩丛书"，多年以来竟成了我的一种愿望。

由于朋友的慷慨，使我有机会检讨了一下自己，至少是将这个近于盲目的愿望加以改正了：我其实是没有要买一整套的"喜咏轩丛书"的必要的，尤其在现在，我要买的不过是其中的那一册《无双谱》而已，然而过去却觉得非要买全套的不可，我这个人在买书方面是多么任性！

张维屏的《花甲闲谈》

不久以前在一个书画收藏家的集会上，看到一幅清嘉道间广东诗人张维屏的画轴，使我想起这人有两件事情可以一说：一是他曾经身经鸦片战争，目睹广州三元里之事，在他的诗集里留下了不少当时的纪事诗；二是他曾刊行过一部《花甲闲谈》，有画有诗，记他的游踪和诗文唱和，是一部很好的版画集。

张维屏是广东番禺人，号南山，曾中过举人，是嘉道间广东很活跃的诗人之一。他与林则徐是同时人，林则徐以钦差身份南来广州禁烟时，两人过从颇密。因此，在他的诗集里不仅有林则徐的唱和之作，当时的其他有志之士，如首先上禁烟折的黄爵滋，

《海国图志》的作者魏源以及龚定盦等人，与他都有诗文往还。他在道光二十年刊行的《花埭集》，其中有一首《三元里》，写得慷慨激昂。可见他除了风雅吟咏之外，还十分关心国事。这在旧时文人雅士之中是很难得的，令人对他不得不刮目相看了。

张维屏晚年住在广州河南花埭的东园，园在大通寺附近，这正是他在道光二十年刊行的诗集取名《花埭集》的原因。他曾有《东园杂诗》数十首，是优游林下讴吟自娱之作，但也忘不了当时目睹鸦片流毒之烈，因此，其中也有一首提及了鸦片。中有句云："海外芙蓉片，年来毒愈深；管长吹黑土，卮大漏黄金；旧染颓风久，新颁法令森……"还有一首《吹箫引》，则是咏当时吸烟的和尚的，诗云：

> 巴菰不毒芙蓉毒，毒蔓引人自相续。玉箫吹暖夜眠迟，日上三竿睡方熟。往时吸食犹避人，近日公然席上珍。老僧无家偏有累，禅室也多烟火气。

《花甲闲谈》刊行于道光十九年，附有图三十二幅，是由南海叶春塘图绘的。他在自序里说："偶约举生平所历，属叶生春塘绘之，图凡三十有二，略以对语相联，先后本无诠次，旧作可与图互证者录之，师友篇章亦闲录一二，分为十有六卷，名曰《花甲闲谈》。"

《花甲闲谈》刻得还不错，三十二幅图之中，包括了《罗浮揽胜》《珠海唱霞》《杭寺梵钟》《扬子风帆》《黄河晓渡》《匡庐观瀑》等，记录了南北名胜风景。在清代所刻的这一类纪游图籍之中，虽然比不上《泛槎图》《鸿雪因缘》的精细，但已经是很难得的了。这书除了原版的木刻本之外，现在还有缩印的石印本行世。

张仙槎的《泛槎图》

我一向很喜欢看张仙槎的《泛槎图》。若是要我举出喜欢这部图集的动机，我想不外有两个特殊的理由。一是作者张仙槎是金陵人，是我的同乡；二是这类纪游的版画图集虽有多种，但是《泛槎图》里面有我家乡的名胜风景，此外又有广东的名胜风景，而且这部图集又是特地拿到广州来刻版的。有这两个特殊理由，可以聊慰乡思，当作梦游，又可以取证眼前景物，因此，这部图籍会时常在我手边把玩了。

本来，与《泛槎图》相类的图籍，还有《鸿雪因缘》和《花甲闲谈》。不过，《鸿雪因缘》虽然刻版精细，但是所图景物偏于北方一地，并且富贵气太重。张南山的《花甲闲谈》虽然画了不少广东景物，却又过于简单，内容没有《泛槎图》那么丰富，何况作者又与我有桑梓之谊，所以三种之中我还是最喜欢《泛槎图》。

《泛槎图》共有六集，收有各地名胜风景版画一百零三幅，都是张仙槎自己画的。除了他自己的题诗之外，还附有他的朋友和当时名士诗人的题咏。这些题咏也都是根据墨迹钩摹刻版的。所以《泛槎图》是一部版画图籍，同时也是可以玩赏各种书法的一部丛帖。

六集《泛槎图》，是分隔十多年，先后几次分别刻成的。第一集《泛槎图》刻于清嘉庆己卯年（一八一九年）；第六集也就是最末一集，刻于道光辛卯年（一八三一年），这时张仙槎已经七十岁了。

在原刻《泛槎图》第一集的第一页上，有"羊城尚古斋张太占刻"一行题记。在第六集的序文上，也提到"余于丙戌暮春，复至羊城，刻续泛槎图第四集"。五集六集虽没有说明，可知这书的大部分图版都是在广州刻成的。

原书六集的题名是：第一集《泛槎图》，第二集《续泛槎图》，第三集《续泛槎图三集》，第四集《舣槎图》，第五集《漓江泛棹图》，第六集《续泛槎图六集》。

作者名宝，字仙槎。他在《泛槎图》第一集的自序上说：

> 余少喜作画，癖山水，年二十即弃举子业，游江右楚越间，所过名胜，遍访前人遗迹，以次临摹之……丙寅秋始北上，留滞三载，驱车秦晋韩魏，遂得望恒峦，登太华，上嵩山，绕道金陵，再入都门而返。旋又登泰岱观日出。戊寅初夏，由楚入粤，道经衡阳，登祝融绝顶。五岳既毕，乘兴所至，遂极罗浮焉。计此十余年中，山水奇

> 胜，寓目难忘，因各绘为图，并识小诗于上。一时名公巨卿，谬加奖励，日积一日，题咏遂多……爰不揣固陋，手自钩勒，付之梓人……

就成了这部《泛槎图》。

《泛槎图》六集，除了有从嘉庆到道光年间陆续刻成的木版原刊本以外，还有光绪年间上海点石斋缩印的石印本。石印本缩得很小，仅及原书开本的四分之一，而且还省略了若干题辞和序。原刊本现在已经不容易买，石印本还不难遇到。在买不到原刊本的时候，能有一部石印本，也可以聊胜于无了。

我手上的一部原刻《泛槎图》，便是残本，仅有四册，缺了第二集《续泛槎图》和第五集《漓江泛棹图》。狡狯的书贾，将第六集的书名挖补了，挖去六集的"六"字，改填上"二"字，这样凑成了一二三四共四集，并且在书根上写"一凡四"的字样，使人误信全书仅有四集。其实，这种狡狯的作伪实在是多余的，并不能使原书多卖多少钱。何况遇到像我这样的顾客，即使是一册的残本也会买的，更不用说居然还有四册了。

这一部残本的原刊《泛槎图》，我已经买了十多年，至今还不曾有机会再买到一部全的，可见原刊本已经不易买得到。幸亏石印本还不难买，只好靠它来补足这缺陷了。点石斋的石印本印于光绪六年，有一篇跋，说明原刊本在那时已经不易得。石印本的跋云：

泛槎图一书，系白门张仙槎先生遨游天下之作，凡名山大川，屐齿所经，辄绘以图，题以诗，凿险缒幽，雕章琢句，虽古之图灵光，铭剑壁者不过是焉。图凡百有三，状烟云之变态，备海岳之奇观。抑且王公巨卿，题咏殆遍，真诗中有画，画中有诗也。惜枣梨已失，几有广陵散之憾矣。本斋广为搜罗，得原本六集，以泰西照相石印之法，缩成袖珍，合订四册，移繁就简，以大易小，而于笔意之全神，仍不爽丝毫之末。公诸于世，不独卧游者取携甚便，而大著亦足与河山并寿矣。爰赘数语，以志其成云。光绪六年秋八月，点石斋主人敬跋。

一百零三幅《泛槎图》，可以分成三大类。一是南京的名胜古迹；一是广东广西的名胜古迹，这里面包括了一幅澳门，一幅海南岛的五指山；余下的便是其他各地的名胜古迹了。

他没有到过甘肃、四川、云南、贵州，也没有到过五台、武当和五指山，但他在《泛槎图》的第六集里，画了《昆仑演派》《峨嵋晴雪》《点苍暮烟》《叠翠朝霞》《五台归云》《武当梦游》《五指擎天》七幅画，说明是"曾闻友人话其形势，约略抚其大概，使未了之缘，恍结于尺幅中云尔"。

一百零三幅《泛槎图》，其中有二十几幅是描绘南京名胜风景的。计第一集里有三幅，即《秦淮留别》《石城蚤发》和《燕子风帆》。第四集《舣槎图》，正如顾莼所题的"六朝余韵"四字所表示的那样。全部十八幅所绘的都是六朝名胜，其中如《锺阜穿云》《雨花遇雨》《北极登高》《台城观渔》《栖霞临碑》《莫愁评画》几幅，更是最为人熟知的南京名胜。《秦淮留别》《北极登高》《台城观渔》可说画得特别好。当年秦淮河画舫笙歌的热闹情形，台城柳色和玄武湖风光，都令人仿佛可见。也许这些家乡的景色，正是我一向最熟悉和梦寐难忘的，因此看起来便觉得特别有趣了。

关于广东部分的名胜古迹，《泛槎图》第二集里有《扶胥望海》，这是描写在南海波罗庙前的海景；《罗浮访梅》，这是罗浮山的全景。第三集里的《端州采砚》，事实上还画入了七星岩。《庾岭忆梅》，这是一幅山道行旅图。第六集里有一幅《五指擎天》，画的是海南岛的五指山。张仙槎并不曾到过海南，他在题辞上特别说明这是根据别人所说的情形来画的，用来"补海外游踪所未及"。

最有趣的是第三集里的一幅《海珠话别》，和第二集里的《澳门远岛》。《海珠话别》可说是从河南望过来的羊城全景。珠江里不仅画有今日早已没有的"海珠"，左侧还有飘着外国旗帜的十三行商馆。在城墙之内，从右至左，可以辨得出五层楼、花塔和光塔。可见他在结构上是费了一番心血的。另一幅《澳门远岛》也很写实，教堂、山顶上的炮台、海中的多层甲板的外国帆船，表示他当年确是游过澳门的。

第三集《泛槎图》里，已经有一幅《独秀探奇》，画的是广西桂林的独秀峰。但是第五集《漓江泛棹图》十二幅，所画的全是阳朔桂林的奇景。有《月牙远眺》，有《风洞寻秋》。还有一幅《画山观马》，山壁上现九马之形，或立或卧，呼为"画山九马"。这是我所不知道的广西一处古迹，不知是在什么地方。

除了以上举出的之外，《泛槎图》所画的，还包括了五岳、长江和江南各处的名胜。还有北京的一部分，如《帝城春色》和《芦沟晓骑》《瀛海留春》，描写西山风景的《岫云折桂》之类。再加上西湖、黄鹤楼、滕王阁、兰亭、虎丘、小孤山、扬州虹桥，可说洋洋大观，中国各地的名胜古迹，大都被他画入《泛槎图》中了。

这部图籍的缺点，我觉得是除了诸家的题诗之外，张仙槎本人不曾给他所画的这些名胜古迹写下一点考证介绍，或是纪游的文字。

改七芗的《红楼梦人物图》

清代画家改七芗所画的《红楼梦图咏》，这书本是木刻的，在光绪初年出版。大约当时的销路很不错，不久就出现了翻刻本。现在原刻本固然不易得到，就是翻刻的木刻本也不易买，好在今天内地已有了石印的重印本。

许多不同版本的《红楼梦》，本来书前都有按照书中人物或每章回目画成的"绣像"。但是出自名画家笔下的《红楼梦人物图》，历来只有改七芗的这一部最流行，也最有名。

改七芗是清乾嘉年间的画家,活到道光初年才去世。据《历代画史汇传》所载:

> 改琦,字伯蕴,号香白,亦号七芗,其先本西域人,以其祖殁于王事,家松江。写士女绝妙,折枝花卉娟秀可爱,工诗文。

这记载虽然很简略,但是已经可以知道他的身世大概。他的画迹现在流传的还很多,都是着色工笔仕女。但他也擅长白描,如这册《红楼梦人物图》,底稿就是白描的。这册《红楼梦人物图》创作的经过,据那位后来为他刊印这图册的淮浦居士在序文上说:

> 华亭改七芗先生琦,字伯韫,号玉壶外史,天姿英敏,诗词书画,并臻绝诣。来上海,下榻于李笋香光禄吾园。时光禄为风雅主盟,东南名宿,咸来止止,文宴之盛,几同平津东阁。

> 先生在李氏所作卷册中,惟红楼梦图为生平杰作,其人物之工丽,布景之精雅,可与六如章侯抗衡。光禄珍秘特甚,每图倩名流题咏。当时即拟刻以传世,而光禄旋归道山,图册遂传于外。前年冬,予从豫章归里,购得此册,急付手民以传之。时光绪己卯夏六月,淮浦居士记。

光绪己卯是光绪五年,即一八七九年,这大约就是这部《红楼梦图咏》初刻本刊行的年代了。

《红楼梦图咏》的第一幅是《通灵宝石,绛珠仙草》。我觉得这一幅画得特别好,一拳顽石一株草,看来简直像是《十竹斋笺谱》里面的作品。

这一幅图后面有改七芗的弟子顾春福的题诗和跋语,也能供给我们一点有关画家和他这部作品的资料。这跋语是在道光癸巳(道光十三年,一八三三年)年写的。这时改七芗已经去世了。跋语说:

> 红楼梦画像四册,先师玉壶外史醉心悦魄之作,笋香李光禄所藏。光禄好客如仲举,凡名下士诣海上者,无不延纳焉。忆丁亥岁,薄游沪渎,访光禄于绿波池上。先师亦打桨由浦东来,题衿问字,颇极师友之欢。暇日曾假是册,快读数十周。越一年,先师光禄相继归道山,今墓木将拱,图画易主,重获展对,漫吟成句,感时伤逝,凄过山阳闻笛矣。道光癸巳夏,五月下浣,客上海官廨之禅琴趣室,听雨孤坐,并志颠末。玉峰隐梅道人顾春福。

跋中所说的"丁亥"是道光七年(一八二七年),据说"越一年先师光禄相继归道山",那么,改七芗该是在道光八年(一八二八年)去世的了。可惜没有别的资料可供核对,不知道记载可靠否。

原刻的《红楼梦图咏》，还附有一篇吴县孙谿逸士的跋语，是在光绪十年写的，说明除淮浦居士的原刻本外，这时外间已有翻刻本。他对改七芗的这部作品推崇备至，认为画《红楼梦》的人物，比画其他的人物画更难，因为：

> 红楼梦一书，欲征实则海市蜃楼，欲翻空则家庭琐屑；所传仕女，各有性情，各有体态，凭空想象，付诸丹青，自非笔具性灵、胸有邱壑者不办。云间改七芗先生，潇洒风流，精通绘事，红楼图尤为生平杰作，一时纸贵洛阳，临摹纷杂。惟此图乃先生客海上李氏吾园时创稿，庐山真面，历世不磨，经淮浦居士授之剞劂，公之艺林，诚盛举也。近外间竟有翻刻本，虽依样葫芦，而神气索然。余惧碱砆混玉，贻买椟还珠之诮也，爰志数行，口夸眼福云尔。

我手边的一部《红楼梦图咏》，前面有"吴县朱氏槐庐"和"孙谿世家"的藏印，我拿来与阿英编的《红楼梦版画集》里的好几幅，对比一下，一模一样。他说他是据原刻本制版的，看来我这一部也该是原刻了。

《红楼梦图咏》共有图五十幅。题咏者之中，有一个还是广东人所熟知的吴荣光。

读方信孺《南海百咏》

宋人方信孺的《南海百咏》，一册不分卷，初刻于元大德年间，刻本流传甚少，仅赖钞本传世。清初厉鹗作《宋诗纪事》，吴任臣作《十国春秋》，都不见引用这书，可知自明末以来，曾见此书者已少。因此乾隆修纂四库全书，对于方氏这书也未著录。直到光绪八年（壬午年），广州学海堂才据钞本重为刊刻行世。可是现在说来，这也已是半个世纪以前的事了。近年旧籍日少，就是学海堂的重刻本，也可遇而不可求。我久想读一读这书，一直没有机会。直到前几年，承一位朋友的好意，给我从北京的中国书店找到了一部。并且还连带地找到了一部清人樊昆吾的《南海百咏续编》，这才使我能够得偿宿愿。学海堂重刻的《南海百咏》，注明所据的底本是《甘泉江氏所藏影钞元本》。前有蒲田叶孝锡的序言，这是原刻本的序言。卷末有两跋，则是钞本收藏者校勘的跋语：一是清康熙己亥艾亭金卓的，另一是道光元年嘉应吴兰修的。两篇跋语对于本书钞本流传和原作者的生平事迹，都有所考述。

康熙己亥金氏一跋云：

> 南海百咏，大德间镂版行世后，未有重梓之者。余家向有钞本，承讹踵谬，不无鲁鱼帝虎之失，恨不能一一订正之。今春莕贾钱仲先携一册至，点画精楷，装潢郑重，卷端有印章曰绛云楼钱氏，乃知为虞山家藏善本也。借观

三日而校勘之。功毕，因命学徒重为缮写，珍诸箧笥。视向之承讹踵谬者，相去远矣。灯下对酒，辗转欣然，因速浮大白而为之跋，时康熙己亥岁长至前三日，艾亭金卓识于城东书塾之碧云红树轩。

金氏用钱牧斋的钞本，校勘过的这个钞本，后来大概就归甘泉江氏所藏。后面道光元年吴兰修一跋，只说"余从江郑堂先生假得钞本，爱为校正，并稽其事迹，书于卷末云"，不提到金氏，可知这个钞本这时早已易主了。

方信孺是福建人，可是一直在广东做官，这才有机会写成这部《南海百咏》。他在《宋史》有传，吴兰修的跋语引《宋史·方信孺本传》云："信孺字孚若，兴化军人，以父崧卿荫补番禺尉……是集乃其尉番禺时咏古之作，每题各疏缘始，时有考证，如辨任嚣城非子城，卢循故居非刘王㝉，石门非韩千秋覆军处，皆足以正《岭表异录》《番禺杂志》诸书之失，不仅以韵藻称也。"

方氏的这一百首南海咏古诗，都是七绝，每一首诗题下都附有解题和考证。在今天读来，这些注解可说比诗的本身更令人感到兴趣，也更有参考价值。明清以来的有关广东名胜古迹的著作，总要引用本书作根据，可见他的影响之大。

这一百首咏古诗，有许多首是关于南汉刘氏在广州留下的遗迹。这对宋人来说，自然是最感兴趣的题材；就是在现在来说，广州现存的富于历史趣味的古迹，除了赵陀的以外，仍要数到南汉刘氏留下的最多，也最富于传说和趣味。

除了赵陀和南汉的古迹以外,《南海百咏》所咏的,便是有关仙人和寺观的古迹,就是有些以自然风景为对象的,事实上仍是与仙人或宗教有关。这也是有原因的,因为广州别名五羊城,"五羊"就是一个与仙人有关的传说;同时广州又是禅宗六祖慧能削发的地方,佛教遗迹特别多,也是理所当然的。

《南海百咏》所咏的,不只是广州一地的古迹。除了南海、番禺之外,遍及新会、东莞、肇庆各县。如黄巢矶、清远峡、广庆寺等,都在清远县。资福寺、罗汉阁,有苏东坡所施的佛舍利,在东莞县。凤凰台、会仙观在增城。龙窟、金牛山、仙涌山在新会。媚川都在东莞县。

"媚川都"是南汉刘氏采珠的地点,又称"珠池",其地就是今日香港新界的大埔。因为宋时未置新安县,这一带都是在东莞县辖境内的。方信孺的咏媚川都诗,有注云:

> 伪刘采珠之地也,隶役凡二千人,每采珠,溺而死者靡日不有。所获既充府库,复以饰殿宇。潘公美克平之后,于煨炉中得所余玑瑁珍珠以进。太祖曾于黄山持视宰相,且言采珠危苦之状。开宝五年诏废媚川都,选其少壮者为静江军,老弱者听其自便,至今东莞县濒海处往往犹有遗珠。

方氏咏媚川都诗云:"莽莽愁云吊媚川,蚌胎光彩夜连天;幽灵水底犹相泣,恨不生逢开宝年。"

我在前面曾说过,现在读《南海百咏》,诗注比诗的本身更令人感到兴趣,"媚川都"就是一例。方氏的这首七绝实在没有什么意思,可是我们读了原注,知道媚川都的地点系在当时东莞县濒海。再查阅《东莞新安县志》,知道其地就在今日香港新界境内,那就令人特别感到兴趣,而且想到近年更有人拟在大埔设置人工养珠场,那就更加不胜今昔之感了。

唐宋以来,广州已是对外贸易的口岸,方氏所咏的"番塔""蕃人冢""波罗蜜果",都是当年来广州贸易的外国商人所留下的遗迹。"番塔"就是今日的光塔,方氏说,"每岁五六月,夷人率以五鼓登其绝顶,叫佛号以祈风信"。

方氏在这里所说的"夷人",其实都是阿拉伯人,他们都是伊斯兰教教徒,光塔是教中长老每早登塔召唤早祷的地点。至于"蕃人冢",俗称"回回冢",其实也是当时侨居广州的伊斯兰教教徒的墓地。

《南海百咏续编》

《南海百咏续编》四卷,沈阳樊昆吾著,是继方信孺的《南海百咏》,仿其体例写成的一部咏事诗。初刻于清道光年,书前有当时广东名士张维屏、黄培芳的序言。

著《南海百咏》的方信孺是福建莆田人,著这部《南海百咏续编》的樊昆吾又是东北沈阳人。这两部关于岭南古迹名胜的纪事诗,都出于外乡人之手,倒是很有趣的一件事。

樊氏的诗,分成四卷八类,每一卷两类,第一卷名迹、遗构。第二卷佛寺、道观。第三卷神庙、祠宇。第四卷冢墓、水泉。他的诗也是七绝,注解和考证较方氏的《南海百咏》详细,并且并不重复,这是可取之处。又由于成书于道光末年,已入我国近代史范围,有些地方读起来,就倍感亲切了。

卷一咏《黄木湾》诗,原解题云:

> 黄木湾在郡东波罗江口,即韩昌黎南海神庙碑所称扶胥之口,黄木之湾是也。土语讹为黄埔,为省河要津,近为夷人停泊所矣。

他指出黄埔即黄木,这是很难能可贵的。原诗云:

> 黄木湾头寄画桡,高荷大芋接团蕉;怪他蟹舍春风紧,莺粟花开分外娇。

莺粟花即鸦片。由于作者写这首诗时,已在鸦片战争以后,所以慨乎言之。他在诗后的小注里说:

> 阿芙蓉即莺粟浆和砒石而成者也,夷人持以流毒中原,其祸至烈。圣天子仁育万物,欲挽浇风,起而禁之,

诚转移之大机。而奸商狃于肥己,多方挠乱。大司马莆田林公,竭尽忠诚,卒之鲜济。兹则斩山为屋,架树成村,百弊丛生,阿芙蓉之毒不止遍布东南已也。

黄木湾就是有名的南海神庙所在地。南海神庙的波罗树铜鼓等遗物,已见于方氏的《南海百咏》,所以他在这里不再重复。但他能考证出黄埔即黄木,又指出鸦片之害,可说是有心。

又,卷一所咏的《招安亭》,在香山县,乃是当时两广总督百龄受降大海盗张保仔、郑一嫂的地点。这是历来谈张保仔掌故的人所未知的。

第三卷、第四卷的祠宇和冢墓部门,记载了当时广州的许多名宦的祠堂和坟墓,这些现在大都已拆毁湮没了。凭了他的诗,多少还可以寻出一点遗迹,尤其是耿之信等人的遗闻,他记载的更多。这些遗迹,现在有些还存在,因此,他的诗和诗注都成了有用的参考资料。

顾恺之画的《列女传》

最近从集古斋买回了一部有顾恺之作插图的《列女传》。这是道光期间扬州阮氏刊本,是根据南宋余氏刊本重刻的,通称《摹刊宋本列女传》。

这样的书，在早几十年是很容易买的，而且价钱不贵。我也有过一部，随手送给了一位木刻家。这几年忽然想再买回一部放在手边看看，这才知道已经不是随手可得，而且书价已经贵了几倍。好容易耐心地等了许久，直到最近才有机会得到一部。虽然价钱不便宜，但是书品很好，并且想到以后只有更贵更不易得，也就心满意足了。

这部《列女传》的插图，是不是顾恺之所画，自然大有问题。然而在今日看来，一部南宋所刻的附有插图的书籍，而且刻得如此精细，无论是不是顾氏所绘，都值得我们重视。

阮氏所据以重刻的底本，现在早已下落不明了，我们现在能有机会约略见到顾恺之所作《列女传图》的面目，能有机会见到南宋人所刊的附有顾氏插图的《列女传》面目，可说就全靠了阮氏的这一部重刻本。

南宋原本是有名的建安余氏刊本，除了每页上半截是图，下半截是文字以外，目录也刻得特别精细，并且附加了一些装饰。从现代书籍装帧的水平看来，这书在当时不仅是精刻本，而且可以说是豪华版。在流传下来的附有插图的宋本书中，这可以说得上是刻得精美的一部。

这些优点，在阮氏的重刻本中都被保留了下来，因为重刻本是"全摹宋式，丝毫不改"的。因此在"去古日远"的今日，即使是从前在京沪一带古书店里随手可得的这部道光年间的重刊本，它的自身也有了值得重视的价值了。

这些插图,说是顾氏原作,当然不大可靠,而且也没有根据。不过,正如重刊者阮福在序文里所说的那样,这是唐宋人根据顾氏所画的《列女传》图卷,辗转临摹而来,则是可以相信的。

原图的构图和人物服饰、房屋器具等等,都画得十分古拙。这正是我一向喜欢这部书的原因。因此即使不是顾恺之的作品,我们当作是宋人所作的书籍插绘,也值得赞赏。何况,到了今天,这部道光年间的重刊宋本书,也自有它本身的价值了。

清中叶的许多徽派图版,都刻得流于纤细,我不大喜欢。这部《列女传》由于是依据宋版仿刻的,插图和字体都保存了宋版的原样。这才在清代乾嘉年间的刊本图籍之中,成为具有特色的一部。

李龙眠的《圣贤图》石刻

杭州的孔庙,一向藏有一套很有名的石刻画,那就是相传是依据李龙眠的画稿勒石的《圣贤图》。画的是孔子和他的七十二弟子的画像。

李龙眠本以白描著名,他的传世的《离骚九歌图》《罗汉图》,都是白描的。虽然未必是他的真笔,至少也应该有一点根据。这一辑《圣贤图》也是如此。连孔子在内一共画了七十三个人,除了孔子是坐在坐墩之外，其余七十二弟子都是面向夫子立着；完全没有其他背景，采用长卷的构图方式，达到了每一个人物都能显著突出的效果。

关于孔子和弟子们的画像，较古的有汉武梁祠画像石上所刻的，也刻足了七十二人，不过都是侧面的，类似剪影，着重装饰效果，并非正式的画像。此外，是木刻的《圣贤图像》一类的版画，很少有精彩的，有的还显然受了李龙眠的这一辑《圣贤图》的影响。

这七十三幅画像，是分别刻在十五块石头上的，是在南宋绍兴二十六年（一一五六年）所刻。因为是在南宋时期，所以画像后面还有秦桧的题记；直到明朝才被人铲除。关于这一辑圣贤像刻石的经过，明人吴讷在画像后面所加的题记说得很清楚。他是经手将石刻从乱石荒草之中整理出来的，而且原来的秦桧题记也是由他铲除的，因此，他的题记对于这一批石刻的历史很有重要关系。他说：

> 右宣圣及七十二弟子赞，宋高宗制并书，其像则李龙眠麐所画也。高宗南渡，建行宫于杭，绍兴十四年正月，始即岳飞第作太学，三月临幸，首制先圣赞，后自颜渊而下，亦撰辞以致褒崇之意。二十六年十二月，刻石于学，附以太师尚书左仆射同中书门下平章事兼枢密史秦桧记。桧之言有曰，孔圣以儒道设教，弟子皆无邪杂背违于儒道者。今搢绅之习或未纯乎儒术，颇驰狙诈权谲之说以侥幸于功。其意盖为当时言恢复者发也。呜呼，靖康之祸，二

帝蒙尘，汴都沦覆，当时臣子正宜枕薪尝胆，以图恢复，而桧力主和，攘斥众谋，尽指一时忠义之言为狙诈权谲之论，先儒朱熹谓其倡邪说以误国，挟虏势以要君，其罪上通于天，万死不足以赎者是也。昔龟山杨先生时尝建议罢王安石孔庙配享，识者韪之。讷一介书生，幸际圣明，备员风纪，兹于仁和县学得观石刻，见桧之记尚与图赞并存，因命磨去其文，庶使邪口之说，奸秽之名，不得厕于圣贤图像之后。然念流传已久，谨用备识，俾后览者得有所考云。宣德二年岁在丁未秋七月朔，巡按浙江监察御史海虞吴讷识。

这一共刻了七十三人画像的十五块石刻，每一块大小相等，长一三五厘米，高四十三点五厘米，所刻的人物却多寡不一。最末一块因为有秦桧的题记，只刻了一人。第一块有宋高宗的几句序言，因此只刻了孔子、颜回、闵子骞三人，其余几块刻了五人或六人不等。

前几年人民美术出版社曾将这一批石刻影印出版，书前还有黄涌泉的一篇序言，对于石刻过去的历史和现在的状况，介绍得很详细。

这十五块石刻，历经沧桑，到了现在，只存十四块，原来编号的第十块已经遗失。余下的十四块，有八块还是完整的，其余有的断成两截，有的只残存一块碎片而已。

不过，这次人民美术出版社用来影印的拓本，乃是旧拓，七十三人的画像是完整的。后面的秦桧题记已经磨去，改刻了吴讷的新题记，可知这拓本乃是明宣德以后的。若是能有秦桧题记未磨的拓本，一定会更完整。

由于这是根据画稿上石，并非特地为石刻而画的，因此人物的衣褶线条都很柔软，保存了李龙眠的白描特征，不似汉画像石上的人物，刻得那么刚劲有力。这是因为汉画像刻石的那些底稿，是专为石刻而作的，所以利用石材来表现构图的特点。《圣贤图》则是依据普通画稿刻成，因此要竭力保存白描画法的特征了。

自唐以后，石刻的趋向都是这样：只是绘画的再现，不再像汉魏六朝的石刻那样。它们本身就是一种艺术，并不是别人绘画作品的再现。

以《圣贤图》中的孔子画像来说，李龙眠所画的孔子像，是很有特色而且有一种敦厚仁爱的个性的，不像一般常见的相传出于吴道子之笔的《夫子行教像》那么苍老严峻。这幅孔子坐像，看来倒有点像敦煌壁画中的《维摩问疾图》上的维摩居士。

七十二弟子的画像，显然都是参考了各人的行迹才下笔的。以子路的那幅画像为例，别的弟子都是宽袍大袖，子路则是短髭如戟，两袖高卷，露出了双臂作拔剑姿势，颇有点像是达文西在《最后晚餐》壁画上所画的彼得画像。因为这两个弟子同样都是勇士。

这一辑《圣贤图》石刻，无论是不是李龙眠的作品，都是值得宝贵的。

郁达夫先生的《黄面志》和比亚斯莱

一、郁达夫先生和《黄面志》

英国十九世纪末的有名文艺刊物《黄面志》，它的美术编辑就是当时英国有名的世纪末画家比亚斯莱。早年的我国新文艺爱好者能够有机会知道这个刊物和王尔德、比亚斯莱等人，乃是由于郁达夫先生的一篇介绍。这篇介绍文是刊在《创造周报》上的。自从他的这篇介绍文发表后，当时的新文艺爱好者才知道外国有这样的一个文艺刊物和这样的一些诗人、小说家和画家。

这一批作家、诗人和画家是以王尔德和比亚斯莱等人为首的。他们的作品所表现的就是这种多方面的逃避、挣扎和嘲弄，并非单纯是"醇酒妇人"式的颓废。若是如此，王尔德就不会入狱了。他虽然以"男色"案获罪，但这正是当时英国上流社会的流行嗜好。只是别人做了不说，他却又做又说，十分招摇，而且还敢向这些人嘲弄，这一来自然就惹祸了。现在已经有许多有关的新史料发现，显示当时有些人怎样一定要使王尔德"身败名裂"才肯罢手。

然而就由于首先使我们知道了《黄面志》，郁达夫先生就至今仍被人说成是浪漫颓废派作家。其实这至多只能说是他的生活和作品的一面是如此，有一个时期是如此，不能说是全面如此的。他一直是对不合理的社会制度表示了不满和愤慨。他的早期作品，所表现的就已经是如此。

他的介绍被接受了,而且发生了影响。可是,却使他自己从此被后人称为"浪漫颓废派作家"。这真是当时满怀愤世嫉俗的年轻的达夫先生所意料不到的。

(顺便说明一下:当郁达夫先生介绍《黄面志》时,事实上这个刊物在英国停刊已久,有关诸人都已经去世,"世纪末"早已成为过去,新世纪也开始了四分之一。他不过是当作英国近代文艺活动的一个面貌来介绍的。我在他的藏书中就从不曾见过有《黄面志》。倒是后来在诗人邵洵美的书架上见过,是近于十八开的方形开本,都是硬面的,据说是他用重价当作珍本书从英国买回来的。)

二、比亚斯莱的再流行

这一两年,比亚斯莱的画,忽然又在英国流行了起来。一九六六年英国曾举行过一次他的遗作展览会,规模很大,后来又移到美国纽约去继续展览。最近在一本画报上见到有一篇专文报导这事,用了相当多的篇幅。原来今年最新的衣料图案,以及发饰,都流行采用比亚斯莱的风格了。

我年轻时候很喜欢比亚斯莱的画,觉得他的装饰趣味很浓,黑白对照强烈,异怪而又华丽,像是李贺的诗,曾刻意加以模仿,受过不少的称赞,也挨过不少的骂。后来时移世异,更多的别的爱好吸引了我的注意,比亚斯莱就渐渐地被束之高阁了。

想不到英国十九世纪末的这个鬼才的画家,现在竟又流行起来,而且被时装设计家看上了。

十九世纪末的英国,是一个充满了苦闷和颓废的社会,比亚斯莱就是在这种倾向上反映得最敏锐的一个画家。他十九岁就成了轰动伦敦的一个插画家,但是死得更快,活了二十多岁就死了,而且是死于肺病。他的生活,他的病,他的早死,可说同他的作品,同他的时代,都是十分调和的。

令人注意的是:像比亚斯莱这样的画,在抽象画盛极而衰之际的英美艺坛,忽然又开始流行起来,将意味着什么呢?我以为这是一个新的颓废时代的开始,一个已经到了烂熟期的文化行将崩溃的预兆。从抽象艺术的牛角尖退出来以后,茫然若失,唯有暂时向异国趣味和东方趣味方面去求发泄。这正是比亚斯莱的作品忽然又流行起来的原因。

比亚斯莱的作品,虽是病态的,但他的线条和构图,却带有希腊艺术和东方艺术的浓厚影响,对当时伦敦画坛来说,是一种反抗和新的刺激。若是由于他的作品重行流行,能使得英美画坛从乌烟瘴气的疯狂世界中逐渐清醒,从异怪而趋向正常,再回复到现实的怀抱中来,倒未始不是一件好事。

三、王尔德与《黄面志》

英国伦敦广播电台周刊《听众》,在读者来函一栏中,有人投书向该刊指出,说最近一期《听众》上所发表的一篇评论英国近代画展的广播辞（指一九六六年一月二十六日出版的一期），其中用了一句："王尔德的《黄面志》"，极不恰当，是完全错了。

投函者指出，王尔德与《黄面志》的同人，虽然都是同时代的，而且有不少彼此都是好朋友，但是亨利·哈尔兰受书店的委托，计划出版《黄面志》时，并未邀王尔德参加。这个刊物上始终未发表过王尔德的作品，也未提起过王尔德的名字。

但是一般文艺爱好者的印象，总以为王尔德与《黄面志》是一起的，其实并非如此。

我年轻的时候，是爱好过王尔德的作品的，也爱好过英国"世纪末"那一批作家的作品的。这可说全是受了郁达夫先生的影响。那时大部分的文艺青年都难摆脱这一重罗网。我就一直认为王尔德与《黄面志》同人当然是一起的。直到后来多读了几本书，读了几种不同的王尔德传记、比亚斯莱的传记，以及较详细地叙述英国所谓"世纪末"那个时期的文学史，这才知道事情并不是如此。

现在读了《听众》上那个读者的来函，知道连伦敦广播电台的文艺评论员，连英国人自己直到现在还有弄不清这个问题的，以致说出了"王尔德的《黄面志》"这样的话，我们从前"想当然"的错觉，应该毫不足怪了。

其实，不只《黄面志》同人同王尔德在文艺上的关系很疏淡，就是比亚斯莱同王尔德，彼此在个人的关系上也不很好。

我们知道，比亚斯莱曾给王尔德的剧本《莎乐美》画插画，画得非常精彩，现在已经成为比亚斯莱最有名的一组作品。我们总以为当时一定是王尔德邀请比亚斯莱为他的剧本作插画的,他对于比亚斯莱的这一组插画一定非常称赞,不曾料到事情的真相又完全不是如此。

王尔德的《莎乐美》,原来并不是用英文写的,为了卖弄才艺,是用法文写的。后来由别人译成了英文,这时王尔德在法国,因此,《莎乐美》的英文单行本在伦敦出版时,王尔德本人并不在英国,找比亚斯莱作插画,也是出版家的主意。比亚斯莱的《莎乐美》插画,虽然是他的得意之作,可是后来王尔德见到了,表示不满,认为比亚斯莱歪曲了他的剧本的本意,两人从此就有了芥蒂了。

四、再谈比亚斯莱

刚谈到英国伦敦广播电台因王尔德闹了笑话,说《黄面志》是他的,受到听众投函去指责。不料英国有名的苏格兰场又因比亚斯莱的画闹出了新闻,而且是"官非"。原因是有一批苏格兰场的警探,带了"花令纸",闯入伦敦一家美术商店,将店中陈列在橱窗里的比亚斯莱作品的复制品,全部没收了,理由是说这些作品"猥亵"。

事情的经过是这样的:

由于这个仅仅活了二十多岁就死去的短命画家,他的作品近年在英国突然又流行起来,伦敦的维多利亚与亚尔培纪念博物馆,在五月间,开始举办了一个比亚斯莱作品展,规模宏大,搜罗了他发表过的和未经发表过的作品,一起陈列。由于这是皇家博物馆主办的，轰动一时，他的作品自然更加流行了。这时就有美术品出版商将比亚斯莱的一些黑白画，制成了复制品出售。这回被苏格兰场警探没收的，就是这样的复制品。

据英国的《画室》月刊报导，当这家美术品商店将比亚斯莱这些作品的复制品陈列在橱窗里时，引起了许多途人驻足。其中有人认为这些作品有伤风化，就向警署去投诉。苏格兰场派了一名便衣警探，到这家商店选购了四幅，每幅的订价是两先令六便士。买回去看了之后，认为确是猥亵，就援用"一九五九年取缔猥亵出版物法令"，签发了入屋搜查令，来到这家商店内，将这些复制品全部加以没收，总共有二百六十幅。

这件事情的有趣，不在于比亚斯莱的这些作品是否"猥亵"，而是在于他的这些作品的原作，正在国立博物院里堂而皇之地举行公开展览，这些作品的复制品摆在商店的橱窗里，却被苏格兰场认为"猥亵"，要加以没收。有趣的就是这种可笑的矛盾。至于是否有特别条文规定，这些"艺术品"只宜陈列于庙堂，供绅士淑女欣赏；一摆到街头的商店里，就要犯法，或是苏格兰场有意要同皇家博物院抬杠，那就不得而知了。

比亚斯莱的黑白画，有些是画得很暴露的。就是那些有名的《莎乐美》插画，也曾经遭过"禁止"。他在临死的前一年，曾画过一组古希腊喜剧《莱西斯特拉妲》的插画。这是阿里斯多芬里斯的作品，内容是说雅典妇人为了反对丈夫与斯巴达人多年战祸不息，大家一致拒绝与丈夫同房，并且说服斯巴达的妇人也采取同样行动，结果双方不得不停止战争。这种荒唐而有趣的题材，当然很适合比亚斯莱的画笔。他的这一组插画,大约画得非常暴露,送到出版家手里后,在临死时曾特地写信给出版商,要求将这些插画烧毁,以免后人指摘。可是出版商不曾照做,在他死后反而暗中印出来流传。这一批未公开发表过的画稿在这次展览会上都公开展出。被苏格兰场没收的也就是这一组插画的复制品。

外国人新写的《中国医学史》

日前买了一本新出版的英文《中国医学史》。

我忽然买这样的书,倒并非因为早一向有过病,对这类问题关心起来了,要想加以研究。"六亿神州尽舜尧",个人生一点小病,实在不算得一回事。我忽然注意到这本书,是因为封面上所用的那幅画,非常有趣。画的是中国的按摩术:"推拿松骨"的情形。这显然是一幅清末民间医药风俗画。图中两个男子的顶上都盘着辫子,像是《阿Q正传》里的人物,穿的云头双梁鞋,圆领大褂,坐在一高一低的两张木凳上。被推拿者坐在低凳上,医生坐在高凳上,用膝盖抵住了病人的背脊,右手拎起病人的手,左手按住他的肩头,正在为他松右臂的筋骨。

我一向喜欢搜集我国民俗图片资料,这幅推拿图自然吸引了我的注意,拿到手里翻阅了一下,这才知道还是一九六八年出版的新书,原著者是法国人,一九六八年在巴黎出版,同年就有了英译本。想必很受人欢迎,不然不会这么快就有了外国文的译本。书里所附的插图很多,有单色的,有彩色的,从类似封面上的那幅医药风俗图,古代我国名医画像,张天师的治病灵符,以至本草插图都有。

更难得的是,还有用彩色印的我国在一九六二年发行的纪念医学名人邮票,一是孙思邈的,另一是沈括的。还有一幅是现代版画家刻的苗族姑娘采药的木刻。我认为只是看看这些插画,已经值得一买,因此毫不踌躇地将这本法国人写的《中国医学史》英译本买了回来。(法文原著原本是由一位法国人和中国人合著。《中国医学史》是本书原有的中文名称。著者在序文里曾说起写作本书时,受到我国政府医学机关和几位专家供给资料。我对于我国医药界的情形全不熟悉,除了知道他引用我国一九五九年出版的一部药用植物图录,提到郭沫若的名字以外,有些新医药专家的名字却没有附有中文原名,这里只好从略了。)

本书前半部是介绍我国古代医学的成就;中间一部分是介绍中国医药给东方其他各国的影响,以及西医传入我国以后的情形;下半部是介绍新中国的医药卫生成就。这不是正统学院式的医学史。他特别注重我国过去民间医药习惯,以及近年大力提倡的中药、针灸等等情况。

插图方面,有两幅图关于外科手术的插图。一幅是彩色版画:华佗给关公刮骨疗伤图;另一幅是照片,是毫不利己、专门利人的白求恩大夫在前线为抗日战士施手术的照片。仅是这样的图片，已经使我觉得自己对医药问题虽不感兴趣，这本《中国医学史》并不曾买错。

卡夫卡的《中国长城》

佛朗兹·卡夫卡，是近代捷克作家。他在现代欧洲文学上占了一个古怪的重要地位，重要得几乎令人难以理解。这就是说，卡夫卡的作品并不多，在他生前出版的更少。他的声望是由于他的遗著发表后，逐渐增加的。到了今天，卡夫卡已经成了欧洲现代文学的一尊偶像。悲观、怀疑，反对极权统治，反对大量机械化生产，反对抹煞人性，反对漠视个人存在；现代欧洲文艺作品所流行的那种绝望、空虚、空无内容，以及不可思议的情节的倾向，都追溯到卡夫卡的身上，说是由他的作品所表现的思想感染而来。

在现代欧洲文学上，他成了一个先知，也成了祖师之一。

卡夫卡生于一八八三年，已经在一九二四年去世，仅仅活了四十多岁。他虽是捷克人，却是用德文来写作的。他本是学法律的，却喜欢写作。可是染上了肺病，在恋爱和婚姻上又受到挫折，他所生活的又恰是第一次世界大战前后的那个阶段。在大屠杀的战场上，在战后不景气的社会中，个人和个人的生命都像是一只蝼蚁，这就构成了在卡夫卡作品里的那种苦闷、绝望、冷酷和嘲弄的气氛。一九二四年因肺病不治在维也纳去世。临终时曾要求他的好友麦克斯·布洛德将他的遗稿和日记书简等等全部毁去。可是布洛德不忍如此，不曾执行他的遗嘱。幸亏布洛德不曾遵照卡夫卡的这个愿望去做，否则现代欧洲文学史上可能会没有卡夫卡其人了。

《中国长城》是卡夫卡的遗稿之一，虽然在一九一八年就写成，却到一九三一年才初次发表。这是用第一人称，一个参加筑长城的劳工的口吻来写的。虽是小说，却并没有什么情节。虽然提到了"暴君"，说筑长城是为了抵抗来自北方的敌人，但是没有提到孟姜女，更没有采用有关长城本身的任何资料。卡夫卡当然不是用长城来写历史小说，但是我怀疑他对中国长城的知识根本就不很多。他采用了"中国长城"作他的一篇小说题名，不过是出于自己的一种爱好，用异国题材来发挥自己的苦闷而已。

倒是他的另一个短篇《变形》，虽然情节更荒唐，但是却具有强烈的讽刺意味。一个男子一觉醒来，发觉自己忽然变成了一只大昆虫。卡夫卡很细腻地描写这个由人变了虫的心理的种种反应，以及这人的家属对这件可怕事故的种种反应。起先自然是同情、伤心，接着是害怕、规避，终至视为既成事实，加以厌恶、遗忘……卡夫卡用这个荒唐不可思议的故事来抨击现代社会制度的冷酷和可笑，发挥了他的苦闷和绝望的人生观。

读书随笔1

画家果庚的札记

画家保尔·果庚,第二次离开法国再到南太平洋时,他便决定在塔希提岛和玛卡撒斯长住下来,决不再回欧洲。果庚是一个有头脑的画家,厌恶欧洲人的糜烂生活和艺术,因此宁愿抛弃了他在巴黎收入很好的股票经纪生活,独自到太平洋的小岛上住下,过他的"野蛮人"生活。但是即使在太平洋中的这些小岛上,欧洲白种殖民者的皮靴也早已踢破了南海天堂的大门,使得果庚仍逃不脱他们的阻扰,使得他有时很气愤。

果庚一向有喜欢将他对于各种事情的感想随手记下的习惯。恋爱、道德、殖民地统治者和教士们的嘴脸,对于别的画家和他自己作品的批评,他都这么随手写下了札记。这些札记在写的时候本来是无意发表,也不准备给任何人看的,因此写得极为随便,极为真切。

他在第一次到南太平洋来小住,曾写过一部《诺亚诺亚》,也是记录个人对生活和艺术的感想,其中还附了许多速写和水彩画作说明。但是晚年所写的这些札记,却比《诺亚诺亚》更为接近自己。这些札记,在果庚去世后被整理出版,其中有些有写作日期,有的没有。是一本难得的好书,可以帮助我们对这位画家的作品和生活更为了解,我时常放在手边随意翻阅。请看他对于艺术的一些见解。

年轻学徒用模特儿作画,本来也不错。但是当他们执笔作画时,最好扯开帷幔遮起来。我以为根据记忆作画更好,因为这样,你的作品将全然是你自己的。你的感觉、你的智慧,将在艺术爱好者的眼中获得胜利。当你需要计算一匹驴子身上的毛,想知道它每一只耳朵上有多少根,并且每一根的位置如何时,你才需要亲自到驴厩去看。

谁对你说,你该在色调中寻求对照呢?

你要寻求的是和谐而不是对照;是互相调协,而不是互相倾轧的东西。只有无知的眼,才给予每一种物件以一种规定的不改变的色彩。注意这个绊脚的大错,只有绘制信号的油漆匠才需要模仿他人的作品。

不要过于修饰你的作品。一个印象的新鲜,经不起这么迟缓的对于无尽的细部之一再没有完的搜索。这样,你将使热情的溶液变冷,将腾沸的热血变成石块。即使变成的是红宝石,也该将它远远地抛开。

果庚的这些札记,在生活方面有时记得颇为大胆。他曾将商人印了卖给欧洲游客的春画,摆在自己房里的架上,使得看到的人大为狼狈。岛上的传教士在讲道时用这事向大家劝诫。果庚在自己的札记册上写道:驱逐那些可尊敬的人士的最好方法,就是在你自己的门上钉一些这样的春画。

画家的书翰和日记

翻阅报纸或是杂志上的新书广告,偶然发现一本好书或是自己要看的书(这是与"好书"有分别的。"好书"是自己喜欢的书,有时买了回来不一定就看,甚至始终不看。"要看的书"则是自己想看的,不过有时未必一定是自己喜欢的好书。这两者是很难一致的),连忙用笔摘下书名,或是用红笔做一个记号。这对我来说,是读报读刊物的最大乐趣之一,而且已经享受多年了。

我手边有许多书,都是经过这样选择买来的。

最近读伦敦《泰晤士报》的文学副刊,见有人编了一部西洋古今画家的书翰集。上下两册,并附有许多插画,觉得这一定是一部很难得的可读又可藏的好书,连忙用红笔在那幅广告上做了大大的两个记号,表示一定要去买了来。

这类选集,我读过一部《画家论画》,是选辑西洋古今画家的画论、画评以及他们日记书简中有关绘画的资料编辑而成。有的是论古人的作品;有的是论时人的作品;有的是论他们自己的作品的。这确是了解一位画家和他作品的最好参考资料。

有些画家同时是很好的艺术批评家;有些画家则只是好发议论;有些画家则从来不大喜欢说话(如毕加索,就是其中之一)。关于后者,若是有机会读到他们的书信或是日记,往往可以令我们感到极大的兴趣,对于理解他们的作品会获得意外的启发。

较近代的画家，有大批书信留下来的，是梵·谷词和果庚。看了他们的画，往往要令人认为他们一定不喜欢写信，至少不会是写信的能手。其实大谬不然，果庚和梵·谷词不仅留下了大批书信，而且这些信都写得极好：情意真切，内容丰富，是极好的所谓"书翰文学"。甚至有人说撇开两人的作品不谈，仅是这些书信，已经足够使他们在近代欧洲文艺圈子里占一个地位。

那一部新出版的古今画家书信集的广告上，就特别提到了他们两人的名字。

除了书信以外，有些画家还有日记留下来。果庚就有日记，鲁本斯也有日记。浪漫主义大师德拉克罗瓦的日记，更是日记文学的名作。其中有他自己作品的记录，有他的画论和画评，更有日常的记事。分量很多，共有数十年之久。今年是他逝世一百周年纪念，看来可能还会有一部特印的他的日记选本出版。如果有，那一定又是一部非买不可的好书了。

日本新出版的几种中国美术图录

一、讲谈社的《中国美术》

日本讲谈社出版的大型图册《中国美术》三卷，是他们近年出版的"世界美术大系"的一部分。大系全书共二十四卷，外加别卷一册。《中国美术》共占了三册。

这三册《中国美术》是值得特别介绍的，因为它是足以令世人刮目相看的出版物。

第一，这三册《中国美术》里的一千多幅彩色和单色图片，全是由我国供稿的，全是由我国文物出版社聘请中国摄影专家，按照他们出版计划的需要，特别摄制供稿给日本讲谈社的。

第二，第二、三册《中国美术》里所介绍的全部中国艺术品，从铜器、陶瓷以至绘画，全部都是现藏国内的藏品，没有一件是已经流落海外或是到了外国人手上的。所介绍的藏品之中，有许多都是解放后新发现新出土的。这些新藏品已经填补了我国古代艺术史上的许多空白点，衔接许多失去的环节，解决了许多悬置已久的疑问。

当然，我国古代艺术品，流失到外国人手上的已经很多，而且其中有不少都是难得的精品，就是流失到日本的也不少。但是从这三册《中国美术》所介绍的作品看来，现藏国内的我国艺术宝藏，仍是无比地丰富和优秀，仍足以压倒的优势面目与世人相见。这是我们可以自豪的。然而这也只有在新中国才可以达到的成就。试想，这十多年以来，若不是由于我们大力而且严厉地执行了保护祖国文化遗产政策，又不知有多少旧存的和新发现的文物会流失到别人手上去了。

据讲谈社的介绍，这三册《中国美术》能够在日本出版，全是由中日文化交流协会和中国人民对外文化协会全力赞助，才能够实现的。通过了这两个团体的推荐,由我国文物出版社负起了供给全部资料图片的工作。据讲谈社在"出版说明"上介绍,文物出版社为了执行这个任务,曾经组织专家多人,在全国各重要博物馆挑选代表作和精品,摄制图片,又用专机飞往敦煌、云冈、麦积山、龙门等著名佛教艺术遗迹中心,摄制那些雕塑和壁画图片。因此,这三册《中国美术》全部是由我国供给资料和图片,而且是特别为这部书准备的。这件工作所花费的人力和物力当然不少,但是为了两国文化交流和友好关系的发展,文物出版社自然乐意全力以赴了。

三册《中国美术》,第一册主要介绍的是三代铜器至隋唐为止的我国古物。这包括战国漆器和楚墓文物、秦汉石刻、工艺品、青瓷和唐三彩等。

第二册的内容是介绍我国的石窟艺术,包括了雕像、塑像和洞内的壁画。采录图片的范围,遍及敦煌千佛洞、云冈石窟、龙门石窟、炳灵寺、麦积山,以及陕西、山西、四川等地的其他石窟,内容非常丰富。

第三册的内容是介绍我国的绘画艺术,从古代的以至现代。起自五代顾闳中的《夜宴图》卷,以至新中国的国画、油画和版画家的作品。

日本的美术制版印刷技术,是早已驰誉世界,达到了国际水平的。这三册《中国美术》的制版印刷和编排,因为开本大,图片又是特别摄制的,无论单色或是彩色的效果都十分好,清晰玲珑,奕奕有神,看来实在赏心悦目,定价又不算贵,折合港币算起来，三册一共只要一百几十块钱就可以买到了。

三册之中，我觉得内容最精彩的是第二册，即介绍我国各地石窟艺术部分。因为第三册的绘画部分，那些历代名迹，大都已经有机会在一些专集画册上见过了；第一册的铜器漆器和石刻陶瓷，除了石刻和陶俑以外，对我的吸引力都不大。因此看来看去，认为内容最好的是第二册。

敦煌壁画和彩塑，在国内一直还没有图版较大的彩印专集出版，第二册《中国美术》在目前可以填补了这空虚。因为关于敦煌部分，它就有六七十幅图片，大部分都是尺寸很大的彩色版。敦煌僻处西陲，一般人都不大有机会能亲身去参观，对着这一幅图片，已经可以过屠门而大嚼了。

除了敦煌、云冈、龙门之外，炳灵寺和巩县等处的石窟图片，都是比较少见的，这一卷里却有不少特地摄制的。卷首还译载了我国阎文儒的专文《石窟寺院的艺术》。

第一卷所载的古铜器和漆器，属于新出土的最多，有许多形制都是以前从未见过的，如那座"人面方鼎"（图版四十五），四面有四个人脸，很大，每一个脸几乎占据了鼎的一边，而且是写实的，并非装饰化的面具。据考证这是殷代后期的制品，是一九五九年在长沙附近出土的。这是以前从未著录过的一件古器物。还有楚墓出土的漆器、乐器和木偶人。这些都是过去编著我国美术史的人从未见过的东西。

二、两种"全集"版的《中国美术》

除了"世界美术大系"之外，日本出版的其他世界美术全集，其中也有关于中国美术的专册。

日本已出版的"世界美术全集"共有两种。一种是平凡社版，在战前早已出版，一九五〇年将旧版略加改编、换入若干新材料，重行出版。这部全集的《中国美术》部分，共占四册。另一种"世界美术全集"，是角川书店出版的。这是战后新编的，一九六二年着手出版，现在已经出齐，全集共三十九册，中国部分占了六册。

平凡社的"世界美术全集"，战前的版本，是正集三十六册，别集十二册。从前在上海时买过一套，是向内山书店买的，早已连同存在上海的其他藏书全部失散了，因此其中关于中国美术部分的内容是怎样，已经记不起了。

这次只是买了它们战后改版的中国部分共四册。第一册《秦汉六朝》，第二册《隋唐》，第三册《宋元》，第四册《明清和近代》。它们是在一九五〇年改版的，因此其中也采用了一些新中国的资料，有些我国新发现新出土的文物图片。在"近代"的最末部分，还简略地介绍了一下新中国的艺术活动。

这四册《中国美术》，每册除了文字说明外，有彩图十六幅，单色版一百二十多幅，外加本文的插图约二百幅。在印刷制版方面当然及不上角川书店新编的那么精好。但它们有许多图片，各建筑物陵墓和石刻，所采用的都是战前的旧摄影，有的原迹早已毁坏了，有的变化很大，因此很有参考价值。

角川的"世界美术全集"里的《中国美术》,由于是新编印的,图片的编排和印刷都非常精美。图版大,制版好,印刷又精,每册原色版有三十幅。它们采用我国的新材料较多,因此内容自然比平凡社版的更为精彩。

这两种"全集"版的《中国美术》编辑方针与讲谈社的"大系"编辑方针不同。"大系"版的三册《中国美术》,图片全是由我们供稿的,所介绍的也以现存我国国内者为限;平凡社和角川书店的两种,则兼收并蓄,包括历来流失到国外的我国美术品在内。因此也有它们的特点。

三、关于故宫博物院的图籍

日本的讲谈社除了出版"世界美术大系"之外,最近又准备出版一套介绍世界有名各大博物院美术馆的图录,预定要出版二十四卷,已有拟定的目录印出来,我们的故宫博物院占了两卷。

其余是日本自己的东京国立博物馆两卷、法国巴黎卢佛美术馆两卷、英国伦敦大英博物馆两卷。余下的如西班牙的普拉多美术博物馆、美国波士顿美术馆、埃及开罗博物馆、巴黎近代美术馆等等,都是各占一册。他们准备以二十四巨册的篇幅,介绍世界有名的二十间美术博物馆。

本文执笔时,《故宫博物院》的两册还未出版,当然还不知道内容怎样。但是根据他们编印"世界美术大系",尤其是那三卷

《中国美术》的认真态度看来，可以信赖这一批计划中的新出版物，一定也会编印得很不错的。

近年不断地有日本文化代表团和作家代表团到我国来访问，再加上讲谈社本身已经有了编印那三册《中国美术》的经验，这次对于介绍我国故宫博物院的工作，一定能胜任愉快，说不定早已完成藏品的介绍和摄影工作了。

我国故宫博物院的规模之大和藏品的丰富，是举世闻名的。我们还有一项可以自豪的特点，那就是全部藏品，都是我们祖先的文化遗产，都是劳动人民的勤劳果实。其中绝对没有掠夺品，更没有来历不明的赃物。这一点，外国有几间有名的博物馆，他们有不少珍贵的陈列品，其来历是说起了不免要脸红的。

我曾三游故宫博物院，三次可说都是匆匆地一瞥。我曾自己略略地计算一下，如果想略为安详地看一看故宫博物院陈列的文物和故宫建筑本身，分三路来看。第一天先看一个全貌，然后从南到北、从北到南、从午门到神武门，东西中三路来回各看两遍。这样用一个星期的时间，也许多少能看得周到一点。当然，即使是连看一个星期，也还不能说是详细。

何况，现在北京除了故宫博物院，在文物展览方面，还有历史文化博物馆，也是够你看几天也看不完的。

我很希望讲谈社这一套新出版物的编印成功，尤其是关于我国故宫博物院两册的内容，能不负我的期待。

费萨利的《画家传》

欧洲的古典艺术，精华萃于意大利的文艺复兴时代，在将近二百五十年的时间内，意大利不知产生了多少有才能的画家、雕刻家和建筑家。他们的作品，到今天大部分已经毁坏消失了，能够流传下来的只是一小部分。

介绍研究意大利文艺复兴艺术史的著作，可说车载斗量。不要说是对于一般的美术爱好者，就是对于一个专门研究艺术史的人，也读不胜读。但是在这些无数的有关意大利文艺复兴艺术史的著作中，有一部书，差不多是每一个人都不免要提起的，或是直接间接采用其中资料的，这就是费萨利的这部《画家传》。

乔基奥·费萨利是意大利人，他的这部著作全名，该是《意大利最杰出的建筑家、画家和雕刻家列传》，但是由于这个书名太长了，一般都简称作《画家传》或是《艺术家传》，甚或只是用"据费萨利说"来代表。反正至今只产生过一个费萨利，也只有一部这样的著作，总不会被人误会或是弄错的。

费萨利生于一五一一年，死于一五七四年。他的生存年代，正是意大利文艺复兴运动最光华灿烂的时代。大部分的文艺复兴大师，与他都是同时代人，而且都是朋友，他自己也是画家。他见过弥盖朗琪罗，见过拉斐尔，见过达文西，也见过谛善。这就已经够了。此外自然还见过他的同时代无数大大小小的画家、雕刻家和建筑家，以及他们的作品，还有他们的朋友亲戚子女，以及雇用豢养这些艺术家的贵族豪门和教王、主教们。费萨利忽发雄心，要给这些艺术家，无论识与不识，见过面或是未见面的，给他们每人写一篇传记，记载他们的生活和作品，以及艺术特点，留供后人作参考。于是就写下了这部《画家传》。

这一来，他的这部《画家传》就成了关于文艺复兴时代意大利艺术最可宝贵的著作，简直是这方面的知识宝库。试想，有几个人曾去参观过谛善的画室，归来写下所见的印象？有几个人曾留下记录，说他曾亲眼见过巨人弥盖朗琪罗在雕刻室里对了整块的大理石，运斤成风的豪迈气概？有几个人曾见过画好不久的《西斯廷的圣母像》和《蒙娜丽莎》？这些只有费萨利有这眼福，而且都在他的《画家传》里留下了记录。因此，这部书就成了研究文艺复兴艺术史的人必读的著作。

费萨利是弥盖朗琪罗的弟子，因此在他的《画家传》里，对于他的老师记载得特别详尽。但是令后人读来，更特别感到兴趣的，乃是他对于达文西的记载。达文西是在一五一九年去世，这时费萨利刚好十岁，因此，他的书内对于达文西的杰作《蒙娜丽莎》的记载，成了最可宝贵的资料。虽然未必全然可靠，但是除了在《画家传》以外，就没有别的地方有这样第一手的资料。

现在凡是介绍《蒙娜丽莎》这幅画的人，很爱说达文西将这个妇人的画像一共继续画了四年，还认为未曾画完。又说为了使她能面带笑容，画时特地请人在一旁奏乐，或是向她讲笑话。这类典故，都是出自费萨利的书中。若是没有《画家传》，我们就根本不会知道这些有趣的事情。这些事情无论是真是假，至少是在当时就已经有人这么说了。

更重要的是，我们今天即使有机会能在巴黎卢佛美术馆里，站在《蒙娜丽莎》的面前，亲眼欣赏这幅达文西的杰作，但它到底是已有五百年历史的一幅"古画"了，油色已经无可避免地趋于黯沉。可是在费萨利见到达文西的这幅作品时，它的色彩完全不是像我们今天所见到的这样。我们试看费萨利在他的《画家传》里怎样记载他对于这幅画所得的印象：

> 凡是想看看艺术模仿自然，可以达到怎样程度的人，不妨去看看这幅画像。对象的每一个优点每一个特点都忠实地再现了出来。那一对眼睛是明朗而且盈盈滋润的，而环绕它们四周的却是在活人眼上可以见到的那种淡红色的小圆圈，睫毛和眉毛的描绘，都是无以复加地逼真，仿佛每一根毛发都是自皮肤上钻出，方向各自有别，连每一颗油泡都如实地被表现出来。鼻尖和美丽的嫩红色的鼻孔，看来很容易令人相信这是活的。那一张嘴，轮廓是值得令人羡慕的，色调是玫瑰红的，完全与康乃馨浅红色的面颊相称，这看来简直像是有血有肉，而不是画出来的。凡是向画中人的咽喉看得过分仔细的人，会仿佛觉得看出了她的脉搏在跳动。这是艺术的奇迹。

这样的《蒙娜丽莎》，只有费萨利有这份眼福，后人是无法再见到的了。并且，他若是不曾在《画家传》里这么记载下来，谁又会知道原来的《蒙娜丽莎》是这样的呢?

仅是这一个例子,就可以看出对于研究意大利文艺复兴艺术的人,这是一部怎样重要的必读的著作。

费萨利的《画家传》,初版于一五五〇年。初版《画家传》所著录的画家,在当时只有一个还是活着的,那就是他的老师弥盖朗琪罗。初版的《画家传》虽然是史无前例的著作,他当然很自负,可是同时也很不满意。因此一直又在搜集材料,进行补充和修改。这样一直过了十八年,在一五六八年又出版了修改后的第二版《画家传》。

第二版的《画家传》,不仅内容焕然一新,而且篇幅也扩充了,除了原有的弥盖朗琪罗以外,有好几个现存的画家也有了著录,等于是一部重写的新著。一共有五大册,这就是我们今日所见到的费萨利原文了。

这书现在当然早已有了好多种的语文译本。以英译本来说,一八五〇年出版的福斯特夫人的译本,可说是最标准也是最完整的译本。后来虽然另有别人再译过,但是以英译本来说,现在最受人称赞的仍是一百年以前的福斯特夫人的译本。

除了费萨利的原文以外,后来的版本大都加了注释和考证,这是极重要的。这些注释家和考据家根据费萨利所叙述的,再参考其他方面的文献和实物资料,加以补充和校正。但这些考证和注释,对于专门研究意大利文艺复兴艺术史的人才是重要的,一般的读者大都不感兴趣了。

除了注释和考证以外,还有插图,对于像《画家传》这样的一部著作，自然也是极为重要的。费萨利的《画家传》第二版出版时，已经在每一篇传记之前加了一幅画像，这是依据当时流传的画家肖像来重绘后木刻的，大概都是费萨利自己的手笔。现代版的《画家传》，当然可以大量地增加插图，包括建筑物的摄影以及彩色版的原画了。

在英译本之中，就我见过的插图本的《画家传》来说，最理想的是英国麦地希出版社所出版的一种。这家出版社本是专门出版名画复制品的，当然在取材方面是驾轻就熟。但是更难得的是开本大，文字印得疏朗易读，全书共印成十二巨册。可惜这是豪华版，售价太高，不适合一般读书人的购买条件。

费萨利的这部书，自然不免有许多误错，而且他又喜欢以当时的道听途说，不加考核就据为题材。这是他的短处，但是在相隔将近五百年后的今天看来，这些短处也变得难得可贵。因为，除了他的这部《画家传》以外，我们再也找不出第二部有关文艺复兴艺术这样知识丰富的大宝库。

纪伯伦与梅的情书

纪伯伦是诗人、散文家，同时也是画家。他曾在巴黎美术学院学画。他的作品单行本里有许多插画，全是他自己的作品。纪伯伦是大雕刻家罗丹的弟子。他的笔下的人物，都带有浓厚的罗丹速写风格。他所画的基督像，依我看来，简直是用他的老师作模特儿的。那些仿佛梦幻似的风景和人物，也受了罗丹速写的影响。难怪罗丹对他很称许，说他的才艺有点像英国的诗人画家威廉·布莱克。

纪伯伦是黎巴嫩人，一八八三年出世。十二岁时就跟了家人离开故乡到美国，侨居在波士顿，后来曾回到黎巴嫩去求学，并且旅行各地。十九岁时再离开家乡。以后就一直不曾再回去过了。

他有一个女朋友，名叫梅赛亚德，是一位女作家，也是黎巴嫩人。两人的关系是一种充满了诗意的罗曼斯。有一篇文章曾这么谈到他们两人的关系道：

> 这简直是有一点难以想象的，一男一女除了在纸上通信以外，彼此从不相识，也不曾见过面，会相爱起来。但是艺术家们自有他们自己不同常人的生活方式，这只有他们自己能够理解的。伟大的黎巴嫩女作家梅赛亚德和纪伯伦的情事，就是如此。

一九三一年纪伯伦去世后，梅赛亚德曾将两人之间往来的一部分书信公开了。这件事情才确切地为世人所知道。有一封信，是梅赛亚德从埃及开罗寄给纪伯伦的，写信的年月是一九一二年五月十二日。这时纪伯伦出版了他的小说《破裂的翅膀》，寄了一部给梅，请她批评。梅读了之后就回了一封信，其中对于结婚和妇人的忠贞问题，提出了不同的意见。其中有一段这么说：

……纪伯伦，关于结婚问题，我对你的见解不能表示同意。我尊敬你的思想，敬重你的意见，因为我知道你对于为了崇高的目的订下的原则所作的防护，乃是认真而且严肃的。我完全同意你推动女性解放的那些基本原则。女性是应该像男子一样，自由地去选择她自己的丈夫。这不该被她的邻人和亲友的忠告和帮助所左右，应该由她自己个人的取舍去决定。当她选定了她的生活伴侣之后，一个妇人就应该使自己完全接受这种共同生活的义务的束缚，你说这些是由时代所构成的沉重的锁链。是的，我同意你的说法，这些确是沉重的锁链，但是请记住，这些锁链乃是出于自然之手，而他也正是今日女性的制造者。

纪伯伦在信上继续回答梅的询问，自然，他所用的言语是带有一点象征意味的：

……至于我今天身上所穿的衣服，依照习惯是同时要穿两套的：一套是织工所织，裁缝所缝制；另一套则是血肉和骨头制成的。但是今天我所穿的那一套，乃是一件宽大的长袍，其上洒满了不同颜色墨水的碎点。这件长袍与游方僧人所穿的并没有多大的区别，只是较为干净而已。当我回到东方以后，我就不穿别的，只穿老式的东方衣服。

……至于我的办事室,至今仍是没有屋顶,也没有四壁,但是沙的海和空气的海,都与昨天的它们相似,波浪滔天,而且没有涯岸。但是我们用来在这些海中行驶的船却是没有桅的。你看你是否认为你能够为我的船供应桅杆呢?

纪伯伦又用象征的手法,向梅描写他自己:

我将怎样告诉你上帝在两个妇人之间将他捉住的这个人呢?其中一个将他的梦化为醒觉;另一个则将他的醒觉化为梦。我对于上帝将他放在两盏灯之间的这个人,要说些什么呢?她是忧郁还是快乐?他在这个世界上是一个陌生人吗?我不知道。但是我愿意问你,你是否愿意这个人在这世界上继续是一个陌生人,他的言语是世人一个也不用的。我也不知道。但是我仍想问你,你是否愿意用这个人所用的言语同他说话,因为你对这样的言语是比任何人都了解得更好的。

在这世界上,有许多人不了解我的灵魂的言语;在这世界上,同时也有许多人不了解你的灵魂的言语。梅呀,我乃是生活曾赐给我们许多朋友和知己的那些人之一。但是请你告诉我:在这些认真的朋友之中,是否有人我们可以对他说:"请你将我们的十字架,背负一天如何?"

是否有任何人知道在我们的歌唱后面还另有一首歌曲,这是不能由声音所歌唱,也不能用微颤的弦索来表达的?是否有任何人能从我们的忧愁之中看出欢乐,从我们的欢乐之中看出忧愁呢?

……梅呀,你可记得,你曾经告诉我,有一个新闻记者写信给你,向你索取每一个新闻记者所索取的——你的照片吗?我曾经一再想到这个新闻记者的要求,可是每一次我总是这么向我自己说:我不是新闻记者,因此我不便要求新闻记者所要求的东西。是的,我不是记者。如果我是什么刊物报纸的老板或是编辑人,我就会坦白地不害羞地向她索取她的照片。可是我不是记者,这叫我怎么办呢?

龚果尔兄弟日记

法国龚果尔兄弟合著的小说,我仿佛只读过一种,这还是多年以前的事,我那时还年轻,所以还有那么好胃口。其实不看也罢,因为当时我所看的是一部什么小说,内容是讲些什么,现在早已忘得干干净净了,可知这样的小说实在是不看也没有什么损失的。若是别的小说，那就不然了，随便举一个熟悉的例来说，如果是《茶花女》或是《少年维特之烦恼》，看了之后，谁又会忘记呢?

因此龚果尔兄弟合作的那些小说，实在不看也罢。至于他们两人合写的那部日记，那倒是值得我来读的。

已经不止一次有人说过，他们兄弟两人在四十多年间合作的五十多部作品，最好最重要的其实就是两人所写的这部日记。这里面的原因很奥妙，又很简单，一句话来说，两人是文艺爱好者，是文艺家，但不是文艺作家。他们的那些作品，并非为了非写不可才写的。他们不必依赖写作来糊口，也没有非写不可的热情。两兄弟一再合作写下了那许多作品，绝大部分是由于经常同当代那些文人往来，自己见猎心喜，不甘缄默而已。因此所写下的那些作品，都是可有可无之作。

但是两人每晚随手记下的那些日记，却是性质全然不同的东西。我们要知道，龚果尔兄弟在十九世纪法国文坛上占了一个重要的地位，是由于他们家道富厚，而又爱好文艺，了解文艺，所往还的全是当代文人和艺术家，又肯对新作家加以鼓励和支持，他们的文艺沙龙俨然成了巴黎的文坛中心。两人又有收藏癖，当时正流行东方色彩的小艺术品，他们热衷于此，又喜欢购藏精本书籍，因此每晚在灯下所写的日记，其中就充满他们与同时代作家的交游往还。这些人物的言论、活动、癖好和逸闻，以及他们自己对于当代人物、书籍和艺术品的评介。

龚果尔兄弟不是第一流的文艺作家，但是他们对于文学和艺术作品的见解却很精辟。有了这个条件，使得他们两兄弟所写的日记，内容就更加充实。龚果尔兄弟日记，会成为法国古今无两的一部作品，就是由于这样的原因。

龚果尔兄弟日记，开始于一八五一年十二月，一直继续到一八九六年。不过，这里面有一点是该特别说明的：龚果尔兄弟两人是分不开的。他们兄弟两人的声誉，以及这日记的引人之处，全是由于兄弟两人的合作。可是，到了一八七〇年一月二日，弟弟茹莱·龚果尔生了病，写了这一天的日记便不曾再写下去，到了六月二十日便去世了。于是这部日记就中断了一些时候，后来再由哥哥爱德蒙一人写下去，一直写到一八九六年。

我们今日所读到的龚果尔日记选本，总是选到弟弟去世的时期为止。这就是由于他们兄弟两人在文艺的成就上是分不开的。一八七〇年以后的龚果尔日记，那只是爱德蒙个人的日记，已经不是龚果尔兄弟日记了。

很少人曾经读过龚果尔日记的全部。这不仅因为全部的卷帙很多，更因为其中有许多涉及当时人的隐私，怕这些有关者的后人读了难堪，所以一直至今仍保留着不发表。今日通行的龚果尔日记，无论是法文原本或是外国语的译本，都是经过相当删节的，并不是全部。

茹莱·龚果尔在一八七〇年早死，哥哥爱德蒙却多活了二十六年。到一八九六年才去世，活了七十多岁。他在晚年捐出自己的私财作基金，组织一个学会，用来鼓励青年作家的写作。这个学会就是今日有名的龚果尔学会。有一时期与法兰西学士院处于对立状态，壁垒森严，一个尊重旧的，一个代表新的。他们所设立的龚果尔文学奖金,至今仍是法国作家认为最高的荣誉。

龚果尔兄弟日记,按照哥哥爱德蒙的预定计划,本来是规定要在他死后二十年才开始陆续发表的。可是后来,拗不过朋友们的要求,尤其是都德的怂恿,爱德蒙曾选了一部分先行发表。

爱德蒙曾在他们日记的序文上说:

> 这全部原稿,可说是在我们两人口授之下,由我兄弟一人执笔写成的。这正是我们用来写这些回忆录的方法。当我兄弟去世后,我认为我们的文艺工作已经结束了,因为我决定将我们的日记在一八七〇年一月二十日这天封笔不写。因为他的手在这天已经写下了他的绝笔。

可是爱德蒙后来终于又继续写下去,一直写到一八九六年。

读延平王户官杨英的《从征实录》

一、影印本《从征实录》

以前读日本人所写的郑成功传记,见他们引用杨英的《从征实录》,材料都是其他各书所未有的,很想找到这本书来看看。知道它有北京中央研究院历史语言研究所的影印本,便托在北京的友人去买。回信说已经没有存书了。后来向友人和图书馆去借,也不曾借到,因此当时始终未曾读到这本书。

这已经是十多年前的事情了。我读书就是这么随兴之所至,钻研一个问题,尽可能地将有关资料集中在一起看个痛快;兴致一过,便又束之高阁,再去涉猎别的课题。这几年很少再去注意郑氏的传记资料,因此,《从征实录》也早已被我置之脑后了。不料昨天逛书店,竟在中华书局的古籍部架上看到了这书,而且还不止一部,并且都是簇新的,大约是新近从什么仓库里发现的。

买书就是这样有趣的事:可遇而不可求。十多年前那么上天下地刻意要找也找不到的一本书,十多年后,事过境迁,却不费功夫地遇到。好在价钱并不很贵,我随即毫不踌躇地买了一本回来。

虽然对于郑成功的研究久已被抛置一边了,但是为了一偿十多年的宿愿,回来后我仍在灯下一口气将这本书翻阅了一遍。果然内容十分丰富,确是要研究郑成功的人不能不读的一本书。

这部《从征实录》,是民国二十年国立中央研究院历史语言研究所印行的史料丛书之一,是根据原稿的影印本。这部手稿是当时从福建故家发现的,以前从未刊行,也未有人提起过,因此较早出版的关于郑氏传记的作者,都未见过这书。据朱希祖在本书影印本的序文上说:

> 此书出于福建故家所藏,前后霉烂,书题四字脱去,

末亦而缺文。装成四册，邮寄北平时，称为《延平实录》。因"录"字原文尚隐约可辨，遂锡以此名。余观此书体例，不以延平一生事迹为始末，而以杨英从征目睹为标准……故余改其题为从征实录，而冠以杨英二字。

杨英是郑成功麾下所设置的六官之一，称为"户官"，职掌粮秣簿籍之事，追随郑氏十余年。书中对于行军筹饷、人事建设各项，记载特详，而且材料都是录自各科案卷和书牍，是研究郑氏事迹不可少的原始史料。其中记载郑氏与清廷使者议和的往返文书（关于与清人议和事，郑氏自谓系"清朝亦欲诒我乎，将计就计，权揩粮饷，以裕兵食也"），和攻克台湾初期的困苦艰难情形，都是杨英亲身经历的见闻，为他书所未见者，是本书最有价值的地方。

二、实录有关台湾的记载

郑成功在进兵台湾之前，还经过一个封锁台湾，不许沿海和外国船只与占据台湾的红夷通商往来的阶段。这是杨英的《从征实录》所留下来的珍贵史料之一。见明永历十一年六月项下所记：

> 藩驾驻思明州，台湾红夷酋长揆一，遣通事何廷斌，至思明启藩，年愿纳贡和港通商，并陈外国宝物，许之。因先年武洋船到彼，红夷每多留难，本藩遂刻示传令，各港湾并东西夷各国州府，不准到台湾通商，由是禁绝两

年,船只不通,货物涌贵,夷多病疫。至是令廷斌求通,年输饷五千两,箭杆十万枝,硫磺千担,遂许通商。

这里所说的"藩",就是指郑成功,这是杨英对郑氏的尊称。因为郑氏封延平郡王,诏许设立六部,自委职官,所以称为"藩主",俨然是一个自立门户的小朝廷。何廷斌后来献了一幅台湾地图给郑成功,这才使他明白台湾的土地如何辽阔沃肥,决定一有时机,就要将它收复。他在决定要征讨占据台湾的荷兰人时,就先同部下这么集议道:

> 前年何廷斌所进台湾一图,田园万顷,沃野千里,饷税数十万,造船制器,吾民鳞集,所优为者。近为红夷所占据,城中夷伙,不上千人,攻之可垂手得者。我欲平克台湾,以为根本之地,安顿将领家眷,然后东征西讨,无内顾之忧,并可生聚教训。

进兵台湾时机的成熟,则是由于有了内应。据魏源的《圣武纪》所载:

> 时荷兰二城,已置揆一王守之,与南洋吕宋占城诸国互市,渐成都会。适其主计之臣,负帑二十万,恐发觉无以偿,乃走投成功,请为兵向导。成功览其地图,叹曰,此亦海外之扶余也。

这里所说的"荷兰二城",乃是指荷兰人在台湾所占据的二城,即赤嵌与安平镇。只是不知那个"主计之臣",是否就是献地图的何廷斌。不过在郑成功实行进兵台湾时,何廷斌则已经随军出发。这次出征不曾多带军粮,就是听了何廷斌的话。杨英记载这事道:

> 时官兵不多带行粮,因何廷斌称数日到台湾,粮米不竭,至是阻风乏粮。

后来郑成功在鹿耳门登陆,攻下了赤嵌城,揆一派使者来议和,郑氏后来向他招降。这几次任通译的都是何廷斌,可知他早已为郑氏所用了。

三、实录记郑氏开辟台湾的艰苦

《从征实录》记郑氏开辟台湾初期的艰苦,尤其是粮食匮乏,部众趑趄不前情形,都是其他书上所未载的。杨英身为户官,负责军需,所以对于这方面的一切知之特详,这正是杨氏《从征实录》的可贵处。

郑氏进取台湾之初,据本书所载,在永历十五年正月,曾召集诸将密议云:

> 前年何廷斌所进台湾一图,田园万顷,沃野千里,饷税数十万,造船制器,吾民鳞集,所优为者。近为红夷占

据,城中夷伙,不上千人,攻之可垂手得者。我欲平克台湾,以为根本之地,安顿将领家眷,然后东征西讨,无内顾之忧,并可生聚教训。时众俱不敢违,然颇有难色……

可知在集议时已经有人暗中反对,因此在正式出发时,更有人逃亡,原书第一四九页云:

> 三月初十日,藩驾驻料罗,候风顺开驾。时官兵多以过洋为难,思逃者多,随委英兵镇陈瑞搜获捉解。

接着,在出征途中和抵达台湾之后,都发生了缺粮的恐慌。这是预计在台湾登陆以后就可以就地征收粮饷,不料当时台湾竟是少产米谷的,同时留守思明州金门的部将,为了反对郑氏进攻台湾,竟至扣留粮船不发,使得在台湾的郑氏军队几乎有绝粮之虞。杨氏记当时情形云:

> 七月,藩驾驻承天府,户官运粮船不至,官兵乏粮,每乡斗价至四、五钱不等,令民间输纳杂籽蕃薯发给兵粮。
>
> 八月,藩驾驻承天府,户官运粮船犹不至,官兵至食木子充饥,且忧脱巾之变,遣杨府尹同户都率杨英经鹿耳门,守候粮船,并官私船有东来者尽行买籴给兵。时粮米不给,官兵日只二餐,多有病殁,兵心嗷嗷。

据另一书《海上见闻录》(阮旻锡著,也是郑氏部下)所载:永历十六年正月,郑氏下令将家眷搬到台湾,留守思明金门之"郑泰洪旭黄廷等皆不欲行,于是不发一船至台湾,而差船来调监纪洪初辟等十人分管番社,皆留住不往,岛上信息隔绝"。这种后方违令不肯合作的事件,不仅使得当时占领台湾的郑氏大军发生缺粮现象,而且也使得郑氏本人心里非常愤慨。幸亏赶紧下令指导土人开垦耕种,颁发耕牛犁耙等物,直到第一季收割有成,这才渡过了难关。

马戛尔尼出使中国日记

一七九二年(乾隆五十七年),英国曾派了一个亲善使节团来访清。这是英国第一次派使臣正式到中国来访问。本来在前几年已经有一位使臣衔命东来,不幸在半路上因病去世,这才在一七九二年又遴选继续完成这使命的人。这一次所选中的是乔治·马戛尔尼爵士。他在这年九月间启程东来,次年六月抵达广东洋面,七月到了大沽。这时乾隆皇帝正驻跸热河避暑山庄。马戛尔尼一行人在九月初被护送到热河。十四日正式觐见。九月底回到北京,十月初离京从内河南下,十二月十九日抵达广州。一七九四年一月十日离开广州,经澳门下船归国,在这年九月间才回到了伦敦。来回一共花费了三年的时间。

马戛尔尼此行，在表面上是向清朝作亲善访问，向乾隆皇帝祝寿，顺便再找机会建立贸易关系。事实上他另负有一个更重大的任务，那就是要向清朝作一个全面的调查，以便作为将来应付中国问题的根据。因此，他这次所带的随员近百人，从军事人员以至科技和园艺学家都有，各人都有指定的观察和任务。

马戛尔尼本人，在这次头尾三年的出使中国旅程中，曾留下了一部很详细的日记。这部日记原稿，本来为玛理逊图书馆所藏，后来被日本一个工业财阀购得，赠给了"东洋文库"。因此这部日记原稿现藏日本。

这部有关中英早期外交关系的原始资料，一直未曾正式发表过，直到最近，才由一位克朗关尔宾先生加以校注，第一次出版了单行本。出版者是英国伦敦的"朗文"出版公司，每册定价四十二先令。

这部日记的内容是非常丰富的，尤其是在我们看来。将它与当时官方文件和私人记载互相对比一下，就可以获得这一个使节团在当时中国所经历的一切的真相。这日记的本身，也有许多有趣之处。马戛尔尼记载他的日记，当然不是准备留给我们看的，更不是写给当时的清朝官员看的，因此，其中有许多地方对清朝很不敬，尤其是军事方面。他甚至坦白地说，如果清朝胆敢阻挠英国人的贸易活动，则英国人只需用几艘战舰，在几个星期的时间内，就可以从海南岛以至大沽口，将清朝的水师、航运和交通完全加以摧毁。不过，他也对中国广大的土地和众多的人口感到了踌躇,说是除非他们"自动地甘愿降服",否则是不能征服的,因为"即使杀了几百万,也不会觉得什么"。

许地山校录的《达衷集》

三十多年前,许地山先生校录出版的《达衷集》,在今天看来,仍是一本可供参考的有用的书。这书有一个副题:"鸦片战争前中英交涉史料",是他在牛津大学留学期间,从校中的波德利安图书馆所藏有关英国和清朝交涉史料中辑录出来的。来源是当年东印度公司在广州分公司存档的旧信和一些往来的公文副本,他们都捐赠给牛津大学图书馆。许地山先生所钞的不过是其中极少的一部分,都是东印度公司广州分公司同清朝官衙往来交涉的公函呈文和告谕,也有一些私人函件。后者比前者更有趣,因为其中有些竟是这些英国烟商与沿岸私枭奸民往来通消息的函件。

这些资料,原来都钞成两册,除了各件原来标题外,自然不会有总名。《达衷集》这书名的来源,是许地山先生发现其中有一项文件称为《尺牍类函呈文书达衷集中目录》,他就采用了《达衷集》作为出版的书名。

《达衷集》分为两卷,主要的内容是那个强行要在清朝沿海进行贸易的英国船主胡夏米,沿途与清朝官商往来的文书,反映他经过厦门、福州、宁波、上海等地所招惹的事端。另一部分内容则是英国商民在广州历年与当地官商往来交涉的文书，如英国水手打死中国人，英国商船不依定例停泊，以及传达法令等等交涉经过。时间则历经乾隆、嘉庆、道光三朝，如英船水手杀死黄亚胜、蒋亚有的两宗凶杀案，都是发生在嘉庆朝的，胡夏米的事件，则是道光朝的事了。

在胡夏米有关部分的资料中，有好几封是内地私贩奸民写给他的信，有的向他通报消息，有的接洽鸦片货物走私的方法。在现在读起来，不仅令人惊心怵目，更令人有今昔之感，因为有几封信仿佛就是眼前的走狗败类向他们的主子来告密通消息的信。

如一个汉奸写信通知胡夏米说：

> 特字通知汝船中船主驾，记（应作既）入五虎，不可入闽安镇口。现锣身塔（应作罗星塔）地方有官兵千余人，四面伏兵，灭你大驾大船。汝船不能保全，我前日在抚台衙门内闻知两院上本与皇上知道。不可入闽安，恐九死无生，悔之晚矣。我祖宗洋船犯风，打汝贵国，劳汝贵国补助，送回。我恩情未报汝大恩，特送上好武彝岩茶一匣，有银无处买。

这个汉奸，为了他的祖宗在海上遇难曾受过英国船救助，现在竟卖军事消息，还要附送"上好武彝岩茶"一匣。可说荒唐之至。

另有一个汉奸,写信给胡夏米,替他想方法,保证船只可以进口买卖,而且代他拟了一个给官府的禀帖。这封标题为《汉奸致英船主书》,钞在《达衷集》卷上的"福建事情"部分内。原信云:

> 近闻宝船至我界口,各处关口防守甚严。我有一言相告,未知听否?若听我言,包许进口卖货。我代你做了一纸叩禀之字相送,与须着人用小舟进省,到福省大将军麾下投递,万无不准。福省官员,惟将军最喜英国之船进关,卖货税例,乃是将军收管。你船到了福省,代你作个通事,未知用否?

这以下就是这个汉奸代胡夏米拟的禀帖。他这封信和代拟的禀帖,在所钞的诸件之中,算是文字比较通顺的,可知他曾经读过几年书,而且根据信上最末那句:"你船到了福省,代你作个通事,未知用否?"看来,他可能还是读过洋书的。那么他"学鲜卑语",原来是用作这样的"敲门砖",也太没有出息了!

最有趣的,是有一个自称"三山举人"的家伙,曾经一再写信给胡夏米。最初是向胡夏米通消息,要送"内河水图"给他,后来就图穷匕见,在信上向他借盘费上京应考,不堪之至。当时论述时事的笔记野史上也曾经一再提过这个败类。他的信,有好几封就收在《达衷集》内。有一封写给"大英贵国大船主"的,一开头便说:

> 特字通知。有内河水图送你知道。我前一日上省探听，现在抚台总（应作准）锣心塔（应作罗星塔）地方，存火炮打汝全船……

这个"三山举人"，文笔欠通，而且还在信上夹杂了许多福建话的土音字，读起来费解。许地山先生曾费了不少精神给他注释，这里不再钞了。他写了几封向胡夏米讨好的信之后，就开口向他"求助"了。他在一封信上说：

> 大英国胡夏米老爷，船主大驾，宝舟回国，特来送行。前一日，多蒙老爷雅爱，订许今日特来求赠书财。我是贫穷举子，并无一物相送，乃孝子奉母言，令我送行。不是下类之人，可怜无恩可报。但愿老爷顺风相信，一路平安。船主老爷乃是大富大贵之人，量大如海……望老爷开此大恩德……蒙天庇佑，相逢贵老爷相送书财，我有日求得一官，做犬马报你大恩。若不能得官，后世转世，做犬马去你贵国船主家中报恩……

还有一封，也是如此，总是自称是"举人"，又是"孝子"，而且表示愿意来生做犬马到"船主大老爷"家中去报恩。可知他不仅甘愿做"黄皮狗"，而且希望投胎做"白皮狗"，一厢情愿，令人仿佛如见这个败类的嘴脸。

《达衷集》后半部所钞录的文书，全是同广东方面有关的，包括英国商船水手因为杀人犯案,同官厅往来的文书,粤海关给他们的公文,以及洋行买办伍浩官等人同他们在贸易上往来的函件。

英国水手在广州所犯的杀人案,有关文书见诸《达衷集》的,有被英国水手戮死的黄亚胜一案。起因是为了银钱争执。中国方面的见证,肯定黄亚胜是被"红毛国"水手杀死的,可是英国船主起先说黄亚胜由于讹骗英国水手银两,发生争执,致被杀死。可是当清朝官方勒令交出凶手时,又狡狯地推说查不出犯案的水手是谁,甚至说无从肯定是不是他们船上的水手。

集中所钞存的英国船主《哑吐咀上镇粤将军禀》,以及给巡抚和两广总督的呈文,都采取了这样推搪的口吻:

> 禀为民人黄亚胜被人戮伤一事,因夷等已查明该事,且不见实据。黄亚胜以本处人被戮伤,并若死者真被夷人戮伤,人证方亚科周亚德不实知犯罪者或系咪利坚国人,或系英吉利国夷人,而现发给红牌,与咪利坚国船但给之,与本国船未有……

由于英国船主采用了这样狡辩拖延的手段,这一宗命案终于被他们赖掉了,后来不了了之。

还有较后的"核治骨船"开枪打伤泥船工伴蒋亚有一案,也有好几封往来文书钞录在《达衷集》内。这一宗行凶案,结果也是不了了之。这些文书,都反映出英国鸦片商人,在广州逐渐猖獗,犯了命案,已经不肯把犯案的凶手交给清朝官厅审问,故意采用种种拖延搪塞的手段，将凶手用船送回国，然后表示一时查不出，或是派人回国细查了事。

清朝官厅就这么逐步丧失了对英国烟商水手的审判权。

校录者许地山先生说得好："《达衷集》第二卷比较重要，因为我们从中可以寻出租界、领事裁判权，以及外国金融在中国发展的历程。当时中国官吏的糊涂，每于公文中显露出来。"

至于那些私贩奸民，勾结英国鸦片烟商私下进行非法贸易，或是出卖情报消息。这些人的发展，由于后来鸦片买卖合法化了，这些依赖洋人生活的人，也摇身一变，成为我们今日所熟知的康伯度买办之流的洋奴分子了。

《天方夜谭》里的中国

有名的《天方夜谭》，是古代阿拉伯故事的大宝库。自十三世纪开始，来源不一的故事，就经过许多不同的口述和手写，逐渐地集中在一起，成为今日世人所熟知的《一千零一夜的故事》。

这些故事的来源，远及非亚欧三洲。十三世纪，正是我国的宋元之交，因此在《天方夜谭》里所提到的中国，大都是在唐朝曾侨居在广州的阿拉伯人带回去的知识。稍后一点的，所提到便是元朝的情形了。因此，这时中国就被说成是一个在极远的地方，可又是极大的国家,她的特点之一是皇帝最喜欢杀人。

有名的褒顿爵士的《天方夜谭》译本,在注释上对于有些故事里提到中国人情风俗的地方,都作了极有价值的注解。最近不是时常有人提起陈列在开罗博物院里的中国古瓷,这都是在阿联境内发掘出来的。这不是可以用来证明中阿文化交流历史的久远吗?《天方夜谭》的《汗里姆·宾·亚玉布》故事中所包含的第二个太监所讲的故事,其中就讲到这个太监的女主人和女儿等,因为知道主人塌屋压死,叫太监将家中陈列的器物瓷器,全部打烂,用来发泄心中的悲愤。这个太监说:

> 于是我就跟了她去,协助她打毁屋内所有的一切格架,以及其上所有的一切,这样之后,我又遍巡屋顶天台以及每一个地点,打碎我所能打碎的一切,使得屋内没有一件瓷器不是破的……

褒顿爵士在这里就加以注释道:

> 据说这正是埃及和叙利亚的一种风俗,他们要在室内六七尺的高处,用格架沿着墙壁四周,陈列许多精致的中国瓷罐,构成一种极富丽的墙饰。我在大马士革时曾购买了许多,直到当地人士懂得了它们的可贵,开始向我索取惊人的高价。

褒顿爵士在这注释里所说的,毫无疑问的就是现在陈列在开罗博物院里的那些中国瓷罐。以中国瓷罐来作室内装饰的风气,不仅在非洲有,就是南洋一带也曾十分流行。就由于珍视我国的瓷器,不仅视为艺术装饰品,而且视为传家之宝,非洲和南洋许多地方很早就同我们有了文化贸易上的关系。

又在《阿布·穆罕默德和拉赛波妮丝》的故事里,穆罕默德在海中遇救,救他的船只是属于在中国境内的"哈拉特"城的。中国当然没有这样的一座城池。褒顿爵士说,凡是说到渺不可及的极难以想象的地方,由于中国国境之大,他们总是说这地方在中国境内。

又在《阿里沙与女奴茱茉露》的故事里,女奴不肯卖身给一个将胡须染色的买主,吟诗向他嘲笑,其中有两句是:

> 你去的时候胡须是一样,
> 回来的时候又是一样,
> 像夜晚做中国影子戏的丑脚那般。

褒顿爵士在这里加上注释,说明中国影子戏的表演方法,有点像外国的傀儡戏那样,不过是用一幅透明的布幔,燃灯在里面,用手将傀儡的黑影投在布幔上来表演。

褒顿爵士当时是英国派驻中东的领事,他提起这时阿拉伯人和土耳其人所表演的影子戏,那个丑脚时常是很猥亵的,拖着一具比自己身体还要长的阳具来登场,使得在座的领事团人员大感狼狈。

这里所说的中国影子戏，就是我们现在所说的"皮影"，多数是用驴皮作原料，经过特殊的硝制方法，使其薄而透明如毛玻璃，经过雕制，再加上染色，将这种如傀儡一样可以活动的戏中人物的影子，透过灯光投影在白布幔上，佐以音乐和唱词，就成了最原始的彩色活动有声影戏。

相传我国的这种影子戏，在汉朝就已经有了。汉武帝思念亡去的李夫人，由方士给他作法，将夫人的亡魂召来，出现在布幔上面。据说所使用的，就是这种影子戏的方法。美国哈佛大学魏姆沙特氏在他的那本《中国的影子戏》里，承认中国影子戏存在的历史，可能比汉朝更早，会有三千年的历史。毫无疑问是今日电影的祖宗。

中东一带所流行的影子戏，也像爪哇的皮影戏一样，都是从中国传过去的。如《天方夜谭》这个故事里所引用的举动可笑的丑脚，显然是加进了地方色彩。

还有，在那个从第七百五十九夜开始讲起来的《沙夫·亚尔穆洛卡王子与巴地亚·亚尔查玛尔公主的故事》，王子为了要打听他的美人的下落，愿意到天涯海角去寻，朝中便有人向埃及的这位法老王建议，若是想知道公主所存身的那些神秘地方究在何处，最好乘船到中国去打听。说中国有一座大城市，其地不仅物产丰富，而且天下各地的人都聚集在那里，任何古怪的地点和消息，都可以从那座城市里打听得到。

褒顿爵士在这里注解道：

所指可能是广州,因为这是阿拉伯人所熟悉的一座城市。

当时沙夫·亚尔穆洛卡王子已经就了王位,听到朝臣说到中国去就可能打听出公主的下落,就向他的已禅位的父王说:

哦,我的父王,请你为我准备一艘船,以便我可以到中国地方去,同时请你为我暂摄王位。

可是老王回答他道:

孩子,你仍继续安坐你的王位宝座,统治你的百姓,由我给你航海到中国去,为你打听巴贝尔城和伊拉姆花园的所在。

但是亚尔穆洛卡王子不肯,一定要亲自去。老王只好给他准备了四十艘战船,两万战士,此外还有奴仆及一切作战物资和旅途用品,供他率领出发。

故事里说,他们抵达中国的一座城市后(这座城池显然是濒海的,因此褒顿爵士认为所指的是广州),城中的中国人听说来了四十艘战船,战士武装齐备,认为一定是敌人来围攻他们了,连忙关起城门,准备守城工具。

后来沙夫·亚尔穆洛卡王子派使者到城外来声明,他是来自埃及的王子,是以客人的身份前来观光的,并不是来侵略的。因此如果愿意接待他,他们就登岸,如果不愿接待,他们就原船回去,决不骚扰城中的百姓。

中国人当然是好客的,因此这个故事就继续说,那些中国人就开了城门,领了他们去谒见中国国王。在这里,故事里称中国皇帝为"法福尔"。褒顿爵士在这个字的下面加以渊博的注释道:

> 法福尔这字,是回教徒对中国皇帝的尊称。"法"事实上是"巴"的讹音,这字在中东的某些方言中有"神"和"宝塔"之义,因此他引用了一位法国学者的解释,认为"巴福尔"这字是中国话"天子"的意译。

不用说,中国天子对这位远方来的王子竭诚招待,又为他召集一切的船主水手和往来客商,为他调查巴贝尔城和伊拉姆花园的所在,直到他获得满意的消息后才离开中国。

《天方夜谭》里提起中国的地方还甚多。因为自唐朝以来从陆路和水路到过长安和广州的回教徒,回到中东以后,就带去了不少有关中国的知识和传说,因此后来反映在《天方夜谭》这些故事里的,真实和想象参半,但仍可以看出中国在这些中东的客人口中所留下的美好的印象。

在辽远时代播下的种子,看来现在正在这些新生的国土上开花结实了。

读书随笔1

《蝴蝶梦》与风流寡妇的故事

前几天读古罗马作家柏特洛尼奥斯的《萨泰里康》,见到有一篇介绍文中提起,柏特洛尼奥斯的这部讽刺世情名作,已佚散不全。在今日留存下来的片断中,除了《特里玛尔讫奥的宴会》之外,还有一篇是《艾费苏斯的寡妇》。这后一篇里所说到的这个寡妇故事,据说是古代流传很广的一个极有名的风流寡妇故事。不仅从罗马时代一直到欧洲的文艺复兴时代,欧洲的许多作家一再采用这个故事为题材,写出了不少各有特色的作品,就是古代中国作家也曾运用过这个故事。

这后一句话很引起了我的兴趣。作者不曾说明这位中国古代作家是谁,但是既然这么说了,必定是有所根据的。后来就有名的寡妇故事这范围想了一想,又翻阅了一些我国古代话本的总集,这才发现所指乃是庄子戏妻的故事,也就是旧时京戏所演的《蝴蝶梦》的本事。

《艾费苏斯的寡妇》故事是这样的:

一个平日以贞洁自许的妇人,在丈夫去世后,矢志要殉夫,住在丈夫的墓室内,拒进饮食,日夜哀哭。附近有一个兵士听见了这哭声,走来查问。他是在附近的刑场上负责看守死囚示众尸体的。他见到这哀哭的寡妇后,问明情由,便竭力向她劝慰,又劝她略进饮食,说是她既然爱她丈夫,若是丈夫地下有知,必不忍见她如此。这兵士生得年轻英俊,妇人也是在艾费苏斯以美丽著名的，两人不觉发生了互相爱慕之情，兵士将自己的口粮拿来，劝妇人吃了一些。妇人这时不仅不再哀哭，而且同兵士有说有笑。于是两人渐及于乱，就在墓室里面成就了露水姻缘。第二天早上，兵士回到刑场，发现他负责看守的死囚尸体，已经被人偷走了。按照军律，这是要处死刑的，他只好凄然来向这寡妇告别。

哪知这寡妇虽然是一夜恩情，却已经爱上了这兵士，不忍他去就死，而且这过失也一半因她而起，因此想了一下，向这兵士提议，她丈夫新死不久，既然死囚的尸体失踪了，何不趁上司尚未发觉之际，将丈夫的尸体拿去挂在吊刑架上充数，岂不是可以免得自己去抵罪？兵士赞同了，于是两人就合力开棺取出丈夫的尸体，挂到吊刑架上去冒充死囚，果然瞒过了上司的耳目。

京戏《蝴蝶梦》的本事，出自宋元人的话本《庄子休鼓盆成大道》，见冯梦龙所编的《警世通言》。将《艾费苏斯的寡妇》故事与《庄子休鼓盆成大道》的话本一比，可以看出故事的情节虽然大不相同，但两个寡妇却是同一典型的人物。

《警世通言》里的庄子戏妻故事，与《艾费苏斯的寡妇》故事，关于丈夫的部分虽然大不相同，但是两个寡妇的举动，简直如出一辙。说这两个故事同出一源，是极可以相信的。

这个有名的中国风流寡妇故事，见《警世通言》第二卷：《庄子休鼓盆成大道》，以庄子见到妇人扇坟作引子，引出他自己想试试自己的妻子，这就构成了这个庄子装死戏妻的故事。京戏《蝴蝶梦》大劈棺，就是由此而来。劈棺这一情节，在古罗马的那个寡妇故事里面，也是最精彩的部分。大家都是为了要救眼前的情郎，便不惜牺牲已死的丈夫尸体。在古罗马的故事里，是开棺取出丈夫的尸体去替代那个失踪的死囚尸体，在中国的这个风流寡妇故事里，则是想劈棺取出已死丈夫的脑髓，来医治新情郎的心病。

两个故事都是十分富于人情味的。我们当然可以说这两个寡妇都太不近人情，但是我们若从"死者已矣"，救生不救死的常理来看，她们的所为，实在是很合乎人情的。丈夫反正已经死了，既然有了新情人，则为了要挽救情人的生命，将已死丈夫的尸体加以废物利用，实在是很现实的举动。

我记得从前上海提倡改良京剧时，曾改编过《蝴蝶梦》，田氏劈棺、庄子复活以后，向妻子大施教训和奚落之际，却被田氏反唇相讥，挖苦了一场。新编的唱词，其中有精彩的两句，是以子之矛攻子之盾，用庄子的哲学思想来骂庄子。那两句唱词是：

庄生空言齐物论，不责男人责女人！

说庄子丧妻可以再娶，自己死了却一定要责成妻子守节。庄子被骂得哑口无言。因此在新编《蝴蝶梦》里面，田氏并不曾吊死，庄子也就没有"鼓盆"的机会了。

《庄子休鼓盆成大道》的故事，当然比罗马人的故事更曲折多变化，也更富于东方色彩。我更喜欢前面扇坟的那个引子，那个寡妇倒是个坦白真实的好人，比那些挂着寡妇招牌，暗中偷人的好得多了。庄子见了心中不平，实在不是解人，难怪回家以后，要设计装死戏妻。在这方面,庄子比起古罗马故事中的那个丈夫,可说差得多了。那个丈夫是真的病死的,因此,能使自己的无用尸体供妻子利用,不像这个东方丈夫,故意装死,设下圈套引妻子入瓮,然后再将她羞辱一场。

《警世通言》所载的《庄子休鼓盆成大道》故事里的假死戏妻情节,不知所本,可是庄子丧妻鼓盆以及梦蝶,却是有根据的,这都见于庄子自己的著作。

据《庄子》所载,庄周自言梦中尝化为蝴蝶,栩栩然蝶也,俄而觉,则蘧蘧然周也。不知周化为蝴蝶,抑蝴蝶化为周欤。又据《庄子·至乐篇》载:庄子丧妻,惠子往吊,庄子方箕踞鼓盆而歌。惠子曰:不哭亦足矣,歌不亦甚乎?庄子曰:人且偃然寝乎室,而我嗷嗷然随而哭之,自以为不通乎命,故止也。

可知梦蝶丧妻,鼓盆倒是有根据的。大约就因为有了这一点根据,将那个有名的风流寡妇故事附会上去,遂构成了《庄子休鼓盆成大道》这个话本。

除了《警世通言》所收的这个话本以外,据《花朝生笔记》所载,还有一个《蝴蝶梦传奇》,系清初严铸所撰,即从话本的故事改编而成,而将它更通俗化了。我未见过这部传奇,但是从《蝴蝶梦》这题名来推测,旧时京戏的《蝴蝶梦大劈棺》,必是根据严氏传奇改编而成,不是直接取材于宋元人话本的。

这个《艾费苏斯的寡妇》故事,在欧洲除了见于柏特洛尼奥斯的残稿以外,比他稍后的罗马作家奥柏尼奥斯,也在他的著名的《金驴记》里,收入了这个风流寡妇故事。稍后,法国哲学家伏尔泰，在他的讽刺小说《萨地格》里，也采用了这个故事。还有，法国的寓言家拉·封丹，也用这题材写过一首长诗。此外，如意大利的《一百故事集》，布列东的《风流妇人生活史》，都不曾放过这个精彩的故事，实在不胜枚举。

我小时很喜欢看《蝴蝶梦》这一出戏，喜欢看田氏劈棺这一场的跌扑功夫。演这出戏的旦脚，照例要踩跷的，因此劈棺之后，见到庄子从棺中推盖而起，她吓得抛了板斧，从灵桌上一个倒筋斗翻下来，接着在地上翻腾扑跌，表示惊吓的动作。要表演得好，是极不容易，而且很吃力的。还有，庄子变成楚国王孙后，将灵前的一个纸人金童变成自己随从的经过，也是极有趣的。那个由真人所饰的纸人，起初要完全装成是一个假人模样，任人搬动戏弄，眼眉手足不得有丝毫颤动，往往是丑脚大显身手的好机会，也使年轻的我看了大开笑口。

当时完全没有想到，这个寡妇劈棺的故事，竟有这样远的渊源，而且竟是从外国传入的。

《红楼梦》与南京的关系

一梦红楼二百秋，大观园址费寻求；燕都建业浑闲话，旱海枯泉妄觅舟！

据说这是有人在北京和南京都寻不出《红楼梦》里所说的大观园遗址后,写出了这首寄慨的小诗,见吴柳先生所写的《京华何处大观园》一文。

本来,大观园原有在南京或在北京两说,现在是后说占了上风。由于有新材料的发现,大观园是在北京之说,简直已经被肯定了。但是,大观园虽在北京,这并非说《红楼梦》与南京就根本没有关系了。《红楼梦》与南京的关系仍是很密切,而且很大的。

首先,《红搂梦》的作者曹雪芹的祖上,是在南京任"织造"官的,这固然不用说了。而且曹雪芹的本人,就是在南京出世的。从前的传记资料说他三四岁时离开南京,现在的新考证,则断定他离开南京到北京时,至少已有十三四岁(见吴恩裕的《曹雪芹生平为人新探》)。这一来,他与南京的关系更加深了许多。十三四岁,自然懂得许多东西了,"秦淮旧梦忆繁华"(敦敏赠曹雪芹诗),自有许多事情可忆。

曹雪芹的同时代人明义,《读红楼梦诗》的诗序,有句云:

> 曹子雪芹出所撰红楼梦一部,备记风月繁华之盛,盖其先人为江宁织府,其所谓大观园者,即今随园故址。

大观园以袁子才的随园为蓝本之说,久已被推翻了,但当时南京为明朝故都,城中故家池馆很多,"大观园"的具体轮廓即使在北京,曹氏在起草《红楼梦》时,忆起旧日秦淮繁华,将一些他在南京住过玩过的园林池馆景物写入书中,实在是大有可能的。

小说到底是小说,"大观园"的景物既非一成不变的实地写景,则掺入少年时代在南京所见的园林结构,也实在是大有可能的。这一点,还有待于新的"红学家"今后作更细微的考证。

《红楼梦》与南京的关系,最令我特别感到兴趣的,乃是这书最初命名的经过。原来《红楼梦》最初并不叫"红楼梦"。今日通行本的"楔子"说:

> 曹雪芹于悼红轩中,披阅十载,增删五次,纂成目录,分出章回,则题曰金陵十二钗……

"金陵十二钗"之名,虽然与"风月宝鉴""情僧录"一样,后来不曾正式被采用作书名。但是在"十二钗"之上冠以"金陵"二字,可知书中的故事与南京关系之深了。

曹雪芹虽是在南京出世的,他的祖上却是旗人,我们不便说他是南京人。但是《红楼梦》里有一个主要的人物,却是南京人,而且后来还死在南京的,那就是王熙凤。据脂砚斋所见的曹氏《红楼梦》初稿,不可一世的泼辣的王熙凤,后来竟被原先惧内的贾琏将她贬为妾妇,接着更进一步将她休回娘家,于是她就哭哭啼啼地回到了"金陵娘家",后来就死在南京。

至于袁子才的"随园"就是大观园之说,这话最初本出自袁子才自己之口。随园在南京仓山,袁子才在他的《随园诗话》里说:"大观园者,即余之随园也。"这是大观园在南而不在北,是"随园"前身之说所由来。一向拥护此说的颇不乏人。据张次溪先生的《记齐白石谈曹雪芹和〈红楼梦〉》说：

> 首先，大观园的地址问题。齐白石认为：大观园应该在南京，袁子才说随园就是大观园的遗址，是可以相信的。因为曹家在南京，做了几十年的织造，有一所规模相当宏丽的园子，当然不成什么问题。雍正五年（公元一七二七年）曹雪芹的父亲曹頫革了职，第二年被抄了家，所有家产，却由皇帝赏给了继任织造隋赫德。曹頫在南京的园子，隋赫德改名为隋园。袁子才买到手后，改称随园，这是很清楚的沿革。曹家被抄没后迁回北京，在那个官官相护的时代，未必就贫无立锥，说不定在北京另有一个园子。但可断言，北京的园子，决不能比南京的园子宏丽。抄家时，曹雪芹年纪虽还很小，但总能听到老人们回忆在南京时的生活状况，所以在写《红楼梦》时，就把南京的园子作为大观园的蓝本了。（引自《散论红楼梦》一书）

大观园在南京之说，据说现在已由于新发现的有力证据，完全被推翻了（见吴柳先生的《京华何处大观园》）。但在感情上，我仍是希望至少该有一部分与他的南京老家有关。曹雪芹写《红楼梦》里的大观园时，他的脑中会想起从前在南京的老家旧园景物，实在是极有可能的。

《红楼梦》里所用的方言谚语，有许多也是南京话。如丫鬟们在大观园里放风筝，用的是"剪子股"的方法，这就是南京土话。因为这方法是将一柄剪刀缚在竹竿上，将风筝的线从剪刀柄中穿过，竖直了竹竿，利用竹竿本身的高度，曳动风筝线，以便容易放上去。这是我们家乡的女孩儿们在家里戏放风筝惯用的方法。

印度古代的《五卷书》

印度古代的《五卷书》，有点像《十日谈》《七日谈》那样，是一部内容非常丰富的故事集。不过它与俗世气息较浓的《十日谈》一类的故事集略有一点不同，它虽然也有一些涉及男女关系的小故事，但主要的内容是"寓言"，人的寓言、人与动物的寓言、动物与动物之间的寓言。

许多人已经知道，印度古代的传说、寓言和故事，是非常丰富的。我们平日以欣赏古典文学作品的立场去读基督教的《新约》和《旧约》，往往惊异于其中所包含的故事的丰富。西洋文艺作品和艺术品，以至今日的电影，取材于《圣经》者特别多，正是由于这个原因。

同样，有机会翻阅过一些佛经的文艺爱好者，一定也会很惊异佛经里面所包含的故事和寓言之多，而且写得那么机智可喜。

《五卷书》就是这样的一部故事集和寓言集。不过它并不是佛经，而且与宗教无关。只是一种"道德的课本"而已。由于这些寓言和有趣的小故事，却是流传在民间口头上，或是有钞本流传的，收集采录的不止一个人，因此某一个故事，往往大同小异，会在许多不同的作品中出现。

《五卷书》的原名是"Panchatantra"，即五卷书之意。这命名的由来，是由于原书共分五卷，每一卷包含若干故事、诗歌和寓言，所以称为《五卷书》。

这部故事集是只有编纂人，没有著者的。据说本是印度古代国王，为了教育王子们，传授他们以统治、辨别善恶、应付危难和治理国家的智慧，特地命臣下编纂这部《五卷书》，通过流传在民间的歌谣、寓言和故事，来灌输给他们这些知识。

不管印度古代的统治者是否达到了他们的教育目的，这部《五卷书》却因了它的本身内容丰富和趣味浓郁，获得了王子以外的普通读者所爱好，并且流传得很广。

近年，这部印度古代故事集，在我国也有了译本，是由精通梵文的季羡林先生翻译的，是北京中国科学院文学研究所出版的外国古典文学名著丛书之一。译者自己写了一篇长序，这本书的流传历史、版本沿革、对世界各国文艺作品的影响，作了很详细的介绍，并且对其中的思想内容，也进行了批判。

《五卷书》的叙述故事方法，有些地方同《天方夜谭》一样，常常用头一个故事的结尾一首诗，引起下一个故事。在第四卷第七个故事里，猴子劝海怪不必因为失去了一个老婆而心里不好受，海怪却表示自己的命运不济，迭遭不幸，因此难以排遣，他随即

吟了一首诗道:

> 不管我是多么狡狯,
> 你的狡狯加倍胜过我;
> 情人丢了,丈夫也丢了,
> 你赤身露体地看些什么?

猴子不解所谓,问他这是什么意思,于是海怪就说出了一个不贞的妇人失去了情郎又失去了丈夫,连自己全身衣服也失去的故事。

这个故事是这样的:

有一对农民夫妇,老婆嫌丈夫年老,心想勾引别的男子,被一个无赖见到了,趁机引诱她,向她说了许多中听的话。妇人听了高兴,就表示愿意跟他一起走,而且说家里还有一些钱,愿意先回家去偷了钱,然后再一起逃走,到别一个地方去享福。于是彼此约定了会面的地方。妇人回家,果然趁丈夫夜晚睡觉的时候,偷了家中所有的财物。第二天到了那约定的地点,跟了那个无赖一同逃走。

两人走了一程,来到河边。无赖心想这妇人年岁已经不轻,对自己实在没有什么用处,而且如果被人追来捉住,更将得不偿失,不如撇下她,拿了她的财物,独自走掉的好,因此:

> 他这么想过以后,就对她说道:"亲爱的呀,这一条

大河不容易过,因此,我想先把我们的财物送到对岸去,然后再回来,把你一个人驮在肩上,平平安安地扛过河去。"她说道:"好人哪,就这样办吧!"她那样说过之后,他就把她所有的财物都拿了过来。又说过:"亲爱的呀,你把你上身和下身的衣服也都给我吧,好让你无忧无虑地到水里去。"她这样作了,流氓就拿了财物和她上下身的衣服到他自己想好的那一个地方去了。(据季羡林的译文)

这个妇人赤了身体,坐在河边等候那个无赖回来接她时,见到一只母狼衔了一块肉走来,这时河里跳上来一条鱼,它放下口中的肉想去捉鱼,鱼又跳回河里去,同时恰有一只老鹰从空中掠下来,攫走了那块肉。母狼两手空空,那妇人见了这情形,忍不住对它笑了起来,并且吟了一首诗。

这个还不知自己受骗,赤身坐在河边等候情郎来驮她过河的不贞妇人,这么吟了一首诗嘲笑那只既失了口中的肉又失了鱼的母狼道:

> 肉给老鹰叼走了,
> 鱼又跳到水里去;
> 母豺狼呀,你丢了鱼肉,
> 还有什么可看呢?

母狼因为妇人自己早为人所骗,既失了丈夫,又失了情郎,更失了钱财和身上的衣服,还要嘲笑它,因此,就吟了上一个故事末尾所引的那首小诗来回敬她,说自己虽然一向以狡狯著名,可是这女人竟比它更狡狯,但是即使如此,结果也仍是既失了丈夫,又失了情郎,到头来落得赤身露体,人财两空,亏她还有闲心来管它的闲事云云。

《五卷书》里就充满了这样富于世情嘲讽和机智的小故事。据中译者季羡林先生在译本序文里说,《五卷书》里的这些故事,不仅见于佛经和印度其他的故事集,就是卜迦丘的《十日谈》,斯特拉拍罗拉的《滑稽之夜》,乔叟的《坎特伯雷故事集》,拉·封丹的"寓言",以及德国格林兄弟的童话,其中都有《五卷书》的影响,可见它流传之广。

我国唐宋以来的笔记小说,其中也有《五卷书》的影响。季羡林先生从《太平广记》《梅涧诗话》[1]《雪涛小说》《应谐录》等书中,找出许多例子作证。认为这是随着佛经的汉译,这些印度民间故事传说也传入了我国,并且受到文人学士的喜爱和注意。奇怪的是:《五卷书》本身却一直没有中译本。

像《五卷书》这一类的故事总集,在印度流传下来的还不止一种。季羡林先生提到了还有月天的《故事海》,安主的《大故事花束》等等。这些当然都没有中文译本。

多年以前,曾在许地山先生的书架上见过一部《故事海》的英译本,全部好像共有七八册之多,当时未及细看。他也是通

---

[1] 应为《梅磵诗话》。——编注

梵文，喜欢研究佛经文学的，架上会有此书，正是理所当然。可惜我当时未加细看，现在许先生的藏书都由他的家人让给澳洲一所大学图书馆了，因此无法知道这部《故事海》的英译本是英国什么书店出版的，想买也一时无法买得到。

月天的《故事海》

我久想读一读印度古代的那部故事集《故事海》，可惜买不到这部书，我曾记起过从前见过许地山先生藏有这书，是英译本。他是研究佛经文学和梵文的，自然不能不备有这部印度古典文学的泉源作品。

许先生去世后，遗书都存在香港大学的冯平山图书馆内。十多年前我经常到那里看书，见到这部《故事海》仍在他的藏书架上，总想找一个机会细细地读一遍，一直因循未果。后来听说他的全部藏书，包括那些很难得的道教著作，一起卖给了澳洲一家大学新设立的中文学院。这一来自然更不容易有机会读到这部书，自己心里很懊悔错过了机会。前些时候读新出版的季羡林先生译的《五卷书》，这也是与《故事海》相似的故事集，不过规模较小。季先生在译序里也提起了月天的这部《故事海》，又挑起了我要读这部书的愿望。我再向当年负责保管许先生藏书的有关方面去打听,这才知道当年卖到澳洲去的只是中文藏书,至于西文藏书则大部分仍在这里,于是赶紧托人去询问借阅,终于借到了许先生旧藏的这部《故事海》,多年的宿愿终于实现了。

月天的《故事海》,根据梵文音译的英文,是作:

Somadeva: *Katha Sarit Sagara*

我不懂梵文,将作者的名字 Somadeva 译成月天,是根据季羡林先生所译的。许地山先生所藏的这部英译本,是相当珍贵的,是一九二四年伦敦一家书店出版的限定版,共十巨册,印了一千五百部,编有号码。许先生所藏书的这一部,编号第一千五百,该是所印的最后一部了。这个译本后来是否重印过,我不大知道。不过多年以来,我一直想买这书,好像从不曾在外国书报刊物上发现过这书的广告。

这部《故事海》的英译本,因为是限定版,排印纸张都十分讲究,装订也坚固大方。每一册上有许地山先生自己的签名,还有一个圆形的"面壁斋"图章,这是他的斋名。在正文的第一页上,他还用红笔写了"故事海"三字。他一定也很喜欢这部书。由于是限定版,在当时买起来一定也花了不少钱。

原来的英译者是塔莱(C. H. Tawney)。这个版本则是经过潘塞(N. M. Penzer)的整理和注释,卷首并附有英译者的生平和汤白爵士(Sir R. C. Temple)的介绍。

《故事海》的编著者月天,他的身世不详。在这个故事集的卷末，附有他自己的一首小诗，曾简略地叙述了自己的身世，后人所知道的，也就仅此而已。

他自述曾任克什米尔的阿郎达王的宫廷诗人，为王后苏雅伐蒂讲故事，这才写成了这部《故事海》。据考证，阿郎达王在克什米尔的统治时期，是在十一世纪，他在一〇八一年自杀。在位期间，父子争位，是一个血腥混乱的统治。大约也正因为如此，王后苏雅伐蒂才那么对听故事感到兴趣。她在阿郎达王火葬时，也投火殉夫而死。

生于十一世纪的月天，是一个婆罗门。正像一切流传下来的古代故事集那样，我们与其说月天是《故事海》的著者，不如说他是这个故事集的编者。因为这些故事，大部分都是各有来源的，有的在当时流传已久，有的则采自其他的故事，有的由他整理、改编、加工、汇集在一起，形成了这个故事的大海。

《故事海》的主要来源，据月天自己的介绍，是取材于印度古代的一部更大规模的故事集，名为《大故事》(*Brihat Katha*)。这些都是写在贝叶上的手钞本。据说在上古时代曾被人焚毁了六十万叶，到他的时代只存下十万叶，这些材料，都采入了他的《故事海》。

至于《大故事》本身，后来也另有一个单行本是由卡希曼特拉（Kshementra）整理汇集的，改称《大故事花束》(*Brihat Katha Man Jari*)，但是它的篇幅，不及《故事海》的三分之一。

《故事海》命名的原因，据月天自己的解释，他说他这部故事集，已经将印度自古代流传下来的故事都汇集在一起，正如大海汇集了所有的河流一样。他说，一切发源于圣山喜玛拉雅山的冰雪河流,以及来自其他高山的河流,奔腾而下,或早或迟,都要汇流到一起,汇成一个大海。他的这个故事集也正是如此。它汇集了印度自古代流传下来的大情人的故事,帝王和政治变化阴谋的故事,战争谋杀、背叛出卖的故事,鬼怪符箓、吸血鬼和幽灵的故事,寓言和真实的动物故事。此外还有乞丐、方士、赌徒、醉汉和娼妓的故事。

《故事海》全书共分一百二十四章。这一百二十四章又分为十八卷。他依据《故事海》的定义,称每一章为一个"波浪",又称每一卷为一个"高潮"。英译本十巨册,每册平均有三百页以上,因此共有三千多页。

《故事海》的内容,是在故事之中又包含故事,往往一个大故事之中包含了十几个小故事。有些故事追溯源流,可以上溯至公元前二千年,因此印度古代民间流传的故事,以及经典里所载的故事,其精华可说全部集中在《故事海》里了。

古代的印度,不愧是许多故事的老家。这些故事从印度流入了波斯,再从波斯传到阿拉伯人的口中和纸上。到了中世纪,它们便由中东流入君士坦丁堡和威尼斯。这才开始被欧洲人接触到了。从这以后,卜迦丘的《十日谈》,诗人乔叟的《坎特伯雷故事集》,以及法国拉·封丹的那些寓言诗和小故事,有不少都是从印度故事里取材的。

它们流入我国子书、笑话和话本的经过,则是由于佛经译本的介绍。因为有许多佛经故事,也辑入了《故事海》,如《佛本行集经》,甚至有名的《五卷书》里的故事,都可以在《故事海》里找得到。

更有名的《天方夜谭》，在十八世纪初年通过加尔兰的译本最初传入欧洲时，有不少欧洲人认为其中的故事和描写，都是加尔兰自己写了来托名译自阿拉伯文的。甚至后来对褒顿爵士更有名的译文也频频怀疑。直到后来，他们在一些印度古代故事集里找到了一些故事，正是《天方夜谭》里的本源。这才知道阿拉伯人所说的故事渊源有自，对加尔兰和褒顿爵士的译文不再怀疑了。

这些故事，也是源出于月天的《故事海》。

潘塞整理过的这十巨册的《故事海》英译本，确是花费了不少心血的。十册之中，九册都是本文，第十册则是全书的索引。有按照故事的内容和人名的两种索引，此外还有一个总索引，因此如果要查阅一个故事，在总索引里一查即得。

此外，每一册的卷末还附有几篇附录，都是讨论故事里所涉及的一些印度古代风俗，如裸体压胜，伞的形式和用途的变化，以及婚姻风俗等等。在本文之内，又随处附有注译，引经据典，考证故事里的一些地方名。我国赵汝适的《诸蕃志》、贾思勰的《齐民要术》以及《古今图书集成》，都被引用了。

英译者塔莱（一八三七年——一九二二年），是剑桥大学出身，后来在加尔各答大学任教多年，因此有机会研究梵文。他的《故事海》的最初译文，是在一八八〇年在印度出版的。

美丽的佛经故事

前年我买了一本《佛经文学故事选》拿回来放在桌上，还不曾看，就给别人借了去。总算我有经验，知道这样的书，照例是一借就不还的。等了一些时候，果然如此，我只好到书店里去再买了一本。

本来，要欣赏佛经里的故事，最好是直接去读佛经。若是嫌卷帙太多，选择起来不容易，还有一部书可读，那就是大唐上都西明寺沙门释道世玄恽撰的《法苑珠林》。这可说也是一部佛经故事的总集。但是这书也有一百二十卷，而且文句简练深奥，颇不易读，比之经过编选加注的这部《佛经文学故事选》来，自然仍是难懂多了。

《佛经文学故事选》所选录的故事，虽然也是保留了佛经的原文，但是仅仅采录了那些叙述故事的部分，而且加了标点，加了注释。这对一般文学爱好者来说，当然方便多了。

我想这解说该是多余的了，但我仍想说明一下：不一定要做和尚做尼姑才应该去读佛经；佛经更可以不一定当作宗教经典来读。我在这里要向佛教的诸大德告罪一句，我就是将佛经当作文学作品来读的。当作寓言集、当作故事集，甚至是当作《十日谈》来读的。就是对于基督教的《圣经》，我也是如此。

事实上，《伊索寓言》，我国古代许多神怪故事集，甚至近代作品如《聊斋志异》等书，有许多故事的本源都是出自佛经，而佛经里所引用的这些故事，多数又出自当时印度民间传说和古传说。印度——在古代许多寓言和故事的流传上来说，它是世界最主要的泉源之一。

鲁迅先生对于佛经里的故事的文学价值，也早已注意到了。他在早年曾自己舍钱托金陵佛经流通处雕版印过一部《百喻经》。这就是《伊索寓言》似的故事集，里面的比喻非常机智美妙。后来北新书局也出过加了标点的排印本，题为《痴华鬘》。这就是这部佛经的原名。

《佛经文学故事选》，一共选了七十八个故事。这当然只是佛经中所包含的有趣故事极小的一部分。但是如果是一个从不曾踏进过这一块美丽园地的文学爱好者，我劝他买一本看看，一定要惊异佛经里面原来有这许多美丽的故事。

寓言家伊索的故事

《伊索寓言》的著者伊索，是古希腊时代的人。他的身世非常隐晦，差不多像借了他的名字来流传的那许多寓言一样，他的自身也几乎成了一种传说。我们今日所能知道的，只是他的出身一点也不"高贵"，是当时的一个奴隶。而且据可以信赖的史料看来，当他的名字第一次被人记载时，其时他已经被他的主人辗转贩卖了两次,正在第三次又被送到奴隶市场上去待价而沽。

我们今日能够读到的有关伊索生平的资料,最可靠的是得自古希腊有名的历史家希罗多德的著作。因为他与伊索生存的年代,前后相距不过百余年,而且他的历史著作中的其他记载,已经从各方面被证实相当可靠。所以他的关于伊索的记载,自然也较之别人所说的更为可信了。

据希罗多德的记载,寓言家伊索,系生于埃及法老王阿玛西斯的时代。这时代是在公元前六世纪中叶。但是据近代更可靠的考证,伊索的诞生年代该是公元前六二〇年。他的身份是奴隶。因为是奴籍,所以出生的地点不详。希罗多德氏说他生在希腊的萨摩斯岛上,但是正如后人争论希腊大诗人荷马的故乡一样,至今希腊至少有四处地方的人在争执他们那里才是伊索的故乡。

据说身为人奴的伊索,被主人辗转卖了两次以后,第三次又卖到一个名叫查特孟的人手上。这个新主人看见这奴隶机智有学问,便解除了他的奴籍,恢复他的自由公民身份。按照古代希腊的法律,一个恢复了自由的奴隶,他就有资格享受一般公民应享的权利。因此伊索不久就获得了很受人尊敬的地位。他周游希腊各地,在各藩王和贵族之间过着幕客的生活,用他的寓言和机智才能博得他们的倾服,同时更充实自己的修养。后来他住在萨地斯。这是莱地亚的都城,是当时学术文化的中心。有一次受了克洛苏斯王委托,以使臣名义到特尔费去料理一笔赈款。不知怎样,特尔费的市民触怒了他,他也激怒了特尔费市民,双方争执起来,伊索命人将赈款携回萨地斯。这样更激怒了特尔费市民，据说他们便不顾伊索是克洛苏斯王的使臣，将他从悬崖上推下去，使他粉身碎骨而死。

伊索死在特尔费人的手上，这事大概是可靠的，虽然他致死的原因还有几种不同的解释。至于这是哪一年的事，则没有资料可供查考。由于他是无辜而死的，古代希腊又有关于伊索死后向特尔费人复仇的传说，使他们饱受天灾人祸。古代希腊有一句"伊索的血"谚语，就是表示为恶终必受报之意。

伊索的像貌和他的画像

我的手边有好几本《伊索寓言》，都有插图，可是没有一本有他的画像。伊索是公元前六世纪的古希腊人，又是奴籍出身，后来虽以善说寓言著名，但是不会有真的画像流传下来，自是意料中事。不过有许多传说中的古代人物，总有一两幅想象中的画像流传着，唯独伊索可说是例外。我只知道有一种旧的英文《伊索寓言》译本前面有一幅伊索的画像，可是我至今仍未见过这种版本。

前几年，有一个国家发行过一套纪念邮票，其中有一幅有伊索的像，但那是作为戏中人物之一而扮出来的，所以不能说是正式的画像。但也仅此而已。

据古代的记载,伊索的像貌是奇丑的,近于我们所说的"十不全",驼背拐脚,缺耳歪嘴,无一不具,而且说话还口吃。因此还有一个传说,说他的主人见他生得太丑,在一个官员面前竟否认伊索是他的奴隶,说这个丑汉与他根本没有关系。据说伊索就根据主人的这种表示,要求那个在场的官员作证,要主人解除他的奴籍。因为他已经公开表示过他没有什么关系了。主人为了赏识伊索这种敏捷的机智,果然答应了他的要求。据说这就是伊索获得解除奴籍的经过。

这个传说如果可靠,连主人也嫌他生得太丑,不肯在别人面前承认是他的奴隶,他的其貌不扬可想而知。

不过,不见伊索的画像,但是有关他的雕像的材料,倒有一点。据流传下来的古代文献,伊索在特尔费市被当地市民谋杀了以后,市民发觉上天在惩罚他们杀害了一位才人,就集资为他建立了一座雕像,以平神怒。另有记载,则说后来在雅典也有他的雕像,还是大雕刻家里西普士的作品。这在我国《留庵丛谭》里也曾提及:

> 伊索之著寓言也,半成于苦林斯,半成于雅典。两城之人,读之而善,醵金赠之,以为酬报。伊索却之不能,乃受之转馈诸旧主人。及卒,大雕刻家里西普士为之选文石,琢其遗像,屹立于雅典之市。沧桑屡易,陈迹遂淹,像已早亡。惟此寓言久而愈光。里西普士之刀笔,恶能及

伊索之笔墨也哉。

相传这位像貌奇丑的古代大寓言家，他的画像竟这样地难得见到，恰与他的作品成为举世家喻户晓的情形相反，实在是件难解的怪事。

明译本的《伊索寓言》

《伊索寓言》传入我国很早，在明朝就有了中文译本。除了《佛经》以外，这怕是最早的被译成中文的外国古典文学作品了。据日本新村出氏的研究，明朝所刊行的《伊索寓言》译本，从事译述的是当时来中土传教的耶稣会教士。这是由华名金尼阁的一位比利时教士口述，再由一位姓张的教友笔录的。书名并不是《伊索寓言》，而是《况义》。况者比也譬也，《汉书》有"以往况今"之语。这书名虽然够得上典雅，可是若不经说明，我们今日实在很难知道它就是最早的《伊索寓言》中文译本。

据新村出氏的考证，《况义》系于明朝天启五年，即一六二五年在西安府出版，现在仅知法国巴黎图书馆藏有两册钞本，所以不仅见过这书的人极少，就是知道有这回事的人也不多。从前周作人先生曾在《自己的园地》里提过明译的《况义》，也是根据新村出氏的文章写成的。

《况义》仅译了三十几篇寓言，不用说，全是用极简练的古文译成的。我只见过一篇，是关于那只衔了骨头过桥的狗，从水中见到自己的影子，以为另一只狗也有骨头，起了贪心去抢，结果连自己原有的骨头也失去的故事。

次一种较早的《伊索寓言》中译本，该要算到广州教会所出的那一种了。这是英汉对照的译本，出版于清道光十七年，书名是《意拾蒙引》，译者署名是"蒙昧先生"。"意拾"即伊索的异译。这书出版至今虽不过百余年，但是已经很少见。据一八四〇年广州外商出版的英文季刊《中国文库》的介绍，这部英汉对照的伊索寓言集，一共译了寓言八十一篇，全书共一百零四页。每页除了英汉对照的寓言本文以外，还有汉字的罗马字注音，中文居中，译音居右，英文居左，这是专供当时有志学习中国文字的外国人用的。出版后很获好评，一八三七年第一次出版后，在一八四〇年又再印了一次。可惜这译本至今也不易见到了。

据《中国文库》介绍，本书的译者是一位汤姆先生，他是当时广州渣甸洋行的职员。由他口述，再由一位"蒙昧先生"用中文记下来的。这位"蒙昧先生"就是他的中文教师。

不知为了什么缘故，一八三七年初版的《意拾蒙引》，出版后曾被清官厅所禁。但是据后来在一八四〇年又再版看来，禁令显然后来又取消了。

伊索本人的逸事

美国财阀摩根出钱搜集的欧洲古代手稿,其中有一卷古希腊文的,是公元二世纪之物,据考证,作者是一个懂希腊文的埃及人。手稿的内容全是有关寓言家伊索的逸事,从他卖身为奴起,直到被特尔费人害死为止,共有逸事一百四十二则,等于是一篇完整的伊索传记。

这些逸闻与《伊索寓言》不同。《伊索寓言》,是他讲给别人听的故事;伊索逸事,则是别人所讲的关于伊索的故事。

这一些关于伊索的逸闻手稿,也像《伊索寓言》本身一样,流传下来的很多,彼此大同小异,都是各人根据别人的口授资料,以及自己听来的,集中在一起来写成的。因此有些搜集的资料较多,有些则很简略。现存最完备的,要算摩根藏书楼所收藏的这一份了。它所记录的一百四十二则伊索逸闻,差不多应有尽有。凡是古希腊流传下来的,都一起收集在内了。

伊索的传记资料,可靠的并不多,因此这些与他有关的逸事,我们又不便真的看作是他的传记,只能当作是关于他的传说而已。

这些逸事,也像他所说的寓言,全是充满了可喜的机智的。以下就是一例。

有一天,伊索的主人对伊索说:"到公共浴室里去看看,今天就浴的人多不多。"

伊索走到公共浴室去看,见到里面的人非常多。他发现浴室门口有一块大石,碍手碍脚,也不知是谁放在那里的。出进的人,偶不小心,就要给这块石头绊倒。他们总是将那个放石头在这里的人咒骂一句,然后爬起身走开,从没有人动手将这块石头移开。

伊索站在那里好笑时,忽然又见到有一个人被石头绊倒了,他也骂了一句"哪个该死的将石头放在这里!"可是爬起身后,却动手将石头移开,然后再走进去。

伊索就回去对主人说:"今天浴室里只有一个人。"

主人听了大喜,"只有一个人吗?那真是好机会,可以舒舒服服地入浴一次了"。他吩咐伊索赶紧收拾衣物跟他去。可是到了浴室,发现里面挤满了人,因此,他向伊索责备道:"里面这么多人,你为什么告诉我说只有一个人?"

伊索就将他在浴室门口所见的情形告诉主人,认为别人被石头绊倒,只晓得骂人,从不想到将石头搬开。只有一个人在绊倒之后,想到将石搬开,以免再绊倒别人,"因此我认为只有他才配称得起是一个人,我一点也不曾说谎"。

晚晴杂记

我的读书

我的读书,这就是说,除了学校的课本以外,自己私下看书,所看的又不是现在所说的"课外读物",而是当时所说的闲书。据自己的记忆所及,是从两本书开始的。这两本书的性质可说全然不同。一本是《新青年》,是叔父从上海寄来给我大哥看的;一本是周瘦鹃等人编的《香艳丛话》,是父亲买来自己看的。这两本书都给我拿来看了。

这是一九一六年前后的事情,家住在江西九江。我那时只有十一二岁,事实上对于这两种书都不大看得懂,至少是不能完全理解。但是至今还记得这些事情的原因,乃是到底也留下了一点难忘的印象。一是从那一期的《新青年》上,读到了鲁迅的《狂人日记》,自己读了似懂非懂,总觉得那个人所想的十分古怪,留下了很深刻的印象。

另一难忘的印象是《香艳丛话》留下来的,这是诗话笔记的选录。其中有一则说是有画师画了一幅《半截美人图》,请人题诗,有人题云:"不是丹青无完笔,写到纤腰已断魂。"现在想来,这两句诗并不怎样高明,而且当时自然还不会十分明白为什么要"写到纤腰已断魂"。可是,不知怎样,对这两句诗好像十分赏识,竟一直记着不曾忘记。

就是这两本书,给我打开了读书的门径,而且后来一直就采取"双管齐下"的办法,这样同时读着两种不同的书,仿佛像鬻理斯所说的那样，有一位圣者和一个叛徒同时活在自己心中，一面读着"正经"书，一面也在读着"不正经"的书。

这倾向可说直到现在还在维持着，因为我至今仍有读"杂书"的嗜好。愈是冷僻古怪的书，愈想找来一读为快。若是见到有人的文章里所引用的书，是自己所不曾读过的，总想找了来翻一翻，因此，书愈读愈杂。这种倾向，仿佛从当年一开始读书就注定了似的，实在很有趣。

父亲的手上没有什么书，我有机会读到更多的书，是到了昆山进高等小学的时期。住在叔父家里，这就是寄《新青年》给我大哥的那位三叔，我在那里读到了《吟边燕语》《巴黎茶花女遗事》一类的小说，也读到了"南社丛刊"。学校里也有一个小小的图书室，使我有机会读到了一些通俗的名人传记。书籍世界的大门，渐渐地被我自己摸索到，终于能够走进去了。

写文章的习惯和时间

蓬子有这样一个故事：有一时期，他很苦闷，又很穷，又很懒散，整天地东跑西跑，好像很忙，什么事情都不能做。这就是鲁迅先生《赠姚蓬子》诗里所说的"可怜蓬子非天子，逃来逃去吸北风"的时代。我们劝他多写一点文章，他总是说心情不好，又说环境不好,不能执笔。

有一天,难得他认为心情好了,那时他住在北四川路一家人家的亭子间里,时间正是夏天。他在傍晚时候,洗完了澡,坐在向北的窗下,摊开了稿纸,坐下来说是要写创作了。哪知环境太好了,拂着北窗的凉风,通体舒适,很快就伏在桌上呼呼大睡起来了。后来有朋友去看他,发现稿纸已经吹满了一地,他伏在桌上未醒,结果,自然仍是一个字也不曾写成。

我从前曾有要在灯下写文章的习惯,可是这习惯早已无法守得住了。最近我时常在自己的文章里提到在深夜还执笔未停的话,并非我仍在维持要在灯下写作的习惯,而是这枝笔在白天里就早已在动着了,一直写到夜里还未曾写完该写的一切,只好继续写下去,根本不是习惯不习惯的问题了。

对于写作习惯,我自己倒另有过一点别的斗争,那就是抽烟的问题。不知怎样,在好多年以前,对于"写文章的人一定要抽烟"这条"定理",忽然想表示反抗,决定怎样也不抽烟,文章却一定要写。结果,几十年以来,这一场斗争总算不曾败下阵来。因此,现在每逢有新见面的朋友惊异地向我问:"哦,你写文章居然不抽烟?"我就会十分得意地回答,"见笑见笑,所以文章写不好!"

不过,我们虽然不必一定要提倡在晚上读书、在灯下写作,但是,在灯下写作或是读书,会特别专心和兴致好,却是不能否认的事实。无论在怎样的季节,无论在怎样的环境下,夜深人静,自己一人坐在灯下翻翻书,写一点自己想写的东西,这是工作,同时可说也是一种享受。这种心境澄澈的享受，在白昼是很难获得到的。

说到底，我自己仍是喜欢在夜晚写作和读书的，只是有时由于白天的工作做不完，一直要伸延到夜晚来做，遂连这一点享受也被取消了。

我的藏书的长成

我在上海抗战沦陷期中所失散的那一批藏书，其中虽然并没有什么特别珍贵的书，可是数量却不少，在万册以上。而且都是我在二十岁到三十岁之间，自己由编辑费和版税所得，倾囊购积起来的，所以一旦丧失，实在不容易置之度外。在抗战期中，也曾时时想念到自己留在上海的这一批藏书，准备战事结束后就要赶回上海去整理。不料后来得到消息，说在沦陷期间就已经失散了，因此意冷心灰，连回去看看的兴致都没有了。

我的那一批藏书，大部分是西书，购置发展的过程，其中的甘苦，真是只有我自己才知道。最初的胚芽，是郁达夫先生给了我几册，都是英国小说和散文。他看过了就随手塞给我："这写得很好，你拿去看看。"还有则是张闻天先生也给过我几册，大都是王尔德的作品。当时我住在民厚南里，还是美术学校的学生。他也住在同一弄堂里，任职中华书局编辑所。因为我从达夫先生处认识了他的弟弟健尔，时常一起到他那里去玩，他知道我在学美术，又喜欢文艺，那时他好像正在译着王尔德的《狱中记》，便送了几册小品集和童话集给我。我最初读王尔德的《幸福王子》，就是从这些选集上读到的。

我那时穷得很厉害，从当年的哈同花园附近到西门斜桥去上课，往来都是步行，有时连中午的一碗阳春面的钱也要欠一欠。但是这时却已经有了跑旧书店的习惯。当时每天往来要经过那一条长长的福煦路，在一条路口附近有一家旧货店，时时有整捆的西书堆在店门口出售。我记得曾经用一毛钱两毛钱的代价，从那里买到了美国诗人惠特曼的《草叶集》、英国画家诗人罗赛蒂的诗集，使我欢喜得简直是"废寝忘食"。

我的那一批藏书，就是从这样的胚芽来开始，逐渐发展长成起来的。一直到参加《洪水》编辑部的时期，我几乎每月仍没有什么固定的收入，因此，仍没有能力可以买较多或是较贵的书。所幸的是那时的旧书实在价廉物美，只要你懂得挑选，往往意外地可以买到好书，因此，无意中倒也买到了好一些很难得的书，即使富有如诗人邵洵美，见了也忍不住要羡慕。

后来到了自己编辑《幻洲》，又出版了单行本，有编辑费和稿费版税可拿，这才可以放开手来买，于是我的书架上的书，很快地就成为朋友们谈论和羡慕的对象了。

读少作

偶然在一家书店里见到有一部《现代中国小说选》,编辑人是赵景深和孙席珍,出版年月却是一九六〇年九月,里面所选的几十篇短篇小说全是一九三〇年以前的东西。这显得有点不伦不类,看来若不是利用别人家的旧纸版,便是根据旧书来翻印的。

翻了一翻,赫然也有自己的一篇《昙花庵的春风》在内。记得这是发表在《洪水》半月刊创刊号上的,《洪水》是在一九二五年秋天创刊的,这已是将近四十年前的旧作了,连忙买了一部回来。

回来查阅了一下《中国现代出版史料》,知道《洪水》是在一九二五年九月创刊的,而我的那篇《昙花庵的春风》,却是在一九二五年七月所写。一九二五年,我那时还是个二十岁的少年。因此,这篇东西不仅是我的旧作,简直是我的少作了。虽然比这更早,在一九二四、一九二三年,我已在学习新文艺的写作了。

我是从学习写抒情小品文开始的。我的"老师"是当时新出版的冰心女士的那本《繁星》。当时我还在一个教会中学校里念书,附近有一家隶属同一教会的女学校,她们在圣诞节招待我们去看戏。我正读了《繁星》,被那种婉约的文体和轻淡的哀愁气氛所迷住了,回来后便模仿她的体裁写了两篇散文,描写那天晚上看戏的"情调"。写成后深得几个爱好新文艺的同学的赞赏,我自己当然也很满意,后来还抄了一份寄给那位女主角,可惜不曾得到什么反应，但是，从此我便对新文艺的写作热心起来了。

去年，冰心女士经过香港，我将这件事情告诉了她，称她为老师，她听了大笑，说是再也想不到还有我这样的一个学生。其实，她的小品散文确是值得青年文艺爱好者去研究学习的。直到今天，我仍是《繁星》和《寄小读者》的爱读者。我没有勇气读我自己的《昙花庵的春风》，只是翻了一翻，便连忙去看目录，发现还有倪贻德的《零落》、周全平的《守旧的农人》，内容好像自己都不曾看过，也不知道他们都是发表在什么地方的，看来可能是在《创造日》上发表的。这是当时上海《中华新报》的一个副刊，一九二三年九月间创刊的，出了一百天便停刊了，可说是最早的纯文艺副刊之一。

小说选里还选了罗皑岚的一篇《来客》。这个名字，现在知道的人大约已经很少了，他是我们的《幻洲》半月刊经常寄稿者之一，用"山风大郎"的笔名写过许多很好的杂文，当时还是清华的学生。

旧　作

整理抽屉，拿出了几本自己的旧作，在灯下读了起来。我自己本来早已没有这些东西存留在手边了，只是近年有些好心的朋友，偶然在旧书店里或是自己的书架上发现了，总是很热心地拿来送给我，于是有些我自己几乎已经忘记了自己曾经写过的东西，现在又使我再有机会见到了。这些东西往往使我读了忍不住要脸红，或是低微地叹息一声，然后就随手搁到抽屉里，不想随便使别人见到。

就这样，一只抽屉几乎要塞满了。

今夜整理抽屉，在灯下信手将其中的几册翻了一下。从记在稿末的年月看来，最早发表的几篇小品和创作，都是写在一九二五年的。当然还有比这更早的，不过不曾在正式的刊物上发表过，或是发表后不曾收在集子里，现在当然更是记不起了。

仅就现在所见到的这几篇的写作年月算一算，已经都是三十多年、将近四十年前写的东西了。自己读了一遍，有些还认得出是自己所写的东西；有些简直想不起这是自己所写的了。这种生疏，简直较之一时想不起一个多年不见的老朋友更甚。若是有人将这些旧作抄一遍拿给我看，说是别人的东西，我可能会完全信以为真的。

三十多年，这该是多么悠久的岁月，多么漫长的一条路了。可是，今夜在灯下回想一下，这些岁月过得又多么容易、多么快，甚至多么糊涂。有几篇东西好像还是昨天才写成的，有些事情好像还是昨天才发生的，可是它们已经成了历史，在时间上已经是永不会再翻回来的一页历史了。

有些愿望，至今仍是一个未能完成的愿望；有一些梦，至今仍在我的憧憬之中；只是有些年轻时代的眼泪和欢笑，现在已经给岁月的尘埃所掩盖,若不是特地去拨弄一下,一时就不再那么容易打动我的心了。

今夜的情形就有点如此。在灯下读着这些旧作,有些使我脸红,有些使我微笑,也有些使我骄傲,但更多的是使我感慨。有多少值得好好珍惜的感情,有多少值得细细去体会的经验,都是那么漫不经心地被我糟踏和浪费了。

但是我却从不懊悔。这也许正是我至今仍在走着这一条路,仍在凌晨六时,在灯下写着这一篇小文的原因。

窗外的天色已经鱼肚白了,桃树上已经有小雀在叫,辛勤的年轻人该已经起床了吧,但我仍在这么一面向前走,一面读着自己的旧作。

今年的读书愿望

又是一年了。在这一九六三年的新年开始,照例有一点愿望,我也不能免此。我的愿望,与其说是新的愿望,不如说是旧的愿望。因为这些都是我平日的愿望,蓄之已久,可是一直未能兑现。现在趁这新年的开始,特地再提出来,向自己鞭策一下。

我的愿望是:今年要少写多读。如果做不到,那么,就应该多读多写。万万不能只写不读。

近来对于书的饥渴，真是愈来愈迫切了。有一些书，自己立志要好好地读一下，拿了出来放在案头，总是咫尺天涯，没有机会能够将它们打开来。仅有的一点时间，往往给翻阅临时要用的书，或是自己根本不想看的书，完全霸占去了。结果，那几本书便被压到底下，始终不曾读得成。

隔了一些时候，偶然又因了一点别的感触，又想到别的几本应该看看的书，又拿来放在手边。结果仍是一样，又给一些本来不想看的书占去了时间，不曾读得成。

日子一久，这些想读而未读的书，在我的书案上愈积愈高，结果只有一搬了事，腾出地方来容纳新的梦想。我的读书愿望便是这样蹉跎复蹉跎，一天又一天地拖过去了。

这就是我在今天这个日子，重新再向自己提出这个愿望的原因。我固然愿望世界和平、国泰民安，愿亲戚朋友和读者们幸福快乐，但我同时也愿望能够充实自己。如果无法不多写，那么，至少也该多读，万不能只写不读。

有一时期，我曾经读书读得很多，一天要同时读几本书。读了历史或学术性的著作之后，接着就改读小说或是笔记，用来调剂口味。许多较枯燥、卷帙很繁重的书，都是在这样的情况下顺利地读完了。可是这样的读书生活，现在回想起来，仿佛已是梦境。《战争与和平》《约翰·克里斯多夫》，几部较大的文化史、美术史，还有文明书局的笔记小说五百种，都是在这样情况下读完的。可是现在呢，我想读一读几种不同的比亚斯莱的传记，多次都未能如愿。我决定暂时不将这一叠书从我的桌上搬开，以便考验自己是否有毅力能执行在这新年开始重新提出来的读书愿望：

今年要少写多读，或者多写多读，万万不能只写不读。

《A11》的故事

《A11》是当年创造社出版部刊载新书消息的一个小刊物，八开四面。这个有点古怪的刊物名称的由来，是因为当时出版部是开设在上海闸北宝山路三德里A十一号的，因此，就采用了这个门牌号数作刊物名称。

提议出版这个刊物，以及对这件工作最热心，并且实际负编辑责任的，是潘汉年。他那时也是出版部的小伙计之一，负责刊物订户的工作，同许多读者联络得很好，因此，感觉到有出版这样一个刊物的需要，所以一直对这件工作非常热心。

这是三十年代的事情。那时新文艺出版事业正在开始，即使在上海，专门出版新文艺书籍的新书店还很少，更没有"出版消息"这一类的半宣传小刊物出版。不像后来那样，多数较具规模的书店，都有自己编印的宣传刊物，按期报导本版新书消息，分赠读者。因此《A11》出版后，颇受读者欢迎。

这个小刊物是非卖品，最初好像是个半月刊。到门市部来买书的人,可以随手拿一份。若是外埠读者,只要寄了邮费来,就可以按期寄奉。第一期印了二千份,就这么一销而空。

《A11》的内容,并非是纯粹的新书消息,它还刊载一些短小精悍的杂文,以及读者的来信,因此,很快就变成了一个正式的小刊物。这正是它受到读者欢迎的原因。

除此之外,当时创造社几位巨头的通信,以及他们译作的片段,也偶尔会出现在上面,但主要的还是那些《语丝》式的杂文,以及泼妇骂街式的社会短评,这些都是出自潘汉年的手笔。北方的胡适、刘半农,还有当时正在受人注意的张竞生,都是经常被攻击的对象。

当时上海出版刊物,是不必登记备案,更无须送检查的。然而这并不是说就没有人在暗中注意。因此这个小刊物就由于锋芒太露,很快就被人认为是另有背景的,在"黑名单"上有了名字。有些外埠读者开始写信来说邮寄收不到,有些在校的学生为了看这个小刊物发生麻烦。

一九二六年八月间,创造社出版部被上海警察厅下令查封,这个小刊物也成了罪状之一。

启封后,《A11》就不曾再继续出版,但它后来又以另一面目与读者相见,成了一个正式的刊物,那就是在光华书局出版的《幻洲》半月刊。

读书随笔1

记《洪水》和创造社出版部的诞生

创造社出版部在上海开始筹备,是一九二六年的事。招股筹备期间的办事处,设在南市阜民路周全平的家里。那是一座两上两下上海弄堂式的房屋,不过却没有弄堂而是临街的。全平的家人住在楼下的统厢房,另外再租了楼上的亭子间。那里就是出版部的筹备处。同时也是《洪水》半月刊的编辑部。

在这间亭子间里,沿墙铺了两张床,成直角形,一张是我的,一张是全平的。窗口设了一张双人用的写字台,这就是我们的工作地方了。

上海南市的老式弄堂房屋,即使是亭子间,也有四扇玻璃窗,对着大天井。另外一面的墙上还有一扇开在后面人家屋脊上的小窗口,因此十分轩朗,不似一般亭子间的阴暗。不过当时白昼在家的时间并不多,总是在外边跑,大部分的工作总是在灯下的深夜里进行的。

我那时还是美术学校的学生,本来住在哈同路民厚里的叔父家里(最初的创造社和郭先生的家,都在这同一个弄堂内),为了要参加《洪水》编辑部的工作,这才搬来同全平一起住。白天到学校去上课,中午在学校附近的山东小面馆里吃一碗肉丝汤面或是阳春面当午膳,傍晚才回来,在全平家里吃晚饭。不过,我那时的兴趣已经在变了。虽然每天照旧到学校上课,事实上画的已经很少,即使人体写生也不大感到兴趣,总是在课室里转一转,就躲到学校的图书馆去看书或是写小说。

那时上海美专已有了新校舍,设在西门斜桥路。虽说是新校舍,除了一座两层的新课室以外,其余都是就什么公所的丙舍来改建的。这本来是寄厝棺材的地方,所以始终有一点阴暗之感。图书馆有一长排落地长窗,我至今仍怀疑这可能就是丙舍的原有设备,里面设了桌椅,有一个管理员。书当然不会多,来看书的学生更少。我就是在这么一个冷清清的地方,每天贪婪地读着能够到手的新文艺出版物,有时更在一本练习簿上写小说。我的第一篇小说,就是在这样的环境下写出来的。

当时的上海美专真不愧是"艺术学府",学生来不来上课,是没有人过问的,尤其是高年级的学生,只要到了学期终结时能缴得出学校规定的那几幅作品,平时根本不来上课也没有关系。不过,学费自然是要按期缴的,可是我后来连这个也获得了豁免的便利,因为我的"文名"已经高于"画名",就是校长开展览会,也要找我写画评了。

当时就在这样的环境下,白天到美术学校去作画、看书和写文章,晚上回到那间亭子间内,同全平对坐着,在灯下校阅《洪水》的校样,拆阅各地寄来的响应创造社出版部招股的函件。

这些函件,正如平时来定阅《洪水》或是函购书籍的来信一样,寄信人多数是大学生、中学教员以及高年级的中学生。但也有少数的例外,如柳亚子先生,他住在苏州乡下的一个小镇上,创造社的每一种出版物,他总是一定会寄信来定购一份的。

当时有几个地方,新文艺出版物的销路特别大,北京和广州不用说了，此外如南边的汕头、梅县和海口，往往一来就是十几封信，显示这些地方爱好新文艺的读者非常多。后来这些地方都成了革命运动的中心，可见火种是早已有人播下了。

也有些个别的特殊情形，使我到今天还不会忘记的，如浙江白马湖的春晖中学，河南焦作的一座煤矿，寄信来定阅刊物和买书的也特别多。后来上海的一些书局还直接到焦作去开了分店。

当时创造社出版部公开招股，每股五元，那些热心来认股的赞助者，多数是爱好新文艺的青年，节省了平日的其他费用来加入一股，因此拆开了那些挂号信以后，里面所附的总是一张五元邮政汇票。

招股的反应非常好。我们每晚就这么拆信、登记、填发临时收据。隔几天一次，就到邮政总局去收款。这些对外的事务，都由全平一人负责。他那时显然已经很富于社会经验，在外面奔走接洽非常忙碌，我则还是一个纯粹的学生，只能胜任校对抄写一类的工作。

我已经记不起出版部预定的资本额是多少，总之是来认股的情形非常踊跃，好像不久就足额，或是已经到了可以成立的阶段了，全平就忙着在外面找房子，准备正式成立出版部。后来地点找到了，不在南市，也不在租界上，而是在闸北宝山路上，那就是后来有名的三德里 A 十一号了。在这同一条弄堂里，有世界语学会，有中国农学会，还有中国济难会。这些都是当时的革命外围团体。后来一个反动的高潮来到，眼见它们一个一个遭受搜查和封闭，最后也轮到我们头上，出版部也第一次受到搜查，接着就来封闭,并且拘捕了包括我在内的几个小伙计。

在出版部还不曾正式成立以前,这就是说,还不曾搬到三德里新址,仍在阜民路的时期,在那年的岁暮或是年初,总之是旧历过年前后,郭老又从日本回来了一次。特地到阜民路来看我们,并且留下来在全平家里吃晚饭,而且还喝了点酒,兴致特别好。

晚饭以后,大家在客堂里围了桌子掷骰子玩,玩的是用六粒骰子"赶点子"或是"状元红"那一类的古老游戏。我记得那时间正是在旧历过年前后,否则是不会掷骰子的。

参加掷骰子的,还有全平的姊妹。大家玩得兴高采烈。郭老每掷下一把骰子,在碗里转动着还不曾停下之际,他往往会焦急地唤着所希望的点。若是果然如他所唤的那样,就兴奋地用手向坐在一旁的人肩上乱拍。我那晚恰坐在他的身边,因此被打得最多。我想古人所说的"呼么喝六"的神情,大约也不外如此。不过,那晚的桌上却是空的,我们并不曾赌钱,只是在玩。

创造社的几位前辈,我除了从达夫先生后来的日记里知道他有时打麻将以外,像郭老和成仿吾先生,我就从不曾见过他们做过这样的事情。全平是个"社会活动家",大约会两手。至于那时的我,是个纯粹的"文艺青年",仿佛世上除了文艺,以及想找一个可以寄托自己感情的"文艺女神"以外,便对其他任何都不关心了。

出版部的筹备工作渐渐就绪之际,阜民路俨然已经成了一个文艺活动的中心。许多通过信的朋友,来到了上海,一定要找到我们这里来谈谈。僻处南市的这条阜民路,并不是一个容易找的地点，但是当时大家都有那一分热情。彼此虽然从未见过面，只要一说出了姓名，大家就一见如故。可见那时创造社所具有的吸引力。

意外的来客之中，令我至今还不曾忘记的是蒋光慈。那是一个风雪交加的晚上，外面有人来敲门，说是要找我们。我去开门，门外的来客戴了呢帽，围着围巾，是个比我们当时年岁略大的不相识的人。他走进来以后，随即自我介绍，这才知道竟是当时正在畅销的那本小说《少年飘泊者》的作者。

当时蒋光慈还叫蒋光赤，刚从苏联回来，那一本在亚东书局出版的《少年飘泊者》已经吸引了无数热情青年。他刚到上海，就在这样严寒的夜晚摸到我们这里来，实在使大家又高兴又感激。

闸北宝山路Ａ十一号的地点租定了以后，创造社出版部就正式开张了。可惜我无法在这里写下开张的日期，以及当天的情形。反正那时是不会有什么"鸡尾酒会"的，同时在不曾正式开张之前，有些读者寻上门来买书的，也早已照卖了。

出版部的招牌是横的，挂在二楼，好像是红地白字。不用说，招牌字是郭老的大笔。他从那时起，就已经喜欢写字了。

三德里的房屋，是一种一楼一底的小洋房，每一家前面有一块小花园，没有石库门，一道短围墙和铁门，走进来上了石阶，就是楼下客厅的玻璃门，这里就是我们的门市部，办事处则设在楼上。这一排小洋房共有十多家，租用的多数是社团。出版部的Ａ十一号是走进弄堂的第二家。第一家住的是老哲学家李石岑，当时正在商务印书馆编辑一种哲学月刊。我们的右邻是一位女医生，没有男子，只有一个女伴与她住在一起，不过时常有一个男子来探访她们。

这是一个古怪的人家。因此这家右邻的动静时常引起我们这一群年轻人的注意。那位女医生和同住的女伴都已经年纪不小了，可是脂粉涂得很浓，每天在家都打扮得像是要去做客吃喜酒一样。那个时常来探访她们的男子也是中年人。这两个妇人的生活很神秘，有人说她们是莎孚主义者。两人感情好像很好，可是有时又会忽然吵嘴，而且吵得很厉害，会牵涉到许多小事。有时会深更半夜忽然这么吵了起来。

站在我们这边通到亭子间的吊桥上，是可以望得见她们的后房的。有时晚上实在吵得太不成话了，哭哭啼啼，数来数去老是不停，这时性情刚烈的诗人柯仲平就忍不住了，总是拿起晒衣服的竹竿去捣她们后房的玻璃窗，并且大声警告，叫她们不可再吵。

由于隔邻而居，已非一日，平时出入也见惯了，因此这一喝往往很生效，她们总是就此收场不再吵了。

这些有趣的小事情，四十年仍如昨日，我还记得很真切。前几年游西安，知道柯仲平正在西安，曾设法去找他，想互相谈谈彼此年轻时候这些有趣的经历，相与抚掌大笑。不料他恰巧出门去了。满以为且待以后再找机会相见，哪知回到香港没有几天，就从报纸上读到他的噩耗，缘悭一面，可说是最令人心痛的事。

阜民路全平家里的那一间亭子间，也就是《洪水》编辑部和创造社出版部筹备处的所在地，我在那里住过的时间并不长，大约不到半年，出版部已正式成立，大家就一起搬到了闸北三德里。

然而在那间亭子间里所过的几个月的生活,却是我毕生所不能忘记的。因为正是从那里开始,我正式离开家庭踏入了社会;也是从那时开始,我第一次参加了刊物的编辑工作,并且亲自校对了自己所写和自己付排的文章。在这以前,我不过曾在《少年杂志》投稿被录取过,又在《学生杂志》上发表过一篇较长的游记《故乡行》而已。

然而这时却不同,我不仅正式参加了《洪水》的编辑工作,给这个创造社同人的新刊物设计了封面,画了不少版头小饰画,而且自己还在上面发表了文章,这意味着我已经正式踏上"文坛"了。因此一面兴奋,一面也非常感激,那些日子的情形实在是我怎样也不会忘记的。

更有,也正是在那间亭子间里,年轻的我,第一次尝到了人生的甜蜜和苦痛的滋味。当时也曾写过几篇散文发表在《洪水》上,抒写自己心中的感情,后来这些散文曾用《白叶杂记》的书名印过单行本,其中有一篇的一节这么写道:

> 回想起我搬进这间房子里来的日期,已是四月以前的事了。那时候还是枯寂的隆冬,春风还在沉睡中未醒,我的心也是同样的冷静。不料现在搬出的时候,我以前的冷静竟同残冬一道消亡,我的心竟与春风同样飘荡起来了。啊啊! 多么不能定啊,少年人的心儿。

这种郁达夫式的笔调,现在重读起来,自然不免有一点脸红。

然而想到这是将近四十多年前的少作,自己那时不过二十一二岁,而且再回想到那时的心情,我不觉原谅了我自己。

那时正是我们要从这间亭子间搬到三德里新址去的那几天,当时我个人实在有种种理由舍不得离开这地方,可是事实上既不能不搬,而且我们的房东早已先期搬走了,只剩下全平一家人,整个楼上也只有这间亭子间还有我和全平两人。可是我实在舍不得离开这间亭子间,这正是我要写那篇文章的原因。我曾继续这么写道:

> 这一间小小的亭子间中的生活,这一种团聚静谧的幽味,的确是使我凄然不忍遽舍它而去的。你试想,在这一间小小的斗方室中,在书桌床架和凌乱的书堆隙地,文章写倦了的时候,可以站起来环绕徘徊……

若不是重读自己这样的少作,我几乎忘了我们的全平,有一年他就是那么神秘地失了踪,彼此天南地北,谁也不曾再见过他,谁也不再知道他的消息。这位《梦里的微笑》的作者,可说是《洪水》和"创造社出版部"最忠心的保姆。就是我和柯仲平等人,当出版部被淞沪警察厅封闭,并将我们拘捕以后,若不是靠了他在外面奔走,我们这几个小伙计也早已不在人世了。可是新的一代文艺工作者,大约很少会知道《梦里的微笑》这本书(其中还有我的插图),更不知道全平其人了。

在我的那篇写于一九二六年的《迁居》里,其中有几句是写到了他的像貌的。这怕是仅有的资料了,现在特地重录在这里以作纪念：

> 我们工作的时间，多半是在夜晚。在和蔼温静的火油灯下，我与了我同居的朋友——这间屋子的主人，对面而坐，我追求着我的幻梦，红墨水的毛笔和令人生怖的稿件便不住地在我朋友手中翻动。我的朋友生着两道浓眉、嘴唇微微掀起，沉在了过去的悲哀中的灵魂总不肯再向人世欢笑。虽是有时我们也因了一些好笑的事情而开颜欢笑，然而我总在笑声中感到了他深心的消沉和苦寂，我从不敢向他问起那已往的残迹……

这里所写的"生着两道浓眉"的朋友，就是全平。关于他的那些所谓"已往的残迹"，我至今仍不大清楚，因为始终不曾正式向他问过，他也不曾向我谈过，但不外是爱情上的一些不如意事，也就是他的《梦里的微笑》所写的那些本事了。

全平是宜兴人，办事和组织能力特别强，同伴之中是没有一个能及得上他的。若是没有他，创造社出版部是根本不会诞生的。他曾去过广州，筹备出版部广州分部的工作，住过一些时候，因此早期南方的文艺工作者，也许会有人同他见过面的。

全平同郭老的感情特别好。有一年江浙军阀内讧，发生了内战，他的家乡受害惨重，当时有一班进步人士曾组织了调查团去调查这次的战祸，郭老也去参加了，就是由全平陪了同去的，郭老后来曾在《民铎》杂志上写了一篇纪行的长文。

《洪水》的出版和创造社出版部的诞生,我虽然曾经躬与其事,可是时隔四十年,记忆到底有点模糊了,姑且这么信笔地记了一些下来。我相信再过几年,怕连这些也记不出了。

读郑伯奇先生的《忆创造社》

从上海出版的一期《文艺月报》上读到郑伯奇先生所写的《忆创造社》。他是创造社的老前辈之一,直到我在这里所读到的这一期(八月号)为止,他所讲的还是《创造》季刊创刊号出版以前的事情,这都是我未曾参加的。我第一次寄稿给成仿吾先生,接到他的回信约我去谈话时,那已经是《创造周报》出版的时代。周报的编辑地点虽仍是设在泰东书局编辑所内,但已经不是伯奇先生所说的马霍路福德里的那一间,而是设在哈同花园附近的民厚南里,另外还有一个地方是在从前法租界近霞飞路的一个弄堂内。那也是一座两上两下的楼房,楼下是书籍堆栈,楼上则是编辑部。正是在周报编辑部内,我第一次见到了成仿吾先生,这是创造社诸位前辈之中我最先认识的一位,他当时对待像我们这样文艺青年的态度诚恳和亲热,实在是令我毕生难忘的。也正是在这间楼上,我第一次见到了全平和倪贻德,还有从四川出来不久的敬隐渔。他是从小被关在一座天主教修道院里读法文的,因此,他发表在《创造周报》上的创作,竟是先用法文起草,然后再由自己译成中文的。

这时伯奇先生大约已经回到日本去,还不曾再回上海,但他翻译的《鲁桑堡之一夜》却早已出版了。我第一次有机会见到他,那已经是创造社出版部成立以后的事。好像是一个夏天,他从东京回到了上海,高高的身材,戴着金丝眼镜,似乎对我当时所画的比亚斯莱风的装饰画很感到了兴趣。我清晰地记得,他带我去逛内山书店,知道我是学画的,而且喜欢画装饰画,便用身边剩余的日本钱在内山书店买了两册日本画家蕗谷虹儿的画集送给我。这全是童话插画似的装饰画,使我当时见了如获至宝,朝夕把玩,模仿他的风格也画了几幅装饰画。后来被鲁迅先生大为讥笑,说我"生吞比亚斯莱,活剥蕗谷虹儿",他自己特地选印了一册蕗谷虹儿的画选,作为艺苑朝花之一,大约是想向读者说明并不曾冤枉我的。

这个小插话,伯奇先生大约是不知道的,我想这更是他当时买那两本画册送给我时怎样也意料不到的事。

胡适与我们的《小物件》

因了胡适的死,使我想起三十多年前,我同朋友们所办的一个小杂志,以及我在那创刊号上所画的一幅漫画。

这幅漫画就是关于胡适的,画题是"揩揩眼镜"。这画题原是胡适自己所写的一篇文章的题目,大约是发表在《现代评论》或是《独立评论》之类的刊物上的。他这时正在动了官瘾,表示对于时局有了一种新的看法,这正是"揩揩眼镜"的结果。

我的那幅漫画,就是根据这一点来讽刺的。画得并不好,我之所以至今还记得,乃是因为那本小刊物的本身。而且从那时以后,我就很少再执笔作画了。

翻开十多年前出版的一册自己的随笔集,在一篇题为《回忆〈幻洲〉及其他》的短文里,其中曾提到了上面所说的这一种小刊物。

> 在这以前,在一九二九年左右,那时,多年不见的周全平从东北回到上海,带来了几百块钱,于是我们便组织了一个新兴书店,为沫若发行了《沫若全集》,同时和汉年三人更编了一个小杂志,名《小物件》。因为感到那时几个刊物都停了,无处可以说话,也无人敢说话。《小物件》的小的程度真可以,只有一寸多阔二寸多长,四五十页,用道林纸印,有封面,还有插画,这怕是新文学运动以来,开本最小的一个杂志了。出版的时候,我们在报上只登了三四行地位的极狭的广告,然而初版三千册在几天之内便卖光了。可是,也许是形式小得太使人注意了吧,第二期刚出不久,便有人用公文来请我们停止出版,于是只好呜呼哀哉了。

这里要说明的是：那个"公文"事实上是来自南京国民党内政部的禁止出版命令。我用了一个"请"字，是因为那篇短文当时是在上海发表的。那时即使用了"请"字，也许仍有人看了不高兴。

后来我们知道，《小物件》所以被禁得那么快的原因，就与那幅"揩揩眼镜"的漫画有关，原来胡适看见生了气了。

一个刊物能印三千册，而且一口气就卖光，这在当时是很难得的事情，我们很高兴，不料第二期就被他们禁了，所以一直对这个"过河卒子"没有好感。

对于胡适本人，我只见过一次，那是一九二五年左右，达夫先生在上海，他准备到北京大学去教经济学，有一天中午，忽然对我说："我们吃饭去，有人请客。"我自然跟了去，到了法租界的一家西餐馆里，才知道这天请客的竟是胡适。我那时才二十岁，就这么糊里糊涂地扰了他一顿。

郁氏兄弟

女画家郁风是郁达夫的侄女，她父亲郁华就是达夫的胞兄。郁华别号曼陀，是中国司法界的老前辈，在抗战期间，任职上海高等法院庭长，持正不阿，终为敌伪所害，在自己寓所门前殉职。

这位大法官不仅精通法政,而且能诗善画,也是一雅人。有一时期,我们还是邻居,一同住在上海江湾路的公园坊内,直到他自己在法租界的新居建筑好了,这才搬出去。

那还是一九三五年的事情,文化人住在公园坊的很多,情形十分热闹。当时郁风还在南京念书,放假回上海的时候,也到我们这边来坐坐,不过由于我们都是她叔父的朋友,她只好屈居世侄女的辈分了。不过那盛况也不常,由于日本军阀侵略中国的脚步愈来愈急,受到时局的激荡,大家已经无法在那个小天地里安居,于是不久就各奔前程,风流云散了。

郁华住在公园坊的期间,达夫在杭州的风雨茅庐已经建成了,不常到上海来,因此,我们在公园坊里见到他的次数很少。这时正是达夫在写作和生活上开始大转变的时期,所写的全是游记日记一类的散文。发表的地方也是林语堂那一系统的《宇宙风》《人间世》等类的刊物。他所交游的也都是些达官贵人,这都是王映霞的影响。他自己大约没有料到,随着风雨茅庐的建成,也早已伏下日后毁家的祸根了。

也正是在这时期,达夫开始发表了许多旧诗。有人说,达夫旧学的根柢,完全得他哥哥的传授,这话未必可靠,因为达夫是个天分极高的人,而且据他的自传所记,远在他不曾从事新文艺写作以前,他已经在尝试写旧诗了。论功力,达夫的旧诗,当然不及他哥哥,可是讲到才华风韵,达夫就自有他的特色。一九三五年达夫在《宇宙风》上所发表的《秋霖日记》,其中就记有他们的兄弟俩的唱和之作,可见一斑,兹录于下。

曼兄乙亥中伏谊暑牯岭原作:

人世炎威苦未休,此间萧爽已如秋。
时贤几辈同忧乐,小住随缘任去留。
白日寒生阴壑雨,青林云断隔山楼。
勒移那计嘲尘俗,且作偷闲十日游。

达夫的和诗,前有小序:"海上候曼兄不至,回杭得牯岭遗暑来诗,步原韵奉答,并约于重九日,同去富阳。"诗云:

语不惊人死不休,杜陵诗只解悲秋。
揭来夔府三年住,未及彭城百日留。
为恋湖山伤小别,正愁风雨暗高楼。
重阳好作茱萸会,花萼江边一夜游。

郁华殉职后,郁风曾托人将她父亲的诗画遗著印了一本纪念册,可惜时值丧乱,流传不广,见过的人很少。

达夫先生二三事

达夫先生的像貌很清癯,高高的颧骨,眼睛和嘴都很小,身材瘦长,看来很像个江浙的小商人,一点也看不出是一个有那么一肚子绝世才华的人。虽然曾经有过一张穿西装的照相,但是当我们见到他以后,就从不曾见他穿过西装,老是一件深灰色的长袍,毫不抢眼。这种穿衣服非常随便的态度,颇有点与鲁迅先生相似。

有一时期,他住在上海哈同路民厚南里一个人家的前楼上,小小的一张床,桌上和地上堆满了书。这简单的家具,大约还是向二房东借的,所以除了桌椅和一张床以外,四壁就空无所有。这时他好像正辞了北京大学的教席回来,身体不很好,在桌上的书堆里放着一罐一罐从公司里买回来的外国糖果,说是戒酒戒烟了,所以用糖果来替代。这就便宜了本来不抽烟的我,有机会揩油吃糖果了。后来隔了不久,他又继续抽起烟来,自然是戒不掉,但是另一开戒的原因,据说是吃糖果比抽香烟更贵,因此不如率性恢复抽烟吧。

这时达夫有一个对他非常崇拜的年轻朋友,名叫健尔,是张闻天的弟弟,差不多每天同他在一起。达夫的小说里,屡次出现一个戴近视眼镜善感好哭的神经质的青年,这个人物写的便是健尔。这时张闻天在中华书局编辑所做事,也住在民厚南里,健尔就住在哥哥的家里,所以往来很方便。我那时也住在民厚南里叔父的家里,晚上在客堂里"打地铺"[1],白天背了画箱到美术学校去学画,下课回来后,便以"文学青年"的身份,成为达夫先生那一间前楼的座上客了。他是不在家里吃饭的,因此,我们这几个追随他左右的青年,照例总是跟了他去上馆子。他经常光顾的

---

[1] 把被褥铺在地板上睡觉。

总是一些本地和徽帮的小饭馆,半斤老酒,最爱吃的一样菜是"白烂污"。所谓"白烂污",乃是不用酱油的黄芽白丝煮肉丝。放了酱油的便称为"红烂污"。我记得有一次到江湾去玩,在车站外面的一家小馆子里歇脚,他一坐下来就点了一样"白烂污",可见他对于这一样菜的爱好之深。

后来为了反对他追求王映霞,我和其他几个朋友都和他闹翻了。他在《日记九种》里曾说有几个青年应该铸成一排铁像跪在他的床前,我猜想其中有一个应该是我。这样一直过了好几年。年纪大了一点,才知道自己少不更事,便写了一封信向他道歉。这时他的"风雨茅庐"已经建好了,住在杭州,回了一封长信给我,说是大家不必再提那样的事吧。这封信后来被人家收在《现代作家书简》里,可惜我不仅早已失去了原信,就是连这一本书手边也没有了。

达夫先生的身后是非

前些时候,我曾写信托在上海的施蛰存先生,给我找一册孔另境编的《现代作家书简》,这是抗战以前生活书店出版的。他不久来信说,这类旧书,本来是很普通的,但是出版年代一久,历经沧桑,近年又有许多人喜欢搜集这类史料,一时要买也不容易,只好可遇而不可求了。

看那口气，几时能给我买到那本书，已经没有把握。

我急于要想得到这本书，是因为其中有一封郁达夫先生写给我的信，信写得相当长。内容是些什么，我现在已经不能详细记得，只记得这是当年彼此有了一点意见以后的第一封信，可说是一封"复交信"，因此，很想再看看。当然，原信本来是在我处的，可是经过战争，连刊载这封信的那本书也不容易买了，遑论这封原信的下落。

不知怎样，近年好像有许多人对郁王两人的问题很感到兴趣，可是，由于郁氏早已去世多年，他不再有说话的机会，因此，使得当年曾经躬与其事的人，读到别人的文章，不免有一点感伤。因为若是他在世，一定会使大家对他的"毁家"问题知道得更多一点的。

我亟亟地要想看看达夫先生从前的那封旧信，可说也是与这个问题间接有关的。因为达夫先生写这信时，已经在"一•二八"以后，他已经移家杭州，"风雨茅庐"也早已建成了。我当时在上海负责现代书局的编辑部工作，为了向他接洽出书的问题，写信给他。这是我相隔几年之后第一次再写信给他，因此曾在信上向他表示，对于过去的一些芥蒂，还是大家都不必记在心上吧。他得信后，就回了一封信给我，信写得相当长，而且很有点感慨。这就是孔另境收在《现代作家书简》里的那一封。

记得有一次，施蛰存先生曾告诉我，达夫先生写这封信时，他恰巧正在杭州，到"风雨茅庐"去访问郁氏，见到他正在写信

给我,有点诧异,王映霞女士在旁见了便加以解释道:

"他们两人现在讲和了。"

说是"讲和",这对我来说,是有一点僭越的。因为以达夫先生的年岁、辈分和学问来说,对我是在师友之间的,所以应该说是他原谅了这个"少不更事"的我才对。

也正因为如此,想到他现在墓木已拱,身后是非却还被人播弄不休,令我不免有一点感伤起来了。

书店街之忆

已经许多年不曾回上海了。上海的一切,变化一定非常大。不说别的,单是书店街——四马路的变化,就怕不是我现在所能够想象得出的。而在从前,这一条马路上的每一家书店,以及店门前的每一块砖石,差不多都给我踏遍了。

记得一九五七年回到上海,第一件心急的事情就是去逛四马路。自以为一踏上了那一条马路,我就是闭了眼睛也可以走,用手摸一摸那门面,不用眼睛看也可以知道是哪一家书店的。

当时我的心目中所存留的四马路印象,还是一九三七年以前的印象,我简直天真地认为走上那一条熟得无可再熟的马路,即使遇到劈面走来的正是我自己,也毫不会令我惊异。完全忘记了时间已经隔了二十年,而且是天翻地覆的二十年。在这二十年中间,上海受过战争的洗礼,受过地狱生活的洗礼,现在脱胎换骨,翻了一个大身,已经是一个崭新的上海。这一条四马路早已不是我心目中的从前的四马路了。

只有望平街转角处的那一座宝塔式的屋顶还可以辨认得出,我用这作标志,站在那里向前后左右细细看了一下,这才如梦初醒,当时曾经狠狠地将自己嘲笑了一顿。

现在眼睛一霎,又过了好几年,单就这条书店街来说,变化一定非常大。新华书店在哪里?古籍书店在哪里?还有,专卖美术图籍和外文的那些专业书店在哪里?摊开我心上的那一幅上海地图来寻找,早已模糊一片,我已经完全迷了路,什么也找不到了。

那一次回到上海,除了四马路以外,我又特地去了一次北四川路底。目的之一就是想看看内山书店。我已经知道内山书店不可能仍开设在那里的,但是仍无法说服自己不去看看。那里也是闭了眼睛也不会走错的地方之一。下了车一看,一家药房,一家人民银行的服务处,就是当年内山书店的所在地。我站了一下,仿佛仍看见光头的"老板"笑嘻嘻地在收拾架上给顾客翻乱了的书,坐在一张藤椅上悠然吸着纸烟的正是鲁迅先生。

在静安寺路上闲步,曾无意中发现一家专卖外文书的旧书店,开设在食物馆"绿杨邨"的隔邻。这是一九四九年后新开的一家旧书店。想到自己存在上海失散得无影无踪的那一批藏书,满怀希望地急急走进去,在架上仔细搜寻了一遍,仍是空手走了出来。

我安慰自己,可能是整批地送进了图书馆,几时该到图书馆里去看看。

敬隐渔与罗曼·罗兰的一封信

罗曼·罗兰的《约翰·克里斯多夫》,在中国久已有了中译本。我想很少人会知道,远在这个译本不曾出版之前,早已有人曾经着手译过这本书,而且还是罗曼·罗兰本人授权给他翻译的。可惜只是译了一节便中断了。

这位《约翰·克里斯多夫》最初的中译者是敬隐渔,他的译文是发表在当时的《小说月报》上的。

敬隐渔的名字,现在知道的人大约已经不会很多了。然而他却是最初介绍罗曼·罗兰作品给我们的人,后来又译过一部巴比塞的小说《光明》。他同我们新文坛的关系总不算少了。但他同新文坛还有一个重大的关系,那就是他后来到法国去留学,再回到中国来时,据说罗曼·罗兰曾托他带来了一封信给鲁迅先生。当时敬隐渔在法国是由于穷得无法生活才回国的,由于他生性孤僻耿介,而且神经衰弱,这封信竟被他不知抛在什么地方,未能到达鲁迅先生手中。

后来鲁迅先生知道了这事,他因为敬隐渔是同创造社诸人经常有来往的，便怀疑这封信是被创造社诸人"干没"了，曾一再在文章里提到这事，这是早期中国新文坛一大"恩怨"。其实是莫须有的，因为真相已如上所述。记得在抗战胜利后，郭沫若先生曾在上海所出版的刊物《耕耘》上，为文辩解这宗"冤狱"，说创造社根本不曾"干没"过罗曼·罗兰写给鲁迅先生的那封信。但郭先生自己也不知道这封信是由敬隐渔失去了，所以仍无法彻底解决这个疑问。——这一宗"纠纷"真是说来话长，不是在这样短文的范围内所能说得清楚的，只好留待日后有机会再说了。

敬隐渔是四川人，据说是从小在四川一个天主教的修道院里长大的。他是先学会了法文，然后再学中文的。后来不知怎样到了上海（也许是由于郭老的关系吧，因为郭老是四川人），在《创造周报》上发表了好几篇创作，这才同创造社诸人往还起来，并且也住在周报编辑部的楼上。他当时所发表的那几篇创作，还是先用法文写好，自己再译成中文，经过成仿吾先生润饰后才发表的。

后来他为了想到法国去，写信向罗曼·罗兰求助，获得他的回信，这才决定着手翻译《约翰·克里斯多夫》。这时《小说月报》出版了罗曼·罗兰专号，正要介绍他的作品，同时也只有商务印书馆才有财力接受这样长的译稿，因此，他的译文才会发表在《小说月报》上。敬隐渔也借此凑足了到法国去的路费。然而他性情怪僻，到了法国不仅不能工作，也无法生活，罗曼·罗兰也不能长期照顾他，因此，不久只好设法回国。不料就因了他误作"洪乔"，平空使得早期中国新文坛增加了一宗不必要的纠纷。

读书随笔1

"丸善"和《万引》

记得郭沫若先生曾写过一个短篇,题目是《万引》,写的是一个买书人在一家书店里偷书的故事。背景用的是一家日本书店,规模很大,而且是卖外文书的。我推测他所写的一定是日本从前的"丸善书店",即"丸善株式会社"。那篇小说里的主人公因为没有钱买而想偷的几本书,好像是德文哲学书,不知是尼采还是康德,因为手边没有郭氏的原文,记不清了。"万引"是日本话,即在书店里偷书之意。

郭老的《万引》,主题写的当然不是"偷书",但他在小说里所写的那家书店规模之大,架上皮藏的丰富,实在使我当时读了神往。

日本这一家专售外文书的书店,听说现在仍存在,可说驰名已久。它在鲁迅、郁达夫诸先生的文章里,是时常被提起的。周氏兄弟的一些外文书,好像都是从这家书店买来的。就是我自己也曾同他们的函售部有过来往。那还是一九三〇年前后的事情。那时我正热衷于藏书票的搜集,既参加了日本斋藤昌三氏主持的一个"藏书票俱乐部",再想看看欧洲出版的有关藏书票的著作。但这是冷门书,在上海的西书里是买不到的,我便写信到日本向"丸善"去问。他们的服务组织真好,很快地就有了答复,并且开来了有关藏书票的参考书目,以及他们店中现有的几种。当时我就写信请他们将现存的几种用"国际 C. O. D."方法寄了来。

现在我架上还有一册法国出版的薄薄的藏书票年鉴,就是从他们那里买来的。这是我离开上海时偶然带在身边,历劫尚存的残书之一,其余的早已不知失散到什么地方去了。

日本是一个出版事业非常发达的国家,因此他们的书店经营也是一流的。从前在上海所见的"内山"和"至诚堂"就已经可见一斑。书籍杂志总是随意堆在那里,任你翻阅,很少会有店员走过来追问你要买什么。

当然,暗中监视的人大约也是有的,否则就不会有郭老所写的那篇《万引》的故事了。

我不曾去过日本,更不曾到过"丸善"。但是想到这家有名的书店,仍使我不禁悠然神往。

关于麦绥莱勒的木刻故事集

当代比利时老版画家弗朗士·麦绥莱勒的作品,我们该是不陌生的,因为他的四部木刻连环故事《一个人的受难》《我的忏悔》《没有字的故事》和《光明的追求》,早在一九三三年就介绍到中国来了。

一九三三年夏天,我在上海一家德国书店里买了几册麦绥莱勒的木刻故事集,给当时良友图书公司的赵家璧见到了,这时良友公司正在除了画报以外，转向印行新文艺书籍。赵家璧想翻印这几本木刻集，拿去征求鲁迅先生的意见，鲁迅先生认为可以，并且答应写一篇序，于是这项工作就正式进行了。这就是当年这四本麦绥莱勒木刻故事集在中国出版的由来。当时由鲁迅先生选定了那部《一个人的受难》，由他自己写序，将《我的忏悔》交给郁达夫先生作序。我因为是这几本书的"物主"，我自己又一向喜欢木刻，便分配到了一本《光明的追求》，也写了一篇序。剩下一本《没有字的故事》没有人写序，因为赵家璧是《良友》的编辑，便由他自告奋勇地担任了这一册的写序工作。

原本每一册的前面本有一篇介绍，是用德文写的，鲁迅先生和郁达夫先生两人都懂德文，看起来不费事，我不懂德文，这可吃了苦头，自己查字典，又去请教懂德文的段可情，再参考其他资料，这才勉强写成了那篇序。但是后来还是不免被鲁迅先生在一篇文章里奚落了几句，说我只知道说了许多关于木刻历史的话，忘了介绍《光明的追求》本身。

至于那四册木刻集的原本，本来是由我借给良友公司的，后来赵家璧说制版时已经将每一册都拆开了，不肯还给我。当时在上海买德文书又很难，虽然赔偿书价给我，可是已经不再买得到，于是我便失去那四册原本了。好在已经有了翻印本，而且印得很不错，我也就无话可说了。

这四册麦绥莱勒木刻故事集，绝版已久，直到近年，大约由于麦绥莱勒曾到中国来访问，上海才进行重印。先印了有鲁迅先生序文的《一个人的受难》，后来又续印了郁达夫先生作序的那一本《我的忏悔》。

在《鲁迅书简》里，有三封写给赵家璧的信，就是讲到这四本木刻故事集的。

从一幅画像想起的事

见到人民文学出版社出版的《蒋光慈选集》，书前附有一幅铅笔速写像，没有注明这幅画像是谁画的，但我一看就知道这是光慈的爱人吴似鸿画的，因为这幅用铅笔画的速写像的原稿，至今还在我这里。

这幅画像原先是发表在《拓荒者》月刊上的，这是蒋光慈主编的以当时太阳社诸人为中心的一个文艺刊物。我当时正在出版这个刊物的书局里做事，原稿和图片的排印制版都是我经手的，我一向就有收藏图片癖，因此这幅画像就由我保存了下来。在这几十年中，经历了多次战争和人事变迁，旧有的书籍图物能够幸存下来的极少，但是不知怎样，这幅画像夹在一包杂物里，竟被我从上海带到了香港，一直保存到今天。

吴似鸿女士给光慈画这幅速写像时，已经同他同居了。这是画在一张像三十二开书本那样大小的铅笔画纸上的，是用六B铅笔画的，签名的颜色很淡，因此经过制版后便辨不出是谁画的了。这幅画像画得不能算好，但是认识蒋光慈的人，一看还认得出来这是他的画像。在当时的环境里，多数作家过的都是受迫害的不自由生活，很少有被人拍照的事，尤其像光慈这样留俄回来的作家，所过的始终是一种半地下式的生活，随时有被"包打听"[1]光顾的危险。所以能有这样一幅画像流传下来，给今日的文艺青年依稀认识一下他的面目，实在是很难得的事。

光慈最初写的两部小说《少年飘泊者》和《鸭绿江上》，今日的文艺青年，大约从新文学史上还知道这两部书的书名，但是读过这两本书的，怕一定很少了。不过当时却是极为畅销的为文艺青年爱读的两部小说，仅是这两个书名已经能令人向往了。在当时的环境里，凡是爱好文艺的青年，大都是不肯向反动势力和封建家庭低头的，因此谁不以"少年飘泊者"自居？至少在精神上是如此。这两本书的字数并不多，薄薄的两册，大红书面纸的封面，书名是用方体大号铅字横排的，出版者就是当时出版《新青年》《独秀文存》和胡适标点本《红楼梦》《水浒传》的亚东图书馆。这家书店当时就靠了这一批畅销书赚了不少钱。

那时的蒋光慈还叫"蒋光赤"（光慈的名字是后来改的。有一时期，在当时国民党的党老爷和图书审查老爷的眼中，不要说是蒋光赤的作品的内容，仅是这个名字，就不能通过，什么书都查禁，所以后来由书局经过他的同意，将赤字改为慈字，如《丽莎的哀怨》便是用蒋光慈的名字出的，但这遮眼法起初还行，后来

---

[1] 便衣警探。

也照样地要禁查了。许多青年往往为了身边有一本《少年飘泊者》就被捕,送了性命),他的这两本小说,显然是在未回国以前就写好的,因为我在一九二六年左右第一次见到他时,早已读过他的作品了。我至今还清晰记得那情形:我那时正住在上海南市阜民里的全平家里,这里正是创造社出版部的筹备处,在一个大雪的冬天晚上,有人来敲门,我去开门,门外是一个不相识的毡帽戴得很低,用一条灰黑色围巾围住下巴的男子,年纪大约比我们大了十多岁。经他自我介绍,我们才知道他就是蒋光赤,有名的《少年飘泊者》的作者。他这时刚从苏联回来不久,说话带点安徽口音,以后就经常见面了。

抗战时期,似鸿曾来过香港,后来就一直不曾再见过她了。

原稿纸的掌故

在我们初学写文章的时候,是没有原稿纸可用的。若是用钢笔写,就用普通的练习簿横写或直写;若是用毛笔写,便用今日小学生作文簿所用的那种红格或蓝格的文稿纸来写。我的第一篇拿到稿费的创作,是发表在《学生杂志》"文艺栏"的《故乡行》,这是一篇散文,便是写在练习簿上的。当时是由成仿吾先生介绍给这位编者的,使我拿到了三十元或四十元的稿费。这是我毕生难忘的一件高兴事情。

我不知当时在北方的鲁迅先生等人用的是什么稿纸,但是当我在上海同创造社诸人有了往来以后,我见到他们写稿所用的稿纸,全是当时上海一家名叫"学艺社"印的毛边纸文稿纸,格子很小,每页有七百二十字,格子是印成蓝色的。那时多数作家都是用毛笔写稿。我见到好几位作家所用的也是这种稿纸,文学研究会的几位先生也是如此。当时学艺社的这种蓝色毛边纸的文稿纸,显然是作家一致惯用的稿纸。我当时既然想做"作家",自然很快地也改用了。好在这并不要用钱买,泰东书局编辑部(创造社诸人主持的)的桌上有一大叠一大叠地摆着,只要拿一叠回去就行了。

今日我们惯用的这种四百字或五百字的原稿纸,其实是日本式的,根本连"原稿纸"三字也是从日本输入的。我不知道是否有人要来争这一份"光荣",因为我觉得在我们不曾自印原稿纸以前,从来没有人印过这样的稿纸。那是一九二五或一九二六年的事情,当时被称为"创造社小伙计"的几个人,仿效日本式稿纸自印了一种横写的稿纸,每张三百六十字,是用道林纸印的,可以写钢笔,因为当时大家已渐渐不用毛笔写稿了。这时成仿吾、郭沫若等人都不在上海,但是达夫先生在上海,他在这期间所写的创作,便多数是写在这种紫色横写的"创造社出版部原稿纸"上的。

在这以前,要用日本式的原稿纸,在上海只有到虹口一带的日本书店里去买,多数是每张四百字的,因为日本作家算稿费是按照原稿纸页数来算的,以四百字的原稿纸一页为一单位,所以多数是印成四百字的。但当时来货不多,很不容易买到。我们见到那时张资平先生从日本寄回来的三角恋爱小说,全是用这种原稿纸写的,真是不胜羡慕。有时白薇女士放暑假从日本回来,路过上海,箱子里有原稿纸,便老着脸皮向她讨一些,原稿纸上带着淡淡的日本化妆品的特有香味,便又收藏着舍不得用。

等到北新、开明等书店在上海开设后,自制日本式原稿纸的人家便渐渐多起来。许多书局、报馆、杂志,都有了自己的原稿纸。有一时期,现代稿纸和生活稿纸最为流行。格式都是三十二开双折的,有的四百字,有的五百字。但我总嫌三十二开的格子太小,喜欢用十六开双折五百字的一种,因为便于删改。可是这样大的稿纸有时不容易买得到,于是只好自己印了。许多年都是如此,但我从来不曾在上面印过自己的名字。

关于写作的老话

茅盾先生,指示有志写作的年轻人,要他们写自己所熟悉的事情和人物,不要写那些自己不熟悉的东西。换句话说,不要见猎心喜,闭户造车。

那么,一个作家岂不是只能写自己生活小圈子里的东西,永不能越雷池一步了?其实并不是这样的。因为对于一个作家来说,比执笔写作更重要的乃是他的生活。他如果平时接近现实，随时随地观察体验，他的写作范围自然就广阔了。

这些关于写作的金石名言，其实也都是"老话"了。问题乃是说起来容易，做起来就难，在写作上肯认真做这样准备工作的作家更少。据我所知，以茅盾先生为例，他倒并不是说说就算的。为了要写《子夜》，他在上海曾天天到交易所里去观察，混在那些随着股票和标金涨落而狂呼乱叫的人群中，亲身去体验他们的那种疯狂感情。因此，他描写人物往往着笔不多，已经活现纸上，正不是偶然的。

在文学史上，也不乏这样的例子。自然主义和写实主义那几位大师，如福楼拜、左拉、莫泊桑，他们都曾经做到了这一点。据说左拉为了要描写马车撞倒人的场面，要亲身体验那个被撞的行人恐慌心理，自己曾故意在街上去给马车撞倒。这虽未必会是真的事实，但是当时法国这一批作家努力去体验生活，则是真事。

更有名的逸话是莫泊桑与福楼拜的关系。福楼拜受了莫泊桑母亲的请托，要他精心指导她的儿子如何写小说。有七年之久，莫泊桑每天要登门受教，将自己的作品拿给老师去看。福楼拜给他弟子的指导是简单的：

观察，然后再观察，再观察。对于每一种东西，只有一个最恰当的形容词，你一定要找到最恰当的那一个才歇手。街上有三十匹马，你如果要描写其中的一匹，你一定要使别人一眼就从三十匹马之中，认出你所要描写的那一匹，与其余二十九匹有如何不同之处。

据说，莫泊桑终身不忘老师的这样训诲，养成了随时随地仔细观察的习惯。甚至福楼拜逝世时，莫泊桑随侍在侧，从入殓出殡到下葬，他都一丝不放松地看着，写下了详细的札记。这虽未免有点言之过甚，然而左拉、福楼拜、莫泊桑等人的作品为自然主义和写实主义文学铺下了坦坦的大路，供后来有志者可以有遵循的途径，却是有目共见的事实。

作家当然可以描写幻想，但是仅凭了幻想却从来不会写成好作品。

金祖同与中国书店

目前读某报副刊"古与今"的郑逸梅先生：《郭沫若归国经过》，其中说起研究甲骨文的金祖同，说他已经在一九四九年以前去世了，这是我现在才知道的。若是如此，真是太可惜了，因为他还很年轻，一九三七年同郭老一起离开日本回到上海时，还是一个二十几岁的青年。如此算来，去世时不过三十岁上下而已。

郑君说金祖同用"殷尘"的笔名，写过一篇《郭沫若归国秘记》，共有七八万字，一九四五年在上海由言行出版社刊行，是用小说体裁写的，可惜未曾有机会读过，不知如何写法。

郭老在一九二八年到日本去，是由于"宁汉分裂""南昌起义",他发表了那篇《请看今日之蒋介石》,老蒋通缉他,无法在国内容身,这才逃到日本去避祸的。郑君说他到日本去是从事古史甲骨文的研究,这当是他到了日本以后的工作,并非他那次到日本去的目的。

金祖同是在日本跟郭老学习甲骨文研究的,是他的私淑弟子。金氏的家里在上海经营中国书店,这是当时上海专门买卖古本线装书的一家书店,开设在南京路新世界游艺场对面的弄堂里,营业的主要对象是受外国图书馆委托配购中国古书,所以,同日本的那些古籍书店也有来往。日本出版的关于研究中国典籍版本的著作,也托他们代售,因此,我们的一些藏书家也是中国书店的主顾,郑振铎、阿英等人就经常出入这家书店的。

后来,郭老在日本出版的《卜辞通纂》《两周金文辞大系》等书,也由中国书店代售。

* * *

金祖同跟郭老一起回国后,在上海"八一三"那一段期间,同大家往来很密切。这正是《救亡日报》在上海创刊的时期。后来淞沪战场发生变化,租界上流传着日本人将不利于《救亡日报》的消息。我们为了慎重计,临时放弃设在大陆商场楼上的办事处,将编辑部暂时设在中国书店,借用他们的"灶披间"[1]发稿,就由后门出入。每天晚上,在隐蔽的灯光下,大家就在那里工作,直

---

[1] 沪语,厨房。

到将大样送往承印的印刷所付印了,这才雇一辆出差汽车[1],一路送大家回家。

年轻的金祖同,在当时日本人横行的租界环境下,敢于借出他的书店余地供《救亡日报》使用,实在是很勇敢的行为。

郭老归国琐忆

郑逸梅先生在那篇记郭老从日本化装归国的文章里,说起金祖同曾用"殷尘"的笔名写过一篇小说体的《郭沫若归国秘记》。我还不曾有机会读过这篇秘记,内容如何,这里自然不说了。若不是郑先生说破了这个笔名,我即使有机会见到了,大约也不会猜到"殷尘"就是金祖同。但是一经说穿,想一想这个笔名倒也很有点蛛丝马迹。

原来他对甲骨文和金石考古很有兴趣,当时在日本读书,其时郭老也正在埋头从唯物史观的立场,研究甲骨文和金文,希望从其中发掘中国古代社会史料,他遂从郭老游。"殷尘"这个笔名,显然与甲骨文有关,因为那些龟甲牛骨上所刻的文字,全是殷人的卜辞。"殷尘"者,殷人的尘屑之谓,所以这笔名一望就知道是

---

[1] 营业汽车。

对金石考古有兴趣的人所拟。

就是郭老也是如此。他在那时不能用真名在国内发表文章，唯有采用笔名。他翻译美国辛克莱的小说，如《屠场》和《煤油》，用的是"易坎人"的笔名。他在《东方杂志》上发表过一些研究中国铜器铭文的文章，署名用"鼎堂"。从他这时为自己所拟的笔名用字来看，"鼎""易""坎"，也可以看出他对于中国古代文物典籍兴趣之浓。

当然，想到郭老在日本读书时代用的名字是"郭开贞"，也可以说这些笔名与他学生时代所用的真名也有一点渊源的。

当年郭老化装改名逃离日本，不知在船上所用的是什么名字。殷尘的《郭沫若归国秘记》不知有叙及否？事实上，他那时离开日本回到上海，在国内是早已有所安排的。因此船到虹口汇山码头时，已经有人去接船，并且给他在沧州饭店开了一个房间，后来才在法租界租了地方住下。

郭老回到上海之初，上海国民党官方还挂着"团结救国"的招牌，也喊着"统一战线"的口号，因此，他们也参加了文化界救亡协会。郭老当时从日本弃家归国，共赴国难，是文化界的一件大事，文化界救亡协会曾在南市民众教育馆开过一个欢迎大会。那天是我陪他去出席的。因为时间还早，曾去逛了城隍庙，又在城隍庙的茶楼上小坐。

欢迎会开得非常成功。官方一直想控制会场，始终未能如愿。赴会的青年对郭老的每一句话都报以掌声，并且在开会之前和散会之际，不停唱着救亡歌曲。

晚晴杂记

《六十年的变迁》所描写的一幕

李六如的长篇历史小说《六十年的变迁》第二卷，最近已经出版了。这部小说一共要写三部才完成。第一部所写的从清朝变法维新到辛亥革命失败，这时期正是我的童年时代，而且我是在变法以后十多年才出世的，所以书中所叙的许多事情不曾赶得上。可是新出的第三卷所包括的时代就不同了，一九二七年大革命失败那一年，我已经是一个二十多岁的青年，已经从美术学校毕业出来，一面想做画家，一面又想做作家了。因此，这一卷所描写叙述的那些历史变迁，对我就有了特别亲切之感。尤其是第二卷最末一章"革命高潮又低潮"里的"萧墙启衅，功败垂成"所叙述的"宝山路上大惨案"，国民党军队屠杀请愿工人的那一幕，更是我亲身目睹的事实。

这是一九二七年三月十二日的事情，我们的创造社出版部就开设在闸北宝山路的三德里，弄堂隔壁就是那有名的大建筑物天主堂，也就是本书所说的国民党第二十六军第二师司令部的所在地。当时上海总工会的总部设在东方图书馆，在宝山路的另一头，相距约有半条街。前一天，为了一部分工人纠察队的武装被缴械，已经有过一点小冲突，夜里已经听到有枪声。第二天，总工会召开大会后，就举行游行示威大会，队伍非常雄壮。当时我们都站在弄堂口，也就是宝山路边上看热闹。我清晰记得，走在游行队伍最前列的是工人纠察队，仍保持了相当的武装，有轻机枪，有盒子炮，有步枪。武装的纠察队过后，就是徒手的工人纠察队，紧接着的是一般工人和民众，其中有不少是妇女和小孩。他们一路走一路喊着口号，态度十分激昂。可是当这些徒手的队伍从我们面前经过了一半的时候，耳畔忽然起了连珠似的枪声。因为司令部就在我们贴邻，因此枪声听来就特别响，同时在混乱起来的游行队伍中也就见到有许多人倒在地上。

这次的屠杀是极其残酷而且懦怯的，因为这些军队是在近在咫尺的距离内，事先一点警告也没有，突然就疯狂地开枪扫射。我们当时站立的地点是在天主堂围墙的这一边，若是站在街对面，也许早已遭殃了。

从这一瞬间起，上海的反革命行动就大规模地开始了。东方图书馆的总工会被包围，彻夜响着不停的枪声，我们一夜不曾合眼。

读完《六十年的变迁》第二卷，三十多年前亲身经历的这恐怖的一幕，不觉又浮上了我的眼前，使我又将这历史的一课温习了一遍。

关于内山完造

一、内山和他的书店

内山完造先生应邀到北京去，日前过港，住了一夜，第二天一早便走了。可惜我知道这消息太迟，错过了可以见到他的机会。

他是从前上海内山书店的老板，因此，大家一向惯称他为内山老板。报上说他今年已经高龄七十四岁了，我想他确是也该有这样的年纪了。因为在我们很年轻的时候就已经到他的书店里买书，如我上次提起过的郑伯奇先生送给我的那两部蕗谷虹儿画集，就是在他的店里买的，而这件事情，已是将近三十年前的旧事了。

他的内山书店，最初是开设在从前上海北四川路横滨桥一条弄堂里的，卖的是杂志刊物，书籍并不多。后来业务日见发达，这才搬到北四川路底，正式开起书店来，原来的旧址改作了杂志部。他的书店，颇具一家第一流书店应有的好作风。这就是说：你进去之后，你如果向他招呼一下，他自然也点头向你招呼。但是你如果不想同他招呼，你就可以径自走到书架前去看书，根本不会有人来理睬你，也不会有人来向你问三问四。你看够了架上的书，若是不想买什么，就可以扬长而去，也没有人会给你难看的脸色看。但是你如果自动地问他或是托他找什么书，他的回答和服务就极为殷勤周到。内山老板也能够讲几句日本式的上海话，因此，当时许多不懂日本文的人也喜欢到他的书店里去翻翻。

他的店里，在正中的大柱后面摆着几张藤椅，一张小桌，还有日本人生活中所不可少的火钵，其上放着茶壶。这是内山老板的坐处，也是招待朋友和顾客的地方。只要你自己高兴，任何人都可以在这些藤椅上坐下来，他会用雅致的日本小茶杯给你斟一杯茶。若是机会好，有时还可以吃到一件日本点心。这时若是会讲日本话的，就可以同老板开始聊天。若是不会讲的，彼此就作会心的微笑，也不会尴尬。

就在这几张藤椅上，当年就经常坐着鲁迅先生。因为他不仅是内山书店的老顾客，也是内山老板的好友。当年鲁迅先生自己印的许多书籍，就托他代理预约，一般的信件和稿费，都是由他代收代转，就是有时同朋友约会，也是在他那里相见的。

坐在内山书店藤椅上的鲁迅先生，见到相识的朋友，自然就趁便招呼，但他随时是在警惕着的，若是见到什么面生的人对他一看再看，他便会悄悄地站起身，从后门溜之大吉了。

内山书店和当年鲁迅先生所住的大陆新村，十分相近。鲁迅先生在千爱里所租赁的另一个贮放藏书的地点，更是就在书店的后面，所以往来十分方便。前几年我回上海时，参观了大陆新村的鲁迅故居后，更顺便看了一下当年内山书店的旧址，现在好像已经改成了一家药房，附近有人民银行的储蓄处，还有一间售书报的邮亭。

当年在内山书店买书，还可以挂账，这对于穷文化人真是一种莫大的方便。"八一三"淞沪会战发生后，北四川路的交通首先隔断，接着我也只身南下，因此，至今还欠了他店里的一笔书账未还，这可以说是对老板最大的抱歉。

（一九五九年九月二十日）

二、悼内山先生

从报上读到内山先生在北京逝世的消息，真使我吓了一跳。

我前几天因为他经过香港北上，不曾有机会见到他，还特地写了一篇短文，讲讲他的旧事。我原本准备剪一份寄给他，博他一乐，希望他将来返国时再经过香港，便可以约我见面一谈。日前有一位朋友动身回去，我给他送行，几乎想将剪下来的这篇短稿托他带去，后来想到这位朋友与他并不相识，怕转折费事，心想还是寄给他吧。不料我的信还未写好，就从报上读到他的噩耗。看来他是一到北京就患了这急症的，人生的变幻竟这么无常，这真是叫人从何说起！

一生为了中日人民友好合作努力的内山先生，这次虽然赍志以终，但是能够死在中国人民的首都，想他一定也可以瞑目了。

他的一生，就为了同中国人民的友好，曾经遭受不少诽谤和委曲。在他经营内山书店的初期，由于他同中国文化人过往很密，尤其是对于鲁迅先生的深切友谊，使得有些人怀疑他的书店乃是幌子，是另有人资助的一个秘密机关。在对日抗战前后，又有人怀疑他是派在上海的日本间谍，专门搜集我们文化情报的。而在太平洋战争发生后，听说他又被日本宪兵扣留，罪名乃是曾经协助中国文化人逃出日本宪兵布置的罗网。在香港沦陷初期，他曾来过这里一次，目的就是想对当时被困在岛上的中国友人有所协助。大约就是为了这样的活动，使他受到日本宪兵的注意了。

其实，内山先生乃是一个典型的日本人，他忠于自己的祖国，但是同时又热爱中国人民，正如许多善良的日本人民一样。这从他所写的两本关于中国生活回忆的小书里也可以看得出来。他的观点仍是日本人的，但这并不妨碍他对中国民族性的理解和对中国文化的爱好。这样的国际友人真是太可宝贵了。因此,在他怀着发展中日人民友好壮志来到中国做客的时候,突然染病去世,特别使我们觉得可惜!

(一九五九年九月)

附录：译名对照表[1]

一、人名

文中写法	通译	外文原名
卜迦丘	薄伽丘	Giovanni Boccaccio
马谛斯	马蒂斯	Matisse
比亚斯莱	比亚兹莱	Aubrey Beardsley
比尔·路易	皮埃尔·路易斯	Pierre Louys
巴尔札克	巴尔扎克	Honoré de Balzac
支魏格	茨威格	Stefan Zweig
司各德	司各特	Walter Scott
司东	史东	Irving Stone
皮蓝得娄	皮兰德娄	Luigi Pirandello
丢勒	杜勒	Albrecht Dürer
亥特	安妮·海特	Annel·Haight
吉尔勃	吉尔伯特	Stuart Gilbert
朵斯朵益夫斯基	陀思妥耶夫斯基	Fyodor Dostoyevsky
亚剌伯的劳伦斯	阿拉伯的劳伦斯	T. E. Lawrence

---

[1] 本对照表以笔画为序排列。

续表

文中写法	通译	外文原名
约翰·多士·帕索斯	约翰·多斯·帕索斯	John Dos Passos
达文西	达·芬奇	Leonardo di ser Piero da Vinci
沙多布易盎	夏多布里昂	François René de Chateaubriand
狄根斯	狄更斯	Charles Dickens
狄福	笛福	Daniel Defoe
里西普士	利西普斯	lysippus
伯特拉克	彼特拉克	Petrarca
佛朗兹·卡夫卡	弗兰茨·卡夫卡	Franz Kafka
阿里斯多德	亚里士多德	Aristotle
阿里斯多芬里斯	阿里斯托芬尼斯	Aristophanes
庐骚	卢梭	Jean-Jacques Rousseau
弥盖朗琪罗	米开朗基罗	Michelangelo
果庚	高更	Paul Gauguin
欧文·司东	欧文·斯通	Irving Stone
波特莱尔	波德莱尔	Charles Pierre Baudelaire
拉撒奈尔·霍桑	纳撒尼尔·霍桑	Nathaniel Hawthorne
杰科布斯	雅各布斯	W. W. Jacobs
迦撒诺伐	卡萨诺瓦	Giacomo Casanova
迦诺尔	卡罗尔	Lewis Carroll
罗赛蒂	罗塞蒂	Dante Gabriel Rossetti
品托	平托	Fernão Mendes Pinto
费萨利	瓦萨里	Giorgio Vasari

附录：译名对照表

续表

文中写法	通译	外文原名
爱略亚特	乔治·艾略特	George Eliot
拿破伦	拿破仑	Napoléon Bonaparte
倍林斯基	别林斯基	Vissarion Belinsky
格登堡	古登堡	Johannes Gutenberg
荷尔宾	小汉斯·霍尔拜因	Hans Holbein
夏芝	叶芝	William Butler Yeats
勒威斯	刘易斯	G. H. Lewes
龚果尔	龚古尔	Goncourt
梵·谷诃	梵高	Vincent Willem van Gogh
淮德	怀特	Gilbert White
萧邦	肖邦	F. F. Chopin
悲多汶	贝多芬	Ludwig van Beethoven
普利伏斯	普雷沃	Abbé Prévost
普洛斯特	普鲁斯特	Marcel Proust
斯蒂芬逊	史蒂文森	Robert Stevenson
斯特林堡	史特林堡	August Strindberg
斯坦达尔/斯丹达	司汤达	Stendhal
斯特拉拍罗拉	斯特拉帕索拉	Straparola
彭斯	伯恩斯	Robert Burns
谢隆科尔	瑟南古	Senancour
路德维喜	路德维希	Emil Ludwig
瑟尔薇亚·碧区	西尔维亚·毕奇	Sylvia Beach

续表

文中写法	通译	外文原名
赫德斯顿	哈德尔斯顿	Sisley Huddleston
裒顿	伯顿	Richard Francis Burton
摩尔·佛兰德丝	摩尔·弗兰德斯	Moll Flanders
霍甫特曼	霍普特曼	Gerhart Hauptmann
穆郎	莫朗	Paul Morand
穆莱	莫雷/莫勒	Christopher Morley
魏费尔	魏菲尔/魏尔费尔	Franz Werfel
霭理斯	霭理士	Henry Havelock Ellis

二、作品名

文中写法	通译	外文原名
《一九一九》	《一九一九年》	*Nineteen Nineteen*
《一个不相识妇人的情书》	《一个陌生女人的来信》	"Letter from an Unknown Woman"
《大钱》	《赚大钱》	*The Big Money*
《大鸦》	《乌鸦》/《渡鸦》	*The Raven*
《天方夜谭》	《一千零一夜》	*One Thousand and One Nights*
《不道德者》	《背德者》	*L' Immoraliste*
《四十二纬度》	《北纬四十二度》	*The 42nd Parallel*
《卡拉玛佐夫兄弟》	《卡拉马佐夫兄弟》	*The Brothers Karamazov*
《米丹夜会集》	《梅塘夜谭》	*Les Soirees de Medan*

附录：译名对照表

续表

文中写法	通译	外文原名
《过去事情的回忆》	《追忆似水年华》	*In Search of Lost Time*
《如果这粒种子不死》	《如果种子不死》	*Si le grain ne meurt*
《优力栖斯》	《尤利西斯》	*Ulysses*
《老戈里奥》	《高老头》	*La comédie humaine*
《毕克威克俱乐部小史》	《匹克威克外传》	*The Pickwick Papers*
《死与肉》	《肉与死》	*Aphrodite*
《亚撒家的没落》	《厄舍府的崩塌》	"The Fall of the House of Usher"
《红色的面具》	《红死魔的面具》	"The Masque of the Red Death"
《克莱姆·萨姆金的一生》	《克里姆·萨姆金的一生》	*The Life of Klima Samgina*
《画家传》	《意大利艺苑名人传》	*The Lives of the Most Excellent Painters, Sculptors, and Architects*
《欧基尼·格朗地》	《欧也妮·葛朗台》	*Eugenie Grandet*
《波瓦荔夫人》	《包法利夫人》	*Madame Bovary*
《诗集，大部分是用苏格兰方言写的》	《主要用苏格兰方言写的诗集》	*Poems, Chiefly in the Scottish Dialect*
《变形》	《变形记》	"The Metamorphosis"
《幸福王子》	《快乐王子》	*The Happy Prince*
《约翰·克里斯多夫》	《约翰·克利斯朵夫》	*Jean-Christophe*

续表

文中写法	通译	外文原名
《被禁的书》	《古今禁书》	Banned Books
《鬼医》	《变身怪医》	Strange Case of Dr. Jekyll and Mr. Hyde
《脂肪球》	《羊脂球》	"Boule de Suif"
《恶之华》	《恶之花》	Les Fleurs du mal
《验尸所街的谋杀案》	《摩格街谋杀案》	The Murdersinthe Rue Morgueand Other Tales
《菜西斯特拉妲》	《吕西斯忒拉忒》	Lysistrata
《曼侬摄实戈》	《曼侬·莱斯科》	Manon Lescant
《越氏私记》	《四季随笔》	The Private Papers of H. Ryecroft
《奥贝曼》	《奥伯曼》	Obermann
《鲁贡·马尔加家传》	《卢贡·马卡尔家族》	Les Rougon-Macquart
《最后晚餐》	《最后的晚餐》	The Last Supper
《萨地格》	《憨第德》	Candide ou L'optimisme
《摩尔·佛兰丝》	《摩尔·弗兰德斯》/《荡妇自传》	Moll Flanders
《黛斯》	《黛依丝》/《泰绮思》	Thais
《赝币犯》	《伪币制造者》	The Counterfeiters